新潮文庫

警官の血

上巻

佐々木 譲著

新潮社版

8845

目次

警官の血

上巻

プロローグ

すでに炎は、塔の最上層までを包み込んでいた。建立《こんりゅう》百六十年の五重の塔は、熱に身悶《みもだ》えするかのように身を縮めている。

火勢はいよいよ強いものになってきていた。放水がはじまったとき、一瞬だけ衰えたと見えたのは錯視だった。火事は、放水さえ猛《たけ》り狂う根拠とするかのように、いっそう激しく燃えさかったのだ。夜空に、火の粉が飛んでゆく。火の粉の中に、塔の相輪《そうりん》が赤く浮かび上がっていた。

木材が熱にはじけ、崩れる音がする。

安城民雄《あんじょうたみお》は、いま一度周囲を見渡した。すでにこの場には四台の消防車が駆けつけ、放水中だった。未明だというのに、野次馬も数百人は集まってきている。写真を撮っている者もいた。

谷中《やなか》警察署の外勤巡査たちが、怒鳴るようにして野次馬たちの整理を始めている。塔に隣接する天王寺《てんのうじ》駐在所の前では、母親と弟がすでにリュックサックを背負っていた。延焼を心配し、とりあえず身の回りの品だけを持ち出したのだろう。母親と弟は、阻止線の外に出て、おびえた目でこの火事を見守っている。火勢がこのまま衰えなければ、たぶん消防署員たちは駐在所の建物の破壊にかかることだろう。

安城民雄は、大声で名前を呼ばれた。首をめぐらすと、父の上司にあたる警視庁谷中警察署の署長だった。杉野という肥満の警視だ。

署長は民雄に聞いた。

「親父《おやじ》さんはどこだ？　どこに行ってるんだ？」

あきらかに非難のこもった声だった。

「父さんは」と、民雄は周囲を素早く見渡してから言った。「いま、さっきまでいました。ここで、みんな離れてろ、って」

「いないじゃないか。ここは親父さんの受け持ち区域だぞ。駐在所のすぐ横なんだぞ」

「いたんです」民雄は言った。「ここに、さっきまでいたんです」

そのとき大きな破砕音があった。民雄が塔に目を向けると、塔の二層目の軒が崩れ落ちるところだった。火の粉が舞い散った。

署長は、民雄を引っ張って言った。

「駄目だ。もっと離れてろ」

民雄は素直にその言葉に従った。母親たちのもとに駆けると、母親は何かすでによくないことを予測したかのような、不安げな目を向けてきた。

民雄がうなずいたとき、また塔の一部が崩れ落ちた。

昭和三十二年七月、ようやく梅雨も明けようかという時期の、未明のことだった。

第一部　清二

I

安城清二《せいじ》が自宅に帰ったとき、女房の多津《たづ》は洋裁の内職中だった。膝《ひざ》の上に、軍服が広げられている。誰か復員軍人から頼まれて、仕立て直ししているところなのだろう。

「お帰りなさい」多津が顔を上げ、少し照れたような微笑を見せた。

「何かあったか？」と清二は訊《き》いた。

多津が言った。

「赤ちゃんができたみたい」

清二はまばたきして多津の顔を見つめた。

赤ん坊？　そいつは素晴らしい話だ。これで自分にまともな家があり、仕事があったならば、最高だ。

「どうしたの？」と、多津は無邪気に訊いてくる。

「うん」清二は、部屋の中を見渡してから言った。「おれも、話があったんだ」

清二は靴を脱いで、部屋に敷いた茣蓙《ござ》の上に腰をおろした。

自宅とは言うが、ここは母の実家である。自分自身の生家は浅草だったが、三年前の下町大空襲の際に焼けた。両親もそのとき死んだ。終戦後、復員した清二は、やむなく祖父母と伯父家族の住むこの台東区三ノ輪《みのわ》に移ってきたのだった。

台東区の大半はあの日の空襲で焼けたが、この狭い範囲だけは奇跡的に延焼を免れた。清二は焼け残った母屋《おもや》に三畳の部屋を建て増しして、住まわせてもらっているのだった。板の上に茣蓙を敷いただけの、貧相な部屋だった。

清二は多津の顔を見つめた。

多津は小首をかしげて、先をうながしてくる。

多津の顔は、新婚当初はもっとふっくらとしていたはずだ。なのに、このところいくらかとがって見える。いや、自分に正直に言うなら、多津はまちがいなくやつれている。

終戦から二年半たったとはいえ、世の中はまだまだ復興と呼べるほどには落ち着いていない。食糧はもちろん、住居も衣服も、すべてが終戦直後のあの夏の状態からさほど向上してはいなかった。セルロイド工場の工員の次男坊には、終戦後はろくな仕事もない。工事現場の小さな日雇い仕事を続けてきたけれど、それでは新婚の妻がやつれてもしかたがなかった。

多津は、生家の近所に住む畳職人の娘だった。焼け出されて、やはり親族の住む下根《しもね》岸《ぎし》に移ったのだ。幼なじみと言えるほど親しくはなかったが、清二の復員後、三ノ輪車庫の近くでばったり会って以来、お互いに意識するようになった。これに気づいた周囲が早く結婚しろと勧めて、ほとんど心の準備もないままに清二は、多津の夫となったのだった。半年前のことだ。

清二は、多津を見つめて言った。

「きちんとした仕事に就こうと思う」

多津は訊いた。

「勤め人になるの？」

「商売人は無理だ。元手もない。手には何の職もないし」

「少しずつ仕事の口も出てきたって言うし、あまり焦《あせ》んなくてもいい。いい仕事を探して」

「選んでる余裕はないだろ」

「じゃあ、何かあてがあるの？」

「ああ」清二は、今朝拾った新聞を広げた。社会面には大きく、豊島区椎名《しいな》町《まち》の帝国銀行で起こった銀行員十二人毒殺・大金強奪の続報が載っている。事件から四日目だが、犯人の手がかりはまだまったくつかめていないようだ。

多津が言った。

「あ、その事件、聞いたわ。むごい話ね」

「そっちじゃないんだ」

その社会面の下に、警視庁の警察官募集の広告が載っている。

「知ってるだろ」と、清二はその広告を示して言った。「去年の暮れから、警視庁が巡査の大募集を始めた。警察の機構が変わるんだそうだ。巡査が一万人も不足するらしい」

多津の顔はいっそう不安げになった。

「清二さんが巡査だなんて、考えたこともなかった」

「お前は、制服着た男が苦手だからな」

「威張るひとが嫌いなの」

「憲法も変わって、警察も民主警察になったんだ。戦前の警察とはちがうさ。おれが巡査になるの、いやか？」

「ううん。清二さんなら、警察に入っても、威張りくさるようなお巡りさんにはならないと思うけど」

「何が心配だ？」

「危ない仕事でしょ」

「どんな仕事だって、多少は危ないさ。学校の先生でもやるんじゃないかぎり」

「清二さんに向いてる？」

「おれはこういう男だ」と清二は言った。

物心がついたときに意識した。兵隊に取られた後は確信に変わった。

自分は融通のきかない頑固者だ。秩序だったことが好きだ。他人が悪さをしていると
き、黙って見過ごすことができない。

こんな質《たち》ならば、巡査という職には向いているだろう。少なくとも、呉服屋の店員や
時計職人などよりは。

「おれには、巡査は合ってると思う。向こうがそう思ってくれるかどうかはわからない
けど」

「なるにはどうすればいいの？　警察練習所に行くんだっけ？」

「いまは、手近の警察署に行くんだそうだ。そこでまず試験があるらしい」

「難しい試験じゃないの？」

「自分の名前が書けるなら、採用されるって聞いたぞ。いくらなんでも、そいつは警察
を馬鹿《ばか》にしすぎた話だと思うけど」

「清二さんなら大丈夫だね」

「ただし、巡査って言ったら、安月給が相場だ。インフレに追いつけないかもしれな

い」

「そのうち、世の中も落ち着く。あたしは、清二さんが巡査になりたいなら、かまわないよ」

「とりあえず決まった給料がもらえる。子供ができる身なら、それが何よりだろ?」

多津はうなずいた。


翌日の朝、安城清二は昭和通りにある坂本《さかもと》警察署に向かった。以前は巡査の採用と言うと、多津の言うとおり芝にある警察練習所に行くことになっていたはずだ。いまは警視庁も採用に躍起となっているということなのだろう。とにかく近所の警察署まで足を運ばせ、即決採用してしまいたいということのようだ。

坂本警察署は、鉄筋コンクリート三階建ての建物だった。戦災で壁だけとなったが、それをなんとか改装し、去年からまた坂本署が入っているのだ。バラックの広がる昭和通り周辺では、もっとも目立つビルだった。

張り紙に従って採用面接のある部屋に向かったが、とくに列ができているわけではなかった。大募集がおこなわれていても、一般の青年男児が喜んで就きたい職業ではないのだろう。たしかに軍が解体されてから二年半、軍隊を連想させるような機構には人気がなくて当然だった。

その部屋に入ると、四十がらみの面接官が机の向こうでほっとしたような笑みを浮かべていた。署長なのかもしれない。

清二は面接官に履歴書と戸籍謄本《とうほん》の写しを差し出した。

面接官は履歴書に目をやりながら訊いた。

「入れ墨はあるか？」

「いいえ」と清二は答えた。

「近衛《このえ》第二連隊ということは、戦地には行ってないのか？」

「いいえ。北部仏印《ふついん》に行きました。再応召して、東京で終戦です」

「仏印か。緒戦のときで、よかったな」

必ずしも同意はできなかったが、清二は黙ったままでいた。

「特技は？」

「とくに。あ、野球を多少。中隊対抗戦の選手でした」

「ピッチャーか？」と、面接官は英語の呼びかたで訊いてきた。

「ショートです」

「いままで何か重い病気とか怪我《けが》もしていないんだな？」

「とくにありません。健康です」

「かみさんがいるのか」

「はい」

「かみさんの学歴は？」

「高等女学校卒業です」

「親は何をしてる？」

「セルロイド工場の職工でした。戦災で両親は死にました」

「お前の身長は？」

「百七十センチです」

「試験問題を出す。ここで解答しろ」

「ここで、ですか？」

面接官は、いくらか気に障《さわ》ったようだった。不機嫌な調子で言った。

「試験なしで、あっさり採用されると思ってたか？　そいつは去年の暮れの第一次募集だけだ。一万人の募集の予定が、七千人ってことになってしまったからな。書類審査も試験も、厳しくなったんだ。お前、この履歴書は自筆だな？」

「はい。自分で書いてきましたが」

「だったら、心配することはない。ここで解答するんだ。おれは、ちょっと席をはずしてる」

「わかりました」

渡された試験問題は、ザラ紙三枚あった。書き取りと、一般社会常識、それに加減乗除の計算能力を問うものだった。書き取りの試験には、やや難しい漢字を書かせる問題もあった。巡査には、書類仕事も多いということなのだろう。

一時間ほどでその試験を済ませると、面接官が戻ってきて、その場で試験問題を採点した。そのあいだ、清二は居心地の悪い気分で面接官の手元を見つめていた。

採点が終わると、面接官は書類から顔を上げた。

「よし、合格。採用。来週から警察練習所で訓練を受けることになる」

清二は、採用試験があまりにも短時間で終わったことに驚いた。さきほどこの面接官は、採用基準は厳しくなったのだと言ったばかりではないか。

清二は驚いて訊いた。

「これで、採用なんですか？」

「練習所卒業のときに、振るい落とされることもある。だから、まだ気をゆるめるな」

「はい」

「来週月曜。九段の練習所分校へ、朝九時に行け。期間は二カ月だ」

「二カ月？」

六カ月ぐらいの訓練期間があるものと思っていたのだ。

面接官は言った。

「とにかく人手が足りないんだ。二カ月で一人前にする。猛訓練だぞ。覚悟しておけ」

「寮に入っているあいだ、月給は出るんですか？」

「給料は千八百円だ。ただし、食費、寮費を引く。巡査として勤務が始まれば、いろいろ手当がつく」

給料が千八百円。

清二の期待よりも低かった。たしか去年、ひとを裁く者が闇《やみ》の食糧を買うわけにはゆかぬと、餓死した判事がいた。あの判事には子供がふたりいて、判事は自分の食事も分け与えていたという。あの判事の給料は三千円と報道されていたから、千八百円の給料ということは、親子四人なら餓死水準ということだ。しかし、大人ふたりと乳飲み子なら……。

やってゆくしかない。

清二が立ち上がろうとすると、面接官は制止した。

「お前、親しい友達か親族で、職探ししてる者はいないか」

「みな、いい仕事を狙《ねら》っています。どうしてでしょう？」

「声をかけろ。巡査にならないかって。この坂本署に寄越すんだ。お前の友達が何人もここで採用されたら、お前にもおれから礼を出してやるぞ」

清二は微笑して言った。

「声をかけてみます」

その日、多津のために上野の闇市で豆パンをふたつ買って帰った。警察練習所に入学してしまったら、統制品のパンを買うという程度の違法行為もできなくなってしまうだろう。多少のお目こぼしはあるかもしれないが、巡査の制服を着た自分が堂々とやれるものではないはずだ。だからパンは、少なくとも統制解除になるまではこれが見納めということになる。

家について雑嚢《ざつのう》から新聞紙にくるんだ豆パンを取り出し、多津の前に押しやった。

多津は豆パンに驚いてから、顔を輝かせた。

「じゃあ、合格？」

「ああ」清二は誇らしい気持ちでうなずいた。「練習生になった。来週月曜から、九段の警察練習所で訓練を受けるんだそうだ」

「正式採用ってわけじゃないのね」

「大丈夫だろう。学校まで入ったのに、おれは放校になったりはしない。それより、巡査の月給、思っていたより安かった。いくらだと思う？」

多津は愉快そうに小首をかしげた。早く教えて、という顔だ。

「千八百円」

多津は、清二の想像とは逆の表情を見せた。

「そんなに！　じゃあ、子供ができても安心だわ」

「かつかつだぞ。世間が馬鹿にするような給料だぞ」

「そんなことない。立派な仕事をしてもらうお給料だわ。いつまでもそのままってわけじゃないだろうし」

「いつか、内職なしでもやってゆけるようになるかな」

多津は高等女学校を出たあと、洋裁学校に通ったのだ。いまでも洋裁の手内職を続けている。もっとも、軍服の仕立て直しがほとんどだけれども。

多津は首を振った。

「できるかぎり洋裁の仕事は続けるわ。でも」

「なんだ？」

「どこかの警察署勤めってことになるんでしょう？　もし遠くの警察署だったら、うちを移りたい。気兼ねなく暮らせるところに住みたい」

「そうだな」清二は、母屋の者の耳を気にしながら言った。「勤め先の近所に移ろう。なんとか探して、おれたちだけの所帯を持とう」

多津は、こくりこくりと二度うなずいた。

翌週の月曜日朝九時、清二は九段にある警察練習所分校の門を抜けた。なんのことはない。ここは、以前は近衛連隊の兵営だった施設だ。清二にとっては、ごく親しい施設だった。

かつては近衛師団司令部であった赤レンガの建物の中に入ると、清二は表示にしたがって指定された部屋に向かった。

部屋には百人以上の男たちが集まっていた。ほかの部屋にも同じようにひとがいたから、きょうこの分校にはたぶん三、四百人の練習生が集まっているようだ。清二と同年配と見える男たちが多かった。

年齢に幅はあっても、見るからに失業者然としている点で多くは似たようなものだった。極道めいた顔だちの者もいたし、けっこう度の強い近眼鏡をかけた青年もいる。多少なりとも姿勢に矜持《きょうじ》の見える男たちは、職業軍人だった者だろう。

その部屋で制服の警官に書類を渡すと、まず身体検査だと言われた。清二は暖房の入らぬ部屋で下着姿となった。

身長と体重を計ると、ついで視力検査だった。さらにカーテンで仕切られた一角へと入って、医務官による診察があった。徴兵検査のときと同様、性病と痔疾《じしつ》の検査もあった。

身体検査を終えて控室に戻ると、すでに身体検査を終えた練習生が十数人、何人かずつ固まって雑談している。

清二がなんとなく室内を見渡すと、ひとりの男と目が合った。自分より若そうだ。復員帽に国民服ということは、境遇も似たようなものだろう。小さな目が、ひとなつこそうだ。その男は、ちょうど煙草《たばこ》の箱を取り出したところだった。男は自分で一本くわえると、清二にも煙草の箱を差し出してきた。

「一本やんなよ。あんたはどこから？」

遠慮なくもらうことにした。

「すまんね。三ノ輪なんだ」

「東京のひとか。おれは宇都宮なんだ」

男は煙草に火をつけてくれてから言った。

「民主警察に変わって、巡査の仕事に、何か変わりはあるんだろうか？」

清二は答えた。

「さあ。特高はなくなったし、サーベルもみんな進駐軍に返上した。これからはあんまり偉そうにもできないってことなんだろう」

「あんまり嫌われなくてすむってことだよな」

男は室内を見渡してから言った。

「もっと大勢新人がいるのかと思っていた。あんがい少ないな」

「採用の基準が厳しくなったと聞いたぞ」

「採用されてよかったよ。親父《おやじ》からは、早く給料取りになってうちにカネを入れろって言われてるんだ。これで面目が立つ」

清二たちが煙草を喫《す》い始めると、そばに立っていた男がちらりとこちらに顔を向けてきた。小柄で、少し猫背ぎみの男だった。若そうだが、いくらかすさんだ雰囲気がある。宇都宮からきたという男が、その男にも煙草を差し出した。

その小柄な男は首を振った。

「いや、けっこうだ」

宇都宮からきた男は肩をすぼめた。

やがて部屋の奥のドアが開いて学校の事務官らしき男が顔を出した。書類挟みを手にしている。

事務官は言った。

「これから班を分ける。まず一班から。名前を呼ばれた者は、このままこの部屋に残れ」

事務官は、感情のこもらぬ声で名前を呼び始めた。清二の名が最初だ。

「安城清二」

清二は小声で言った。

「おれだ」

宇都宮からきたという男が、小声で言った。

「香取茂一《かとりもいち》」

「おれも一班だな」

十人ほどの名前が呼ばれた後、早瀬勇三《はやせゆうぞう》、という名が呼ばれた。いま煙草を断った小柄な男が背を伸ばした。

二班、三班に振り分けられた練習生たちは、その部屋を出ていった。残ったのは、一班の三十人ほどの練習生たちだった。

事務官は、部屋に残った練習生たちを見渡して言った。

「いいか、お前たちはきょうから寮生活をすることになる。以前は六カ月の練習期間だったが、首都の治安はそれを待っていてくれるほど穏やかではない。二カ月だけだ。猛特訓になるぞ」

清二たちは、いったん一班の宿舎が割り当てられている旧兵舎に向かった。部屋の片側は一段高くなっており、そこに畳が敷かれている。夜はここに蒲団《ふとん》を並べて眠るのだ。畳敷きの頭の上には棚があって、すでに等間隔で名札がつけられている。清二は自分の名札の上に、私物の詰まった雑嚢を置いた。

宿舎を確認したところで、制服が支給された。着替えてすぐに校庭に並べという。清二は級友となる一班の三十人ばかりの面々と一緒に校庭に出て、旧兵舎に向かい合うように整列した。

そこに、制服を着た警察官が現れた。歳《とし》のころ五十前後の、いかめしい顔をした男だった。教官のひとりなのだろう。

その教官らしき警察官は、清二たちに向かい合って立つと、制帽をかぶったまま短くあいさつした。

「お前たちを指導することになる、今野《こんの》だ。こういうご時世だ。訓練は厳しいぞ。お前たちはもう大人だと思うから、細かなことは言わないが、覚悟しておけ」

今野は、並んだ練習生たちの顔をひとりひとり見つめながら歩き、またもとの位置まで戻って言った。

「軍隊で、下士官以上の階級だった者は前に出ろ」

何人かの男たちが周囲を気にしながら一歩前に出た。全部で三人だ。

今野はひとりに訊《き》いた。

「階級は？」

その男は答えた。

「帝国陸軍伍長《ごちょう》であります」

「外地には行ったのか？」

「北支《ほくし》であります」

下士官だったという男はもうひとりいた。

教官は、三人目の男の前に移った。

早瀬勇三だった。

教官は訊いた。

「お前の階級は？」

早瀬は答えた。

「帝国陸軍歩兵少尉《しょうい》です」

清二は思わず早瀬の横顔を見つめた。士官学校卒業という雰囲気でもなかった男だが。

今野が早瀬に確認した。

「幹部候補生から？」

「はい」

士官学校出ではないのだ。

「連隊は？」

「佐倉であります。歩兵五十七連隊」

「第一師団か。というと、戦地は？」

「フィリピンでした。レイテから復員しました」

今野はいくらか気圧《けお》されたような表情となった。

「そうか」今野は、いくらか語調をゆるめて言った。「ご苦労だった」

三人をもとの列に戻してから、今野は言った。

「最初に言っておくが、わが国は民主国家となった。新しい憲法のもとで警察も変わったのだ。警察官も、これまでのような天皇の官吏ではなく、国民への奉仕者としての警察官となった。警視庁も、東京都民の公僕としての自治体警察となったのである。諸君の大部分は軍隊の経験者だが、いまこの瞬間から軍隊のことは忘れろ。階級はなんであったか、何をやっていたか、どこからの復員であるか、いっさい忘れるんだ。いまから、諸君ら練習生は、平等な警視庁の一巡査だ。上下の関係はないからな。歳の差もない。いいな」

「はい」と、全員が声を揃《そろ》えて答えた。

その日の昼、初めて寮の食事となった。軍隊同様、アルミニウムの食器が食堂の卓に並び、これに当番が盛りつけてゆくのだ。芋の入った汁と米飯だった。麦まじりである。わずかばかりの野菜が添えられた。

清二は香取茂一と並んで昼飯をとった。向かい側の椅子《いす》には、早瀬というフィリピン帰りの男が腰をおろした。

童顔の青年が、早瀬の横に立って訊いた。

「ここ、いいですか？」

早瀬は青年の顔を見てうなずいた。

香取茂一が、早瀬とその青年に自己紹介した。

「おれは香取茂一。宇都宮からきたんだ。田舎者でいろいろ迷惑かけるかもしれんが、よろしく頼む」

清二も香取茂一にならった。

「おれは台東区三ノ輪。もともとは浅草なんだけど、焼け出された」

清二が青年に目を向けると、彼はあわてて言った。

「窪田《くぼた》です。窪田勝利《かつとし》。浦安の出です。二十歳です。恥ずかしながら軍隊には行ってません」

その初々《ういうい》しい物言いに、清二は微笑した。

早瀬が、清二たちを見渡しながら言った。

「早瀬勇三だ。よろしく」

さきほど教官の前で階級を名乗ったときとはちがって、言葉は口にこもっていた。もともとあまりひとづきあいがよい男ではないのだろう。真正面から間近に見ると、早瀬勇三の眉毛《まゆげ》は薄く、目は三白眼だ。睨《にら》まれると怖く感じられる顔だちだった。清二はこの男はいずれ私服刑事になるのではないかと感じた。

香取茂一が訊いた。

「早瀬さんは、大学出なんだろう？」

早瀬は首を振った。

「いや。出ていない。中途で軍隊に引っ張られた」

「それでもすごいや」

清二たちが食べ始めたところに、教官の今野がやってきた。班長を決めたという。さきほど校庭で、伍長だったと名乗った男だ。これからは、教室以外では班長の指示に従うようにとのことだった。

今野はつけ加えた。

「今夜から、就寝前に全員日報をつけるように。消灯前、班長がこれを集める。いいな」

清二たち四人は、とくに意味なく顔を見合わせた。軍隊と似たようなもの、と思い込んでいたが、ちがっている部分もやはりあるのだ。

その日は一日じゅう、警視庁の幹部と練習所長による訓育だった。清二にはいささか退屈だった。

消灯前、清二が宿舎でその日の日報を書こうとしていると、若い窪田勝利が早瀬勇三に言った。

「早瀬さん、漢字教えてください」

早瀬も日報を書いているところだった。顔を上げて窪田に言った。

「なんていう字だ？」

「ちつじょ、なんですけど、おれ、ろくに勉強しなかったから」

「見せてみろ」

窪田が早瀬に自分の日報を差し出した。

清二も手をとめて、早瀬たちを見た。

早瀬は、窪田の日報から顔を上げると、首を振りながら言った。

「日報で、思想傾向を読まれるんだからな。こういうものには、ありきたりのことを書いておけばいいんだ。民主日本とか、正義の社会とか、あんたが書いていいことじゃないぞ」

窪田は、弁解するように言った。

「おれ、ほんとに民主警察で民衆のための巡査になりたいんです。警察も変わったんでしょう？」

「まだ上には左翼嫌いがごまんと居すわってる。練習所を卒業するまで、こんなことは書くな。巡査になれないぞ」

「そういうものですか」

「もっとあたりさわりのないことを書け。巡査の心構えについての講話、胸にしみましたとか」

「はい」

清二の横でこのやりとりを聞いていた香取が、遠慮がちに早瀬に言った。

「早瀬さん、おれの日報も見てくれないか」

早瀬が香取を見つめてから、手を伸ばした。香取が早瀬に、自分のノートを手渡した。

「これなら大丈夫だ」と早瀬は言った。「このままでいいよ」

清二も自分のノートを早瀬に突き出した。

「おれのはどうだろう。どうしても巡査になりたいんだ」

早瀬は、清二のノートをさっと読んでから言った。

「正義を担《にな》う、って言葉を、書き換えた方がいいな」

「何に？」

「この場合なら、市民生活を守る、だな」

清二は素直に自分の日報を書き換えた。ちょうどそこに班長がやってきて、日報を集めていった。

班長が部屋を出ていってから、香取が早瀬に言った。

「助かった。明日も頼む」

「難しいことじゃない」と早瀬は言った。「アカに見られないよう、言葉づかいに注意すればいいんだ。子供っぽい作文でいいのさ。きょうも素晴らしい話を聞くことができました。立派な警察官になろうという気持ちがいっそう強まりました、とか。気負った文章を書けば、アカと疑われるだけだ」


翌日から、いよいよ本格的な巡査教育だった。猛訓練とは言われたけれど、清二はさほど苛酷《かこく》な教育とは感じなかった。軍隊と較《くら》べるなら、はるかにのどかなものだった。訓育、服務の授業は退屈だった。教練、礼式、逮捕術や杖術《じようじゆつ》にも、やすやすとついてゆくことができた。警視庁としても、二カ月で巡査を仕立て上げねばならないのだ。最初から、教育の内容を簡略なものとしていたのだろう。とりあえず、街頭を警邏《けいら》する制服警官の数を、なんとか揃えるだけでいい。質は二の次ということだった。

学科、とくに刑法や刑事訴訟法の概説授業のあとには、清二たちは早瀬を囲んで一緒に復習するようになった。法政大学に通っていたという早瀬は、やはり法律の知識の程度が図抜けていた。授業ではわかりにくかったところも、早瀬はていねいに教えてくれた。

「あんたがいなかったら」と香取があるとき言った。「おれはきっと、落第して不採用になってるな。おれたち、恵まれてるぞ」

訓練が二週目に入ったある日の、逮捕術の時間のことだ。

柔道の有段者だという教官に従って、班の練習生が組み手をおこなった。早瀬の順番になったとき、早瀬が意外に格闘技には慣れているとわかった。相手の右腕をとって、たちまち畳の上に組み伏せたのだ。その直後に、早瀬は相手の首に腕を回して、首を絞め始めた。相手は苦しげに足をばたつかせた。数秒のあいだ、清二たちは目の前で何が起こっているのかわからなかった。早瀬の顔も、首を絞められている相手の顔も、真っ赤になっている。

本気か？

教官がやっと気づいて、厳しく言った。

「やめろ。もういい。終わりだ」

早瀬は、その声が耳に入らなかったようだ。なお相手の首を腕で絞め続けている。教官が早瀬のうしろに膝《ひざ》をついて、早瀬を引き剝《は》がした。教官に触れられて、早瀬はようやくわれに返ったような顔となった。

相手は、四つん這《ば》いになって、苦しげに咳《せき》をした。

教官が早瀬に言った。

「何をやっとるか。やりすぎだ」

早瀬はうなだれて小声で言った。

「申し訳ありません。手加減を忘れていました」

早瀬が引き下がってきてから、香取が早瀬に訊《き》いた。

「あんた、柔道やってたのか？」

早瀬は荒く息をつきながら言った。

「戦場仕込みってだけだよ」

柔道以上のものだ、と言っているように、清二には聞こえた。


入所一ヵ月目に、最初の給料が出た。

封筒の中を見ると、寮費、食費が引かれて、千二百円少々だった。三食ついていることを考えれば、清二にとってはけっして悪くない金額だった。もっともインフレの進行具合では、この給料もあっと言う間に雀《すずめ》の涙になってしまうのだろうが。

給料が出て三日目、明日は日曜日だという日だ。日報を出したあと香取が自分の蒲団《ふとん》の上でふいにそわそわし始めた。雑嚢《ざつのう》の中を何度もあらためている。

清二は小声で訊いた。

「何かなくしたのかい？」

香取はうなずいた。

「給料袋がない。今朝はたしかにあったんだけど」

「蒲団の下まで、すっかり見てみろ」

香取が寝台から毛布と敷布を取り払った。早瀬と窪田が何ごとかと清二たちのそばに寄ってきた。

香取が、早瀬と窪田にも小声で打ち明けた。

「給料袋をなくした。出てこないんだ」

早瀬と窪田が顔を見合わせた。

窪田が言った。

「盗まれたんじゃないですか？　もし落としたんなら、誰かが見つけてくれるでしょうし」

香取が逆に訊いた。

「警察練習所で、誰かが盗むと思うか？」

早瀬が香取に確かめた。

「ないのはまちがいないのか？」

「ああ」

「班長に届けよう」

「待ってくれ」香取は首を振った。「おれの不注意だ。便所にでも落としたのかもしれない。仲間を疑うことはできない。届けるのも駄目だ」

清二は訊いた。

「どうして駄目だ？」

香取は清二に顔を向けて言った。

「ここで班の全員が調べられるような羽目になってみろ。おれたちはみな、巡査にはなれなくなるぞ」

「盗まれたとしたら、盗んだのは誰かひとりだ。連帯責任にはならない」

「おれたちはもう一カ月同じ釜《かま》の飯を食ってるんだ。調べられるだけで、不愉快だろ。おれの立場がなくなる」

「心配する必要はない。届けよう」

「駄目だ。おれの不注意だ。もういい」

香取は、早瀬と窪田にも顔を向けて、きっぱりと首を振った。ふたりは黙って自分の蒲団へと戻っていった。

清二は、いっそう声をひそめて香取に言った。

「仕送りするんだろ。カネ、貸そうか」

香取は、苦しげな表情で言った。

「いいのか？」

「少しずつ返してくれたらいい」

「すまない。五百円、貸してくれないか」

清二は自分の雑嚢から給料袋を取り出し、五百円を香取に渡した。

香取は、押しいただくようにそのカネを受け取った。

清二は思った。

おれは、煙草《たばこ》を我慢すれば、あと一カ月やってゆける。残りのカネは全部、多津に渡すまでだ。多津はがっかりするかもしれないが、わけを話せば、理解してくれるだろう。


三月末日、警察練習所の修了式だった。

もっとも清二たちの訓練期間中に、練習所の名は警察学校へと変わっている。警察練習所に入学した清二たちは、警察学校を卒業するのである。

所長の訓示が続いている。

「あらためて諸君に言う。晴れて巡査に任官となる諸君は、公務上の秘密を守らねばならない。また警察官の信用を傷つけ、または警察全体の不名誉となるような行為をしてはならない……」

校庭には、昭和二十三年二月入学の巡査練習生四百人あまりが整列している。きょうは芝の本校ほか、警察大学校教場や小平《こだいら》の管区警察学校教場でも、同期入学生の修了式が行われているという。全校でおよそ二千五百人が修了するらしい。

所長は、ひときわ大きく声を張り上げた。

「諸君は、よいか、職務上の危険または責任を回避してはならない。断じてならない。それができぬ者は警察官ではない。それを肝に銘じておかねばならない」

およそ二十分にわたる長い訓示のあとに、ようやく修了式は終わった。

宿舎に戻ると、教官の今野が、練習生ひとりひとりに辞令を渡した。配属先が告げられるのだ。

清二は、上野警察署外勤係に配属だった。

香取は、坂本警察署だ。早瀬は尾久《おぐ》警察署。窪田は浅草警察署である。

お昼前で、練習生たちは練習所分校を出ることになった。

香取が提案した。

「まだサクラも咲いている。花見とゆかないか」

清二は同意した。

「そうだな。うちに帰る前にこの面々で一杯だけ引っかけてゆくか」

窪田が訊いた。

「ぼくも、いいですか」

早瀬が笑って言った。

「この面々ってことは、お前も入ってるんだよ」

早瀬は、靖国《やすくに》神社か千鳥《ちどり》ヶ淵《ぶち》あたりで花見はどうかと言う。

香取は上野がいいと言った。

「おれたちはおおむね、あっちのほうの配属だろ。ぶらぶら様子を見ておこうや。おれはもうわくわくしてるんだ」

早瀬も同意したので、四人は九段から都電で上野に向かい、上野恩賜《おんし》公園に入った。

サクラ並木の下をそぞろ歩くひとの姿は、想像よりも少なかった。

それよりも目についたのは、やはりこの公園に住んでいる空襲の被災者たちだった。公園のほうぼうに掘っ建て小屋やテントがあって、その周囲に粗末な衣類を身にまとった男女がいるのだ。終戦からほぼ二年半、下町大空襲から数えるなら丸三年になるが、いまだ東京はあの戦争で家を失ったひとびとすべてには、新しい住まいを提供できていないということだ。下町のほうにはもうかなりバラックが立ち並び、人口密度だけは戦災前並みになったとはいえ、全体ではまだまだ東京は住宅不足だ。被災家族全部が住宅を持つだけの産業と経済を復興させてはいなかった。

とくにこの公園には、子供の姿が多かった。戦災孤児たちだ。いっときは数千人の規模でいたというが、これまでにおおかたは施設に保護された。でもまだ、二、三百人の孤児がこの公園周辺にはいると言われている。じっさい清二たちの目にも、何十人もの孤児と思える子供の姿が目に入る。ほとんどが数人ずつのグループとなって、うつろな目をゆきかうひとに向けていた。

香取が、歩きながら言っている。

「いまどきこの公園にいる子供ときたら、施設でも持て余してしまうような悪餓鬼なんだろうな。集団でスリをやる連中も多いと聞いたぞ。気をつけよう」

清二は、それよりも自分たちの家のことを考え出していた。上野警察署に配属となったのだ。上野警察署は、前年に下谷《したや》区が浅草区と合併してできた台東区の北稲荷町《きたいなりちょう》にある。いまのうちにも近い。通うことは容易だ。しかし、毎月きちんと月給の出る身となったのだ。母の実家に厄介になるのはもう終わりにしたい。部屋を借りよう。多津と、気兼ねなく暮らせる部屋を。

上野周辺に家を借りるのがよいだろう。しかし、上野署の東側、菊屋橋《きくやばし》や浅草にかけては、あの下町大空襲で大部分が燃えた地区だ。空き家も空き部屋も払底《ふってい》しているにちがいない。もしあっても家賃はばか高いのではないか。

サクラのあいだを歩きながら、ふと思った。この公園の北側、寛永寺《かんえいじ》の向こう側はどうだろう。戦災には遭っていないか、あったとしても軽微だったはず。古い長屋や家も残っているのではないだろうか。上野署までの距離は、三ノ輪とほとんど変わらないだろう。歩いて三十分前後で着けるはずだ。

香取がまだ言っている。

「ほら、あの子供たち、女たちが身体《からだ》を売るように、男が好みの男に身体を売ることもあるんだそうだ。夕方になると、そういう子供を求めて、公園にはその手の男たちも大勢やってくるとかって話だ」

清二は仲間たちを振り返った。早瀬が、植え込みの奥にいた子供たちから視線をそらしたところだった。

動物園の入り口前まできて、香取は言った。

「アメヤ横丁のほうに歩こう。あっちには、酒を売ってくれるところがあるはずだ」

窪田が言った。

「制服のままで？　制服では飲み食いするなと言われましたよ」

「巡査見習いは卒業した。配属は明日付けだ。きょう半日は、おれたちは誰にも縛られていないいんじゃないか」

早瀬が皮肉っぽく笑った。

「かなり無理な理屈だ」

香取は言った。

「こんな時間、二度とないかもしれないんだぞ」

けっきょくアメヤ横丁の酒屋で、なんとか一杯ずつ合成酒を飲むことができた。たった一杯の合成酒でも、ふだん飲み慣れていない清二たちには十分だった。そこそこに気持ちよく酔うことができた。

全員が一杯の酒を飲み干したところで、散会することにした。

香取がみなに言った。

「いつか出世して、また集まろうな。同期会やろうな」

残りの三人も同意してうなずいた。

昭和二十三年三月三十一日である。

後に警視庁では「二十三年組」と呼ばれることになる大量採用巡査の、その第三期生が清二たちだった。

家に帰ると、清二は多津に言った。

「上野警察署に勤めることになった。通えないわけじゃないけど、ここよりも近いところに、部屋を借りよう」

多津はあてがはずれたというように笑った。

「もっと遠くの警察署だったら、思い切って移れたのにね」

「受けたのが坂本警察署だし、現住所もここだ。警視庁はむしろ、配慮してくれたんだろう」

「上野警察署では、どんな仕事をするの？」

「外勤だ。新採用組はみんな街頭に出すために採られたんだ。街の警戒と、夜回りと」

「交番ってことないのかしら」

あるだろう。巡査の仕事は、大部分の署では交番勤務から始まるとも聞いている。もっとも、きょう練習所を修了した巡査練習生は二千五百人。いま東京都内に、その数を収容するだけの交番があるのだろうか。たとえ交代勤務だとしてもだ。

清二は言った。

「明日行ってみたらわかる。たしかに交番勤務になるのかもしれない」

「あたし、このふた月、ずっと考えていたんだけど」

「なんだ？」

「清二さんがきちんと採用されたら、どんなふうな巡査になって欲しいかってこと」

「威張らない巡査なんだろう？」

多津は無邪気な笑みを見せて言った。

「駐在所勤務だったらいいね。あたしも清二さんの仕事の手伝いができる。子供たちも、清二さんの仕事ぶりを見ながら育ってゆける。駐在さんになるって、どう？」

それは考えたことがなかった。

たしかに仲間うちで、希望をいろいろ語ったことはある。香取はとにかく出世して、いつかは警察署長になりたいと言っていた。若い窪田は、とにかく悪や不正の行われている現場に、真っ先に飛び込んでゆきたいというのが夢だ。いずれはそんな突撃部隊を指揮することも夢見ているのだろう。早瀬ははっきりと、私服刑事になりたいと言っていた。たしかにあの男の頭脳と性格を考えるなら、私服の捜査員は向いている。

清二自身の希望は漠としていた。とりあえずは月給取りになりたかったのだ。制服警官として街頭に立つことは、その次の夢だった。

警察学校にいるあいだに、少しは具体的なところを想像するようにもなった。受け持ち区域の住人や商人たちに慕われ、巡回すればすれちがう者がみな会釈《えしゃく》してくれるような、そんな巡査になりたいと思うようになった。署長になることも、ヘルメット姿で警棒を振り回す自分も、私服捜査員も、想像できなかった。町のお巡りさん、強いて言うならば、それが自分の警察官としての夢だ。

駐在警官か。

清二は多津を見つめて言った。

「自分の希望をいつか通せるよう、おれは精勤しよう。手柄を立てて、できるだけ早く駐在警官になるぞ」

「無理はしないでね。でも、めざしてね」

清二はうなずいて多津の身体を引き寄せた。

2

午前九時、安城清二は配属先である上野警察署の署長の前で、着任を申告した。

「警視庁巡査安城清二、昭和二十三年四月一日をもって、上野警察署勤務を命じられ、ただいま着任いたしました」

署長の狩野《かりの》高太郎《こうたろう》警視は、警察官というよりはむしろ税務署員という印象のある男だった。メガネをかけており、髪形から表情まで、じつに固苦しそうだった。たぶん部下の巡査たちを叱咤《しった》しつつ監督するという種類の幹部ではないのだろう。むしろ書類と通達で組織を維持するのが好きな男と見えた。清二の着任申告にも、面倒くさそうにうなずいただけだった。

署長への申告のあと、警務係から警察手帳と記事用紙、警棒、警笛《けいてき》、捕縄、巡査の階級章を受け取った。同日をもって清二は、上野警察署外勤係警邏《けいら》第三班に編入され、公園前派出所勤務を命じられた。明日からは当番の始業時、上野警察署で署長による点呼、点検を受けてから、勤務に就くのである。

先輩の巡査に手伝ってもらって装備一式を身につけると、署の次席がやってきた。岩《いわ》淵忠孝《ぶちただたか》という警部だった。髭《ひげ》を生やした猪首《いくび》の偉丈夫で、歳《とし》は五十くらいだろうか。声が大きかった。

その岩淵は、清二に気をつけの姿勢を取らせると、頭のてっぺんから足の先までにらんだ。その視線だけで、威圧感を感じた。たぶん気の弱い犯罪者ならば、この男の前ではいっさい反抗的な口はきくまいと誓うことだろう。

岩淵は、清二の身体《からだ》の方々を指で押しながら言った。

「顎《あご》を引け。襟、曲げるな。おかしなたるみを作るな。革帯の位置がちがうぞ」

清二は緊張して姿勢を正した。

岩淵は、清二をねめまわしながら続けた。

「練習所では民主警察がなんたらかんたら、くだらないことを吹き込まれてきたんだろうが、警察は警察だ。警察には警察の規律があるし、日本警察の伝統ってものがある。占領軍のお触れはごもっともだが、現場では臨機応変にやる。わかるか」

「はい」清二は反射的に答えた。「わかります」

「民主警察だろうがなんだろうが、警察官に必要なものは威厳だ。犯罪者を威嚇《いかく》することだ。市民たちへの奉仕なんてことは二の次だ。わかるか」

岩淵はなお続ける。

「市民への奉仕やら、愛される公僕とやらのごたくは忘れろ。首都の治安維持のために身体を張るのが警察だ。市民にぺこぺこしていたって、治安は守れない。怖がらせろ。市民にも、犯罪者にも、怖がられてなんぼのものだ。わかるか」

「はい」

「わかるのか」

「わかります」

「ようし」

「はい」

岩淵はいったん清二に背を向けた。訓示が終わったのだと思った。清二が姿勢を楽にしようとしたところ、岩淵はふいに振り返って、清二の頬を平手で打った。清二は驚いて姿勢を直した。

岩淵が、頭突きでもするように顔を近づけてきて訊《き》いた。

「いまのは何だ？ 民主主義にもとる行為か？ 暴力か？ 官憲の横暴か？ 何だ？ 言ってみろ」

どう答えてよいかわからず黙っていると、そばから小さく声が聞こえた。

「教育。訓導」

この大部屋にいる誰かが、助け船を出してくれたのだろう。

清二は答えた。

「教育であります。訓導です」

「そのとおりだ」岩淵は顔を離した。「その程度のことだ。お前も納得したな？　だったら、今後は巡査として、犯罪者やその予備軍を教育したり、訓導したりすることをためらうな。断固として、自信を持ってやりぬけ。わかったな」

「はい」

まだ頬の痛みが残っていた。岩淵は、この教育と訓導に、手加減はしなかったのだ。

勤務が始まって二度目の第二当番明けの朝、清二は多津と上野駅で待ち合わせた。一緒に部屋を探すためだった。

公園前派出所勤務となれば、先日も思ったように、谷中か上野桜木町《うえのさくらぎちょう》のあたりは通うに都合がよい。歩いても通えるし、京成線も使えるのだ。戦災に遭わなかった地域なので、古い家も多く残っている。もちろん根津《ねづ》方面も戦災を免れた地域だが、あの辺は家賃が高いという話だった。千八百円の巡査の初任給で住むことは無理だろう。

まず寛永寺周辺を歩いて空き家を探したが、張り紙一枚見つからなかった。長屋ふうの建物を見つけたら、すぐに近所のひとにあたってみるのだけど、やはり見つからない。

小一時間歩いてまた一軒断られてから、多津が言った。

「ゆきあたりばったりが駄目なのね。地元の顔みたいなひとからの紹介がいちばんかもしれない」

清二は言った。

「おれは、このあたりに知り合いはいないしな」

「その制服があるわ」と多津は言った。

巡査は自宅から制服で勤務先に出る。貸与された警棒や捕縄なども自分の責任で持ち帰り、保管するのだ。だから清二はまだ派出所勤務のときと同じ格好である。

多津は続けた。

「近くに谷中警察署があるんじゃなかった？　あそこで、どなたか地元の顔のひとを教えてもらったら？」

「あの警察署だって、巡査の住処《すみか》には苦労してるんじゃないかな」

「部屋を紹介してもらうんじゃない。地元の有力者を教えてもらうだけ」

「なるほど」

清二は多津と一緒に谷中警察署に出向き、窓口の巡査に所属を名乗ってから言った。

「このあたりで貸家か貸間を探してるんです。地元で顔の広いひとを紹介してもらえないでしょうか」

相手の巡査は、図々《ずうずう》しいぞという表情を見せたが、それでも教えてくれた。

「そこに銭湯がある。そこの主人は顔だよ」

教えられた銭湯は、警察署からほんの百メートルほどだった。そこの裏口で主人に事情を話すと、瘦《や》せた六十がらみの銭湯の主人は言った。

「三崎坂《さんさきざか》の向こうでもいいのかい？」

目算よりも少し遠くになるが、許容範囲だ。

「かまいません」と清二は答えた。

「酒屋の隣りから初音《はつね》通りに入って行きな。鼈甲《べっこう》細工の店がある。その向かい側に長屋があるよ。あの小路《こうじ》、先日強盗があった。近所の連中、物騒だって怖がっていた。巡査が住みたいって言ったら、歓迎してくれるんじゃないか」

清二は訊いた。

「強盗はどうなりました？」

「捕まった。だけど、悪いのはひとりじゃないやね」

初音町の教えられた通りに入って、その長屋の大家を訪ねた。

出てきたのは老人だった。おそらく七十そこそこだろう。身軽そうな印象で、言葉も達者だった。中山と名乗った。

事情を話すと、中山老人は言った。

「いいときにきてくれた。うちの長屋には一軒、女所帯があるんだけど、怖いっていって出てゆくことになったんだ。明後日《あさって》から四畳半の部屋が空くよ。お巡りさんに住んでもらえるなら、もうこのあたりは安心だ」

清二は訊いた。

「このあたりは、そんなに物騒なんですか？　寺も多くて、治安のいい町に見えますが」

「戦争のおかげで」と、中山は顎をしゃくった。上野公園の方向を示したようだ。「困ったひとたちが増えたんだよ。焼け出されたことは気の毒には思うけどね。あれだけの数の被災者が固まっていると、中には無法者もいる。ここは公園に近いし、終戦後は世も荒《すさ》んだから、みんなびくびくして暮らしてるんだ」

家賃を聞くと、六百円だという。目算を大きく超えていた。しかし、このご時世、法外という家賃でもないだろう。

多津の顔を見ると、彼女はうなずいた。

「貸していただければと思います」清二は中山に言った。「部屋、ちょっとだけ見せてもらえるとありがたいんですが」

その部屋には母親がいるというので、清二たちは部屋をのぞかせてもらった。東向きの四畳半で、押し入れと小さな土間がついている。便所は共用だ。路地のいちばん奥には、ポンプがあった。これも長屋の住人の共用とのことだった。

清二たちは、三日後、部屋が空いたらすぐに越してくることにした。どっちみち、家財道具などないに等しいのだ。引っ越しは容易だった。


第三班で清二と同じ公園前派出所勤務となっている先輩に、横山幸吉《こうきち》という巡査がいた。白髪頭の、五十年配の男だった。いかにも下町に似合いそうな、職人っぽい雰囲気のある巡査だった。清二はその横山と組んで、広小路《ひろこうじ》からアメヤ横丁にかけてを巡回するのが日課となった。

最初に歩いた日、横山が歩きながら訊いた。

「あんたは釣りはするかい？」

清二は答えた。

「いえ、やったことはないんですが」

「おれは、少しやるんだけどね。始めたころのことを思い出すよ。川の流れを見ていても、どこに魚がいるかなんてことは、見えるものじゃない。ところが教えてくれた叔父貴には、魚が見えるんだな。ほら、あの淵のあたりにいる、とか、あの瀬の手前にもいるぞとか、指さして教えてくれるんだけど、おれがいくら目をこらしても見えやしない。最初のうちは、おれは叔父貴が嘘《うそ》を言ってるんじゃないかと思ってたくらいさ。ところがある日、とつぜん川の中に魚の姿が見えてきたんだ。叔父貴が指さす場所に、たしかに魚が見える。こんなにはっきり見えるものが見えなかったなんて、おれの目はどうなっていたんだろうと、ふしぎだった。お前さんもな——」

横山は視線だけは街路の雑踏に向けたまま言った。

「いつか巡査の目が鍛えられる。同じこの広小路やアメヤ横丁を歩いていても、ちがうものが見えてくるようになる。それも、そのときって、思いがけなく突然にやってくるぞ。次第に見えてくるようになるんじゃない。いきなり、目隠しをはずされたように見えてくるんだ」

清二にその瞬間がやってきたのは、もしかすると平均的な巡査よりも遅かったかもしれない。

ほぼ三週間後だったのだ。この日もやはり、横山と一緒にアメヤ横丁を巡回していた。歩きながら、横山が言った。

「見たか？」

同じものが、清二にも見えていた。何が？　と問い返す必要はなかった。

「ええ」と清二は答えた。

「ゆくぞ」

「はい」

横山が人込みをかき分けて、その商店の前へと進んだ。清二は横山の左側を進み、さらに二歩だけ横山から離れた。

小間物《こまもの》屋の店先で、ひとりの身なりのいい中年婦人が品物を選んでいる。右手には信玄袋だ。

ふたりの男が、その婦人のすぐうしろに立っていた。年長のほうは背広姿、歳若いほうは国民服姿だ。国民服の男は歩道側に顔を向けている。

国民服の男が清二たちを認めた。顔色が変わった。清二たちが近づいてくることに、その瞬間まで気づいていなかったようだ。その男は、隣に後ろ向きに立つ男を小突くと、突然に駆け出した。

清二もさっと飛び出し、体当たりした。ふたりは激しく衝突し、もつれるように路面に転がった。周囲で通行人たちが悲鳴を上げた。

男のほうはすぐに立ち上がった。なおも駆け出そうとするので、清二は男に足払いをかけた。男はあらためて顔から路面に倒れこんだ。

清二はすぐ男に馬乗りになり、後ろ手をとった。男が抵抗したので、頭を地面に叩《たた》きつけた。男は力を抜いた。

馬乗りになったまま横山のほうに目を向けた。横山はもうひとりの男の右手を捩《ね》じ上げ、捕縄をかけようとしているところだった。男の身体の下には、財布らしきものが転がっている。身なりのいい婦人は、自分の信玄袋を胸に抱え込んで呆然《ぼうぜん》としている。清二は、自分の身体の下にある男に捕縄をかけ、引きずり起こした。男を小突いて横山の前に出ると、横山がかすかに微笑した。

「ずっと見えてたんだな？」

清二は答えた。

「いえ、さっき初めて見えたんです」

ふたりは、アメヤ横丁でスリを繰り返していた男たちだった。清二と横山は広小路口の派出所で、捜査員にそのスリたちを引き渡した。後に連中は、二十件以上の余罪を自供したという。

清二と横山は、このスリたちの現行犯逮捕によって、警察署長賞丙《へい》をもらった。

その日、京成線博物館動物園駅の入り口までできたところで、清二は無意識にあたりを見渡し、顔見知りの少年や青年の姿を探した。

朝の八時半、上野警察署勤務もふた月をすぎていた。

当初、この公園に住む浮浪者たちには、かなり警戒されていたはずだ。制服姿の清二が歩いてゆけば視線をそらすか背を向ける者が大半だった。警視庁と上野警察署は、この公園で何度も浮浪者の追い立てを実施しているから、巡査の制服を見て彼らが警戒的になるのは当然だった。

しかし、初音町から通うようになってひと月ほどたったころから、雰囲気が変わった。巡回で公園を歩いているのではなく、通勤しているのだと理解されたのだろう。第一当番のときと第二当番のとき、それぞれ歩く時間帯もちがうのだが、清二はこの公園の中の浮浪者からは、黙礼されたりあいさつされたりするようになったのだ。

清二のほうも、浮浪者をひとりひとり見分けることができるようになった。公園の中のどのあたりに住む面々か、どこのグループのひとりなのか、古参なのか新参なのか、そのようなことがわかるようになっていったのだ。何人か、おもだった者や個性の強い者については、名前も知った。

彼らは、広い公園内にそれぞれ居場所を決め、その場所ごとに大まかな集団を作って暮らしていた。家族で暮らし、公園から日雇い仕事に出てゆくひとびともいた。警察や新聞は彼らを浮浪者と呼ぶし、清二もこれにならっているけれど、本当のところ、清二の目には彼らは住居を持たないだけの勤労者と映っていた。

いっぽうにはたしかに、無法者たちの集団もあった。彼らは徒党を組んでひとを脅したり、盗んだり、スリを働いたりして、公園の中の鼻つまみ者となっていた。警察が何より気にかけているのは、この手合いだった。もちろんこの連中は、警察官の姿を見たならさっと姿を隠すか、やりかけの犯罪を中止する。

戦地帰りの荒っぽい連中もいた。彼らは警察も法律も歯牙《しが》にかけていなかった。彼らの一部は、戦地で荒んだ心のままに犯罪を繰り返していた。派手な盗みや強盗を働くことも少なくなかった。ただし少数派であり、取り締まりが強化されるにつれて、公園から消えつつあった。

娼婦《しょうふ》や男娼たちも、いくつかの小さな集団を作っていた。彼らはふだんはおとなしいけれども、外部から攻撃されたようなときには激しく牙《きば》をむいた。彼らは、まちがいなく公園でもっとも結束の固い集団であったろう。

それに孤児たちのグループがあった。何度も収容施設を脱走したか、地方から吹き寄せられてきた少年たちだ。この少年たちの一部は、上野の商店街や、鶯谷《うぐいすだに》、根岸などの露店街で万引きを繰り返していた。

その朝、出勤するため博物館前から上野駅公園口方向へと向かっているときだ。右手の植え込みの中に、気になっている青年の姿を見た。

ミドリちゃんと呼ばれているが、たぶん本名ではないだろう。下町大空襲で焼け出されたあと、ずっと上野公園をねぐらにしているのだという青年だ。歳《とし》は十八か十九歳だ。色白で、長めの髪をスカーフで包んでいる。朝はよく自分たち男娼グループの居場所の周囲を掃除していた。

清二はミドリとももう顔見知りとなっており、視線が合えば黙礼してくる。なのにきょうは、ミドリはこちらに顔を向けなかった。自分に気がついていないのか。視線をミドリに向けたまま歩いてゆくと、ちらりと振り返った。顔が腫《は》れていた。青痣《あおあざ》ができているようにも見えた。

清二は立ち止まって声をかけた。

「ミドリ、どうした？」

ミドリは、植え込みの向こうで上目づかいに振り返ってきた。まちがいなかった。顔が腫れ上がっている。暴行を受けたようだ。彼はおとなしい性格だから、喧嘩《けんか》のせいとは考えられない。一方的に殴られたのではないだろうか。近寄ると、彼はいくらかおびえたような顔を向けてきた。顔の腫れについて、とがめられると覚悟したかのようだ。

「その傷、どうしたんだ？」

ミドリは力のない笑みで言った。

「なんでもないんです。ちょっと転んで」

「転んでそんな傷はできないぞ。どうした？　誰だ？」

「ほんとになんでもないんです。気にしないでください」

「手当てしたのか？　ほかに怪我《けが》はしていないのか？」

「何でもありませんって」

「仲間うちのことでも、暴行は罪だぞ。誰にやられたんだ?」

しかしミドリは、それ以上何も言おうとしない。そのまま植え込みの奥の、仲間たちがたむろする天幕のほうへと歩いてゆこうとする。

清二は後を追いかけようとした。

そのとき、うしろから声をかけられた。

「お巡りさん。安城さん」

立ち止まって振り返ると、この公園では年長組に入る中年の男だった。美術学校に近い木立の中で暮らしている男だ。原田圭介《けいすけ》という。学があるらしく、手紙を代筆したり書類を読んだり、仲間たちの相談役のような立場にあるという。先生、と呼ばれていた。

帽子をかぶり、六月だというのに丈の長いダスターコートを引っかけていた。

「先生」と清二は言った。「あとにしてもらえますか」

「待ってくれないか。緊急の相談だ」

「緊急の?」

「そうだ。あんたに話したいことがある」

清二はミドリが去っていった方角に目をやった。もう彼の姿は見えない。植え込みの奥、男娼グループのねぐらのほうに去ってしまったようだ。よっぽど怪我のことに触れられるのがいやだったようだ。

しかたなく原田に向き直ると、彼は言った。

「また追い立てがあると聞いた。こんどは大がかりになるとか。何か知っているかい」

その話か。警視庁は、上野公園の浮浪者や戦災孤児たちが治安を脅《おびや》かしていると、あらためて大がかりな取り締まりと孤児の収容に乗り出すというのだ。これまでも繰り返しおこなわれてきたことだけれど、こんどは徹底する、と発表されていた。上野公園から浮浪者を一掃したうえで、公園の出入り口を閉鎖するとさえ噂《うわさ》されている。

清二は答えた。

「警視庁はそう告知しました。まちがいなくやりますよ」

原田が訊《き》いた。

「出入り口も閉鎖だって？」

「さあ。それはほんとかどうか、わかりません。公園全体を囲むのはたいへんだし、出入り口に警官を置いて、不審者だけ出入りを制限するってことじゃないかな」

「いつやるか、聞いているかね」

「いいえ。わたしたち巡査には知らされていません。でも、近々ですよ」

「この公園にいる者の多くは、まじめに働いている。悪さしているのは、一部の者だ」

「承知していますよ」

「なのに区別することなく、みんな追い立てるんだろうか」

「先生のような善良なひとたちと、悪人連中とを区別するのは難しいんです。多少荒っぽくても、杓子《しゃくし》定規にやるんでしょう」

清二は、このやりとりにはさして緊急性もないことに気づいた。原田は、たぶん自分とミドリとを引き離したかったのだろう。

「先生」と、清二はとがめるように原田に言った。「ミドリの怪我のことで、何か知ってるんですか？」

原田はうなずいた。

「ああ。だけど、あれは仲間うちで起こったことだ。いまあんたが出てゆくのはまずいよ」

「どうしてです？」

「警察がミドリちゃんの側についたとなれば、いまいっときよくても、ミドリちゃんはあの仲間の中では生きてゆけなくなる」

「そんなおおげさなものじゃないでしょう。怪我をしてるんだし、いたぶったやつをぶちこむこともできる」

「それをしたって何になる？」と、原田は訊いた。「なるほどあまり聞こえのよくないことをしている連中だ。だけど、連中には連中の規範がある。ミドリも連中の中で生きてゆこうと思えば、その規範には従わなくてはならないのさ。拳骨《げんこつ》をふたつ三つくらったようだけれど、警察が出てゆくほどの大事件ではないと思うぞ」

「見過ごせませんよ」

「ミドリの今後について責任が持てるかね。あの子があの連中から離れても生きてゆけるよう、あんた、ずっと面倒みてやれるかね？」

清二が沈黙すると、原田は言った。

「公園の中は、あんたの受け持ち区域じゃないんだろ？　きょうは、放っておいたらどうだろう。もしあの連中がほんとうにひどいことをやるようなら、わたしがあんたに通報する。被害者がミドリに限らずだ」

清二は、ほんの少しの逡巡《しゅんじゅん》のあとに言った。

「きょうのところは、そうしましょう」


その日、第一当番が終わって上野警察署に戻ったとき、大部屋の奥に臨時の勤務割りが記されていた。来週月曜日の夜から木曜の朝までの四日間、外勤巡査の勤務が大幅に変則的なものとなっている。派出所勤務の清二は、非番であったはずの月曜日が日勤とされていた。

自分の勤務割りを確認して帰ろうとしたとき、べつの班の先輩巡査が清二の横に立った。

清二はその先輩に訊いた。

「月曜日、何があるんでしょうか」

先輩巡査は教えてくれた。

「例の上野公園取り締まりだ。よその署の応援を得て、三百人態勢で浮浪者と孤児を追い出す」

「月曜の夜からですか？」

「いや、手入れは火曜の朝だろう。日が昇ったと同時にやるんじゃないか」

いま季節は夏至も近い。午前四時くらいには始まるということだろう。

その日、清二は上野公園を通って自宅に帰る途中、原田を探した。原田も清二に気づいた。清二の表情から、何かあると察したのだろう。清二のそばに近づいてきた。

「並んで歩いてくれませんか」清二は原田に言った。「質問はしないでください」

原田は、黙って横に並んだ。

清二は原田の目は見つめずに言った。

「来週、火曜の朝、日の出と同時に、公園にはどっと巡査が入ってきます。巡査はそのあと三日間、公園を厳重に取り締まるようです。内密にお願いしたいんですが」

原田は、ひとりごとのように言った。

「身内にだけは、教えてやるさ」

四日後の早朝、三百人の巡査が一斉に上野公園内に入った。上野署のほか、坂本署、谷中署、浅草署、尾久署、荒川署などの外勤巡査が動員されたのだ。取り締まり全体を統括したのは、警視庁である。

警官隊は、公園内の浮浪者や孤児、それに公園を根城にしていたスリ団や愚連隊のねぐらに踏み込んだ。犯罪容疑のかかっている者には手錠がかけられ、抵抗した者も逮捕された。数百人が公園を追われた。「故郷に帰れ。東京から出てゆけ」と、多くの浮浪者がきつく言い渡された。上野署がいちばんの排除対象としていたグループは、上野駅まで護送され、そこで東北本線の列車に乗せられた。

ただし公園の事情をよく知っている上野署は、情報が漏れたことを確信した。浮浪者のグループのうち、もっともおとなしい者たちが、当日はひとりもいなかったのだ。前夜のうちにどこかに移ったとしか思えなかった。また、男娼のグループのうちのひとつも、きれいに消えていた。もっとも粗暴、と上野署が目をつけていたグループも、大半が消えていた。全体では、この朝公園にいた者は、把握していた数の三分の二ほどでしかなかった。

原田やミドリたちのグループが公園に再び姿を見せたのは、金曜日になってからだった。

その日の夕刻、博物館方向に向かって帰宅途中の清二に、すっと原田が近寄ってきた。

原田は、並んで歩きながら言った。

「助かったよ。よそに行けと命じられても、わたしたちには行き場なんてない。ここを足場になんとか自分の暮らしを再建してゆくしかないんだからね」

清二は言った。

「公園内では、違法行為は謹んでくださいよ。犯罪も見逃さないで。公園で犯罪が起これば、警察はまた何度でもやりますよ」

「わたしの目の届く範囲では、そうする」

「手に負えない場合は、無理をせずに警察に助けを求めてください。動物園前交番でも、公園前でも」

「もしものときは、駆け込むようにする」

原田はコートの裾《すそ》をひるがえして、清二から離れていった。

そのまま歩いてゆくと、ミドリが目に入った。ミドリは清二に小さく会釈《えしやく》してきた。もう顔の痣は消えている。女性と勘違いされてもおかしくはないだけの美貌《びぼう》が回復していた。もしかするとあのときの青痣は、この顔だちへの嫉妬《しつと》で殴られてできたものであったのかもしれなかった。

清二はミドリに会釈を返して、自宅への道を急いだ。

大がかりな手入れがあってから五日目である。清二は上野署で、仙台で発行されている新聞を見た。上野駅に下りた鉄道の客が、置いていったものだという。

この新聞によると、先日上野公園を追われた浮浪者の一部は、仙台駅に到着した後、三、四人ずつグループを作って仙台周辺に散ったらしい。彼らは片っ端から農家を訪問、食料や物を要求しているとか。もし渡さない場合は集団強盗するとか放火すると脅しているという。倉庫破りや食料品の盗難も相次いでおり、これも上野を追われた浮浪者たちの仕業だろう、と記事は書いていた。

もし記事がほんとうなら、と清二は思った。警視庁は上野公園の無法を地方にまき散らしたというだけだ。あの日の浮浪者の排除と犯罪者たちの検挙は大成功ということになっているが、ほんとうにほめられたことなのかどうか。どっちみち、日本が完全に復興しないうちは、上野公園が安全に、清潔に変わりようもないのだ。

梅雨も明けた七月下旬の土曜日だった。

第一当番勤務を終えて、セミの鳴き声の中を京成線の博物館動物園駅まできたときだ。清二は珍しい顔に出会った。

警察練習所同期の早瀬勇三だった。白い開襟《かいきん》シャツを着て煙草《たばこ》をくわえ、サクラの巨木の下に立っていた。西日を避けてひと休みしているという様子だった。

先に気づいたのは、清二のほうだった。

「早瀬さん」と声をかけると、彼は清二の顔を見て驚いた表情になった。

近づいてゆくと、早瀬は言った。

「あんたも制服が板についたな。顔の見分けがつかなくなった」

「早瀬さんは、あまり変わらないね」

「私服だからだろう」

「とうとう刑事になったか」

「まさか」早瀬は苦笑した。「巡査になってまだ四カ月だ。非番なんだ」

「きょうは買い物にでも？」

「ああ」早瀬は短くうなずいて話題を変えた。「この公園は、四カ月前とは変わったか」

「先月、大きな手入れをやったから。いくらか安全になりましたね」

早瀬は清二から視線をそらして、あたりを見渡した。

「これだけ木が生えてると、こういう日にはありがたいな」

「本当に」清二は同意して言った。「それじゃ、おれ、うちに帰るところなんで。また香取さんや窪田と集まろう」

「うん。お互いに愚痴を言い合う会をやろうか」

「もし話が決まったら、連絡をください」

手を振って清二は早瀬と別れた。

振り返ると、早瀬は広小路口のほうへゆっくりと歩いていくところだった。


子供が生まれた、と派出所に電話があったのは、明け方近くだった。

お産についていてくれた大家の夫人が、谷中警察署まで駆けて電話してくれたのだ。

「男の子だよ。おめでとう。安産だった」

その短い電話を切ると、横山が言った。

「初めての子かい？」

「ええ」清二は、まだ現実感のないままに答えた。「男の子だそうです」

「帰ってやらなくてもいいのか？」

「大丈夫です。産婆《さんば》のほかに、大家の奥さんもきてくれている。こんなときは、男親が帰ったところで、邪魔になるだけでしょうから」

「近くにうちを借りて正解だったな。勤務が明けたら、素っ飛んで帰れる」

「無理して高い家賃払っているのは、このためですから」

「名前なんて考えているのか？」

「まだです」

「次席は、署長とちがって、そういうことが好きな男だ。仲人《なこうど》とか、名付け親になることがな。覚えめでたくなりたいなら、名付け親を頼むって効くらしいぞ」

清二は訊いた。

「それを、勧めますか？」

「いや」横山は笑った。「お前さんには、それはやって欲しくないな」

「自分で考えます」

その朝、初音町の自宅に帰る道々、清二は子供の名前を考えた。文字と音をさまざまに組み合わせてみた。最初は父親の名や親族の名を思い描き、どこかに一族のつながりを感じさせるものがよいかとも思った。しかし、どうもしっくりくるものがなかった。これという名前は思いつかなかった。

博物館前まできたとき、原田を見た。原田は、路上を見渡しながら歩いている。煙草を探しているのかもしれない。

先生なら。

清二は足を止めて原田に声をかけ、子供が生まれたことを告げた。名前を考えているのだが、どんな名にしたらよいのか思いつかないともつけくわえた。

原田は、おめでとうと言ってから、子供の名前をつけることは、父親の持つ最大の権利だと言った。

清二は言った。

「高等小学校を出たくらいでは、ろくに字も知りませんし、字の深い意味もわかりません。先生からちょっと、考える手だてでも教えてもらえると助かります」

原田は、少し考える様子を見せてから言った。

「安城という名字だったな。男の子だったら、じゃあ名前は三音節だ」

「三音節？」

「そうだ。ノボルとかカズオとか。これが四音節のノブカツとかテルアキというのは、あんたの名字の下では収まりが悪い」

「三文字ということですね」

「音が三つ。字はふたつだな。読みやすい字にするのがいいぞ。子供の名前に凝りすぎてはいかん。子供が苦労する」

「三音節。二文字。読みやすい字、ですね」

「自分がいちばん大切にしている想《おも》いについての文字を選ぶといい。世の中には少し前まで、忠やら孝やら勝利やらがあふれていた。いまは世の中も変わったんだ。自分の正直な想いで名付けたらいいんじゃないか」

「たしかにそうですね」

礼を言って立ち去ろうとすると、原田は手を差し出してきた。

「煙草、一本分けてくれないか」

ポケットから煙草の箱を取り出すと、三本残っていた。清二は箱ごと原田に渡した。

自宅前の路地に入るときには、名前は決めていた。民雄《たみお》、だ。安城という姓の下につけて、収まりも悪くはないのではないか。多津はどう言うだろう。もしかすると、自分でも何か腹案を持っているかもしれない。

部屋に入ると、多津は布団《ふとん》の上に身体《からだ》を起こしていた。かなりやつれた顔だ。一晩で脂肪分がすっかり抜けてしまったようにも見える。安産とは知らされたが、それでも体力は激しく奪われたのだろう。

多津は、清二に笑みを向けてきた。

「男の子。一貫目にちょっと足りないぐらいの大きな子よ」

産婆が赤ん坊を抱き上げて渡してくれた。赤ん坊はいま乳を飲んだばかりだという。眠っていた。しわくちゃの、誰もが言うように猿のような赤ん坊だった。自分と多津と、どっちによく似ているのかもわからなかった。

産婆が言った。

「母さん似だよ。身体は父さん似。大きくなるね」

多津が訊《き》いた。

「名前、考えた？」

「ああ」清二は赤ん坊の顔を見つめたまま答えた。「民雄だ。民主主義の民に、英雄の雄」

「いいね」と、多津が賛同した。

翌朝、出勤のときに、動物園入り口の前でミドリに会った。路上を清掃しているところだった。明るい色の女ものの上着を引っかけている。清二が近づいてゆくと、ミドリは笑みを向けてきた。

「お巡りさん、おめでとう」

子供のことを言っているのだろう。原田から聞いたのだろうか。

「ありがとう」清二は素直に礼を言った。「だけど、どうしてお前まで喜ぶんだ？」

「さあ、どうしてかわかんないけど。お巡りさんもひとの子だったんだなって思って」

「ひとの子だよ。鬼じゃないぞ」

「お巡りって、鬼みたいのしかいないのかと思っていたから」

「それはひどい言いぐさだぞ」

「冗談です」

清二は頰をゆるめた。たぶんミドリがこんなふうに声をかけてきたのも、おれがいま他愛《たわい》なく幸福そうだからなのだろう。祝福を歓迎する、という気持ちがにじみ出ているからなのだろう。巡回するときは、少し気持ちを引き締めるべきかもしれない。犯罪者たちに睨《にら》みをきかせるときは、あまり幸せそうでないほうがよいはずだ。

清二はミドリに手を振って、また早足になった。

3

十一月になると、派出所にもダルマ・ストーブが入った。勤務も外套《がいとう》着用である。

上野公園の浮浪者たちも、朝晩は集めてきた廃材を燃やして、グループごとに暖をとるようになっていた。六月の取り締まりのあと、八月ごろにはまた以前と変わらぬ数に戻っていたが、このところ少し減ってきている。とくに子供たちの姿が減っていた。

その朝六時過ぎ、清二が第二当番として派出所で立ち番しているときだ。ひとり、中年の浮浪者が派出所に入ってきた。清二の知らない顔だった。

その男は言った。

「お巡りさん、ひとが死んでる。ミドリってやつだ」

清二は確認した。

「ミドリが？」

浮浪者が行き倒れとなることは、上野公園ではけっして珍しいことではない。前年の冬は、ひと月に二十人近くが死んだという。たいがいは栄養不足による衰弱が死因だ。でも、ミドリは先日見たときも健康そうだった。行き倒れではないのか？

「どこだ？　あいつのテントの中でか？」

「いや。不忍池《しのばずのいけ》のほとりだ」

不忍池周辺は、この派出所の受け持ち範囲だ。

「あんたは見たのか？」

「ああ。なんか変な死にかただよ」

待機室にいた横山が、外套を手にして出てきた。

「安城、俺たちが行こう」

清二はその浮浪者に言った。

「案内してくれ」

浮浪者は、滝田と名乗った。不忍池の東側、弁財天のそばで暮らしている男だった。同じ上野公園の住人として、ミドリのことは以前から知っていたという。

横山と清二は同僚をふたり残し、一緒にミドリが死んでいるという場所まで駆けた。

不忍池の南側、植え込みの多い一角で、浮浪者たちが十人ばかり固まっている。着いてみると、ミドリは灌木《かんぼく》のあいだの隙間《すきま》に仰向けに倒れていた。口は絶叫の途中に凍りついたようであり、目も開いたままだ。なるほど、自然死とは見えない。喉《のど》のあたりに鬱血《うっけつ》がある。扼殺《やくさつ》と見えた。

女ものの上着を着ているが、靴は履いていなかった。

横山が、滝田に訊いた。

「お前が見たとき、ミドリは靴を履いてなかったのか？」

「いや。裸足《はだし》じゃなかった。履いていたんだと思うぞ」

横山がいまいましげに言った。

「誰かが靴をはがしていったんだ。くそ」

横山が、上野署に連絡すると言って派出所に戻っていった。清二は野次馬たちをミドリの死体から遠ざけると、滝田に訊いた。

「心あたりは？」

滝田は首を振った。

「あるわけないよ。おれは見つけただけだ。これ以上の関わりは御免だよ」

「ミドリは、よくこっちに来ていたのか？」

「ああ。池之端《いけのはた》から数寄屋町《すきやちょう》のほうによく立っていたからね」

「見つけたのは、いまからどのくらい前だ？」

滝田は、通報するすぐ前だと答えた。しかし、とうに日は昇っていたし、自分より先に誰かが気がついていたかもしれない。公園周辺の浮浪者たちは、死体を見つけたぐらいのことでは、警察との関わりを避けるのだから。

清二は周囲を見渡した。不忍池のこの岸辺にも二十人から三十人は住み着いているはずである。ミドリの死体からもっとも近いテントまでは、三十メートルくらいはあるはずだが、それでも夜中なら何か物音ぐらいは聞いてもいい。手がかりは捜査員たちがすぐに十分なだけ見つけることだろう。

清二は、池の対岸、上野の山の方角に目を向けた。

ミドリの仲間たちにも、教えてやったほうがいいだろうな。

十分後、上野署から捜査員たちが駆けつけたので、清二は現場を引き渡した。

第二当番の勤務が終わって清二が派出所から署に戻ったところに、捜査員たちの一部も引き上げてきた。

清二は捜査員のひとりに訊いた。

「犯人の目処《めど》はつきましたか?」

「まだだ」と、その捜査員は答えた。捜査員になって三年目という四十年配の警察官だ。吉野という名だった。「だけど、客だろう。深夜に、言い合うような声を聞いたって男を何人か見つけた。やつのなじみ客じゃないのかな」

「じゃあ、逮捕もすぐですね」

「この調子で目撃者も出てきたらな」

自宅への帰り道、博物館の前の木立の中で、焚《た》き火《び》にあたっている原田を見つけた。原田は清二の表情で何か用があるのだと察したようだ。コートの襟をかきあわせてから、すぐに清二の前にやってきた。夏のあいだもずっと着っぱなしだった薄手のダスターコートのままだ。そろそろこのコートでは、寒さもこたえているにちがいなかった。

原田は言った。

「ミドリのことなら、聞いた。刑事が聞き込みにきていったよ」

清二はたしかめた。

「仲間うちで、もめたりしてたんですか?」

「さあ。刑事は、ミドリの客だろうと見当をつけているらしいぞ」

「そう考えるのが自然ですが、でもわたしは一度、ミドリの腫《は》れ上がった顔を見ていますから」

「ヤキを入れられたかって訊いているのか? 耳にしていない。むしろあの連中は」

原田は、ちらりと公園の南の方向に目をやってから言った。

「公園の荒っぽい連中がやったことじゃないかと思ってるようだぞ」

「何か根拠でも?」

「あのひとたちは、よくからかわれる。意地の悪い仕打ちもされる。とくにミドリはひ弱そうに見えるせいか、いちばんの被害者だった」

「からかうのが高じて、殺されてしまったんだと言うんですか？」

「あのひとたちは、そうじゃないかと思っているようだ。ミドリが最初の犠牲者。このあとひとりひとり、叩《たた》き出されることになるんじゃないかって」

「そういう様子はほんとうにあるんですか？」

「夏以来、荒っぽい連中がまた戻ってきているからね。ミドリの仲間たち、気が立ってるから、あんたもうっかりいまは近づかないほうがいいぞ」

「それは承知してますが」

原田は話題を変えた。

「煙草《たばこ》あるかね」

清二はポケットの煙草の箱を、中身も確かめずに原田に渡した。


三日たっても、捜査に進展はなかった。

上野署の捜査員たちは、公園の浮浪者や男娼《だんしょう》、街娼たちに聞き回っている。しかし、まだ客の特定はできていない。ミドリ個人が公園の居住者たちの誰かととくべつ揉《も》めていたという話も出てきてはいないようだった。

捜査員たちが大勢、公園の中と周辺を聞き込みでまわるようになったので、荒っぽい連中は男娼たちへの敵意を増幅させた。公園がこんなに不自由になったのは、やつらのせいだ、ということだ。

四日目の朝、原田が教えてくれた。

「五条天神のあたりを根城にしている連中が、オカマさんたちを叩き出すと言ってる。警官の姿が増えて、商売が上がったりだそうだ。オカマさんたちも、受けて立つ構えだ。棍棒《こんぼう》の用意が始まっているぞ」

清二は驚いて訊いた。

「グループ同士で出入りってことですか？」

「オカマさんたちは、襲われたら黙っていない、ってことだ。自分たちから何か始めることはないだろう」

清二はその日、警邏《けいら》第三班の巡査部長にこの情報を伝えた。公園内で、グループ同士が抗争に入るかもしれないと。

巡査部長は、メモを手にして外勤係の部屋を出ていった。

その翌日だ。清二たちが第二当番勤務につく直前に、次席から指示が出た。

第三班の半分、十八名は署に待機、次の指示を待つこと。

清二も派出所には向かわずに、そのまま署で待機した。何か特別の取り締まりか、摘発があるのだろう。

午後の六時半になったところで、何があるのかわかった。上野署に、田中栄一《えいいち》警視総監一行が到着したのだ。管内の視察なのだろう。

警視総監は十人ほどの部下を引き連れていた。部下と言っても警視総監の直属であるから、みな警視庁の幹部たちである。刑事部長、保安少年部長、さらにその下の課長たちであった。総務部の秘書係長もきたという。背広姿の男たちも五人いて、そのうちひとりは大型のカメラを持っていた。新聞記者とカメラマンなのだろう。

警視総監一行は、署内で上野署長と打ち合わせをしたようだ。十分ほどたってから玄関口に出てきたときは、上野署の署長が一行を先導していた。

次席が、外勤係の警部補に言った。

「ただいまより、総監は上野公園を緊急特別視察される。先日も殺人事件が起こったし、歳末の犯罪増加時期も控えている。わが上野署の警戒、警邏の体制を確認するためだ。不測の事態など起きぬよう、警邏班は気を引き締めて総監の警護にあたれ。出発」

もうじき午後七時になろうという時刻だった。すっかり夜であり、街灯もわずかしかない公園内は、大部分真っ暗である。

清二は不思議だった。わざわざ夜に視察することに何か意味があるのだろうか。夜の視察のほうが、治安維持には役立つだろうという判断なのか。それとも夜の公園を見てこそ、取り締まりの成果がはっきりわかるということだろうか。

北稲荷町《きたいなりちょう》の上野署を徒歩で出発した一行は、上野駅を巻くように歩いて、西郷像の下から上野恩賜《おんし》公園に入った。西郷像の下では、新聞記者たちの注文で写真撮影があった。警視総監は、記者たちの注文どおりにポーズをとって、写真に収まった。たぶん明日の新聞には「警視総監、歳末を控えて夜の上野公園を視察」という説明文でもつくのだろう。

写真撮影が終わると、サクラ並木のゆるい坂道を、警邏の巡査たちが左右に分かれて進んだ。そのうしろを、上野署長と警視総監が並んでついてくる。さらにそのうしろが、警視庁の幹部たちだった。

左右ふたつに分かれた巡査の隊列の先頭は、第三班主任の巡査部長である。彼らが懐中電灯を点灯して、一行を先導した。

警視総監は上野署長の説明を聞きながら、ときどき自分の持っている懐中電灯を左右の植え込みの中に向ける。テントから首を出している浮浪者の面食らったような顔が照らし出された。

坂道を上りきって、動物園前の広場に出た。そのまま正面に進むと、旧帝室博物館、いまは国立博物館と名の変わった建物である。ここまで、上野署を出てからおよそ四十五分だった。

一行はいったんここで停止した。上野署長がさらに左右を示しながら、警視総監に説明している。

やがて主任が言った。

「博物館方向へ、進め」

この先の左手の木立の中には、ミドリの入っていた男娼のグループのテント村と、原田たちおとなしい浮浪者のいる一角がある。

できれば、と清二は願った。警視総監が余計な好奇心を出しませぬよう。男娼たちのグループは、暴力的な連中の襲撃を警戒して、ピリピリしているのだから。

博物館方向へ五十メートルも進んだころ、うしろで上野署長が叫んだ。

「停まれ。左手の焚き火を調べる」

清二は左手に目を向けた。木立の奥でたしかに焚き火が見える。そのまわりに、何人か立っている男たちがいた。ちょうど男娼たちが固まって暮らしているあたりだ。

警視総監は、数人の部下を引き連れて、木立の中へ立ち入ってゆこうとする。総監の持っている懐中電灯が、奥の木立の中の男たちを照らした。

第三班の主任があわてて指示した。

「総監の左右につけ！」

清二たちはあわてて総監の左右へと走った。外套《がいとう》の下で、警棒が揺れた。

木立の奥で、声が上がった。

「きた！」

「気をつけろ！」

「やつらだ！」

強烈な光が走った。写真が撮られたようだ。その光に、男たちの姿が浮かびあがった。

棍棒を振り上げて、総監たちに突進してくる。

次の瞬間、総監の懐中電灯の明かりは宙に舞った。ごつりごつりと鈍い衝撃音が響いた。

「うわっ」と悲鳴が上がった。「何する！」

鈍い衝撃音はなお続く。悲鳴はいくつも重なりあった。清二は、木立の暗がりの中で、男娼たちが棍棒を振り回しているのを見た。警視総監をはじめ、警視庁の幹部たちは、地べたにうずくまったようだ。

主任が命じた。

「警邏第三班、警棒抜け。突っ込め！」

清二は棍棒を振り回す男娼たちのあいだに飛び込んだ。

闇《やみ》の中でも、蛍のように走る懐中電灯の光のせいで、衝突の現場は確認できた。男娼三人のあいだで袋叩きにあっているのが、たぶん総監だ。清二は警棒を目の前にかざしつつ進んだ。ぼこりと頭に衝撃があった。清二は警棒をひと振りして、相手を転がした。

足元に誰かがいた。

「助けてくれ。わしだ」と、足元の男は言った。

この口調は、警視総監のものだろう。清二は警視総監の前に回って抱き起こした。後ろから棍棒が振り下ろされた。また頭に衝撃があった。清二は頭をかばいつつ振り返って、襲った男を警棒で突いた。

清二はさらに前へ出て、怒鳴った。

「警察だ。勘違いするな。警察だ！」

男娼たちが動きを止めた。

いくつもの懐中電灯の明かりがようやく落ち着いて、木立の中を照らし出した。二十人ばかりの男娼たちが、呆然《ぼうぜん》とこちらを向いている。巡査たちは男娼に向かい合い、うしろの警視総監一行をかばうように横隊を作った。

男娼のひとり、最年長の男が、まぶしそうに目を細めて言った。

「ほんとに警察なの？」

主任が、自分の懐中電灯を巡査たちに向けた。明かりの中に、警視庁警察官の制服が浮かび上がった。

こんどは男娼のほうが悲鳴を上げた。

「申し訳ありません! 警察とは思わなかったの。べつの連中が殴りこんでくるって言うから」

上野署長が叫んだ。

「逮捕だ。全員逮捕!」

次席の岩淵が野太い声で続けた。

「こいつら、全員ぱくれ。全員だ!」

男娼たちは、わっと叫んで逃げ出した。

次席がさらに怒鳴った。

「逮捕だ! 逮捕だ! 逮捕だ!」

清二たちは、あらためて木立の中に駆け込んだ。

三日後、上野警察署は六月のときと同様に近隣各署の応援を得て、上野公園内で大がかりな浮浪者排除と不法行為の取り締まりを実施した。その日からまた少しのあいだ、上野公園からは浮浪者の姿が減った。

その歳《とし》の暮れ、清二はひさしぶりに博物館前で原田に出会った。

原田は相変わらず薄手のダスターコートに帽子姿だった。

「どこに行っていたんです？」と、清二は煙草を一本渡して聞いた。「あれ以来、戻ってきていないひとも多いみたいですけど」

原田は、遠慮なく煙草を受け取ってから言った。

「浅草だ。あとの連中はばらばらになってしまったな。ま、ここに戻ってくる必要がないなら、それはそれでいいが」

原田は、清二からマッチを借りて自分で火をつけると、ふっとひと口目の煙を吐き出した。

「まだミドリを殺した犯人は捕まっていないんだって？」

清二は答えた。

「そうなんです。署の刑事たちが、ずっと捜査を続けてるようですが。ミドリの本名はわかりました。高野文夫《ふみお》っていうんだそうです」

「それは知らなかった。でも公園に戻ってきてから、ミドリについて、新しい話を聞いたぞ」

「なんです？」

「ミドリは、警察のスパイもやっていたんじゃないかって言うのさ」

意味がわからなかった。

「スパイ？　何をスパイしていたんです？」

「さあ。だけどミドリは、警察とも無縁ではなかった、って話を耳にした。殺されたことと直接関係があるかどうかは知らないが」

「警察と親しかったんなら、刑事たちは犯人の目星はついているのかな」

「だといいな。あんなふうに殺されたままでは、あの子だって浮かばれない。なんとか犯人をつかまえてくれよ」

「捜査員が、執念燃やしてますよ」

「じゃあ」原田はマッチを清二に返して言った。「メリー・クリスマス」

「何です？」

「占領軍のあいさつだよ。日本語で言うなら、よいお年を、だ」

「先生も」

まだ復興が遥《はる》かに遠いものに見えていた年の暮れだった。この日、巣鴨《すがも》拘置所では、東条英機以下、七人の戦犯の絞首刑が執行された。昭和二十三年十二月二十三日である。

清二が、その後ミドリこと高野文夫殺害事件を鮮烈に思い起こすのは、それから四年後のことになる。

4

清二は、被害届けを書き終えるところだった。

三十分ほど前、郡山《こおりやま》から出てきたという中年女性が、この上野公園前派出所におそるおそるという様子で入ってきて言ったのだ。

「お巡りさん、あたし、詐欺《さぎ》に遭ってしまったみたいなんだけど」

その中年女性は、頰が赤く、化粧気も全然なくて、見るからにのどかな農村から出てきたという様子だった。

彼女は言った。

そもそも彼女がアメヤ横丁を通っていたとき、ひとりの若い男が路上にうずくまって、泣いていた。その横に、初老の男がしゃがみこみ、若い男を慰めるようにときどき肩に手を置きながら話を聞いている。何人かの通行人も、立ち止まって若い男の言うことを聞いていた。郡山から出てきた中年女性も、何ごとかと足を止めた。

やがて初老の男が女性に目を留め、聞いたかいと声をかけてきた。女性がいいえと答えると、初老の男は教えてくれた。

この若い男は岐阜から出てきた田舎者だ。カネをすられてしまい、途方に暮れて泣いているのだ。なんでも財布には、故郷の親族や近所のひとたちから預かってきたカネまで含めて、一万円近く入っていたという。若い男はそのカネで、頼まれてきた薬や日用雑貨のたぐいを買って、岐阜に帰ることになっていたのだという。

初老の男は言った。さいわいこいつは、洋服地を持っている。安く売るというから、ひと助けのつもりで買ってやろうと思うのさ。

初老の男は、若い男の持つ風呂《ふろ》敷《しき》包みを広げさせ、洋服地を手にとって言った。こいつはけっこう上等な羊毛じゃねえか。いくらなら売るんだ？

若い男は、羊毛地としては破格の安値を口にした。初老の男が、一反《たん》買ってカネを払った。若い男は、深々と何度も頭を下げた。地獄で仏に会ったような気持ちだ、これでいくらか埋め合わせができる、と。

郡山からの女性も、洋服地を手に取ってみた。本物の羊毛に見えた。それに自分の前にも買ったひとがいるのだ。まさか人絹《じんけん》を混ぜた粗悪品ということはないだろう。

女性は財布に少し余裕があったので、残りの五反全部を買うとカネを差し出した。若い男は、五千円のカネを受け取ると、風呂敷包みまるごと女性に渡し、礼を言って去っていった。女性はいい気分だった。人助けをしたのだし、思いがけずいい買い物もできた。

アメヤ横丁を歩き出したときだ。ふたり組の男が目の前に立ちはだかった。自分たちは刑事だと名乗った。盗品の売買がおこなわれたようだから、荷物を見せろと言う。女性は、見せたら妙な容疑も解けるだろうと思った。ところが刑事と名乗った男たちは、これはたしかに盗品だ、証拠品として没収すると、その風呂敷包みを持ってそのままアメヤ横丁を立ち去ってしまった。

少しのあいだ呆然としていたが、これは詐欺だったのではないかと気づいた。あの刑事たちは偽者《にせもの》だったのではないかと。

それでこの公園前派出所に飛び込んできたのだった。

横で聞いていた先輩巡査の横山幸吉が言った。

「泣きバイだよ。よくある手だ」

清二は横山を見て訊《き》いた。

「詐欺の手口なんですか？」

「ああ。だけど、偽の刑事が出てくるってのは、初耳だ。ふつうは安物を高く売りつけて逃げる。それでおしまいだ。刑事が出てくるってのは、新しい手口だ。グルなんだろう」

中年女性は、ふいにぼろぼろと涙をこぼした。

「刑事って言われたら、疑うわけにもゆかないじゃない。ひどい」

横山が清二に言った。

「泣きバイやってるテキ屋連中は、おおよそ見当はつく。限られた数しかいない。その刑事を名乗った連中の様子をきちんと聞き出せ。刑事をかたらせて、黙ってるわけにはゆかんぞ」

「はい」

清二はその郡山から出てきたという女性から、その泣きバイグループの連中の人相風体を詳しく聞き出した。この一件は上野署に戻って、捜査係の担当に報告することになるだろう。

その女性を派出所から送り出したあとだ。

清二が派出所前に立ったとき、ふと視線が若い男に止まった。

男は湯島《ゆしま》方向から上野広小路へと歩いてきたのだ。派出所の前を通って、アメヤ横丁側に渡ってゆこうとしている。

歳は二十歳前後だろう。前髪を垂らした長めの髪で、ジャケット姿、帆布の鞄《かばん》を肩からさげている。悪い身なりではない。彼は派出所前を通ってゆこうとしながらも、この派出所には視線を向けてこなかった。意識して目をそらしているように見える。

清二は、公園前派出所の中を振り返った。横山は清二の表情にすぐ察したようだ。立ち上がって、派出所の外に立つ清二の横に並んだ。

派出所には、あとふたりの外勤巡査がいる。彼らに派出所はまかせてゆける。

横山が訊いた。

「どいつだ？」

清二は、歩き出しながら答えた。

「あの肩掛け鞄の男です」

若い男はすでに交番の前を横切って、ほかの多くの通行人にまぎれて広小路の車道際《ぎわ》まで進んでいる。

横山がさらに訊いた。

「髪の長い男か？」

「ええ」

「なるほど」

今朝の点呼のときに、緊急指名手配犯の姓名、服装等が伝えられた。名は山際啓之《やまぎわひろゆき》、十九歳。日本大学の運転手で、一昨日の九月二十二日、銀行からおろされたばかりの日大教職員の給料を強奪し、逃走したという。同僚運転手にナイフで切りつけている。被害金額は百九十万円という大金だ。長めの髪、細面、色白の二枚目とのことだった。

距離は二十歩ほどだ。清二は早足になった。

無意識のうちに、右手は腰の拳銃《けんじゅう》を押さえていた。拳銃はこの年の一月から警視庁の全警察官に支給されている。巡査の清二が腰にさげているのは、S&W《スミス・アンド・ウエッソン》四十五口径の回転式拳銃だった。重さは本体だけで千二百グラム。いずれ警視庁の巡査は腰痛《ようつう》持ちばかりとなる、とささやかれているほどの大型銃だ。

横山も、拳銃に手を当てていた。ホルスターをいくらか持ち上げ気味にしている。早足や駆け足になるとき、この重さのものを腰でぶらぶらさせておくわけにはゆかない。持ち上げて腰の負担を軽減しなければならなかった。

追いながら、横山が清二をほめた。

「いい目だ」

清二は黙ったままで、目指す男を追った。

じつのところ清二は、巡査になってからこの二年半、職務質問では犯罪者確保の実績をまったく上げていなかった。派出所勤務の外勤巡査にとっては、この職務質問こそが手柄を上げるほとんど唯一《ゆいいつ》の機会なのだが、清二はそもそも職務質問が苦手だった。これまで署長表彰を四回受けているが、それはすべてスリや窃盗の現行犯逮捕である。それはそれで評価されているが、職務質問による検挙実績ゼロというのは、この犯罪多発地の派出所勤務巡査としては、職務への精励ぶりが疑われてもしかたがなかった。

正直なところを言えば、清二は職務質問が好きではないのだ。派出所勤務となった当初、先輩の横山に指示されて毎日かなりの人数に質問したが、犯罪者にあたったことは一度もなかった。だいたい上野公園を背後に控え、前にアメヤ横丁を受け持つ派出所である。堅気《かたぎ》の市民とは異なった風体、様子の人間に質問しようとしたら、通行人の七割を呼び止めねばならない。しかしだからといって、その中にいま逃走中か現に犯罪をやってきたばかりの犯罪者がまぎれこんでいる確率は、限りなく低いのだ。質問はほとんどすべて徒労に終わる。いくらかの威嚇《いかく》と牽制《けんせい》の効果が、期待できるだけだ。

そのことに気づいてからは、よっぽどの不審者でも通りかからない限り、清二は職務質問をしなくなったのだ。自分にはまだ巡査の勘がついていない、ということを理由に、積極的な職務質問を避け続けてきた。

だからいま、不審者に目を止めて横山に合図したというのは、清二にとっては例外的なことだった。

清二たちは若い男に追いついた。すでに広小路の車道の中である。横山がすっと男の左手に移動した。清二は右だ。

横山が、男に並んだところで呼び止めた。

「おい、ちょっと」

横山は五十歳を過ぎたという巡査だから、いまでも職務質問の際、「おい、こら」と呼び止める。清二は一応、警察練習所で、「おい、こら」は使ってはならないと教育された。呼び止めるときは、「失礼ですが」と声をかけるよう指導されたくちだ。

若い男は、横山を見て表情を変えた。足が止まった。

清二は男の行く手をふさぐように身体《からだ》の向きを変えた。

横山が男に訊いた。

「どこに行く？　旅行かい？」

男は、ちらりと清二を見た。

横山がたたみかけた。

「ちょっと質問させてくれ。そこの交番まできてくれないか」

男が眉間《みけん》に皺《しわ》を寄せた。口の端もかすかに持ち上がった。頭はよさそうだが、同時に薄情さも感じられる顔だちだった。

男は言った。

「汽車に乗るんですよ」

「何時の？」

「四時。いや、三時半」

「どこ行き？　切符は？」

「仙台。切符はまだだ」

「仕事かい？　鞄の中はなんだ？」

「おかしなものじゃないよ」

「だったら見せてもらっていいな」

男はもう一度清二に顔を向けてきた。それ以外に道はないのかと、問うたようでもあった。

清二はうなずいて言った。

「ここは通行人の邪魔になる。交番で話を聞かせてくれ」

男は訊いた。

「何か疑われているのか？」

「いいや。ただ訊いてみたいだけだ」

「怪しい者じゃないって」

清二は、いましがたよりもきつい調子で言った。

「くるのか、こないのか？」

横山が、穏やかに言った。

「手間は取らせない。すぐ終わる。一緒にきてくれるか」

男は小さく吐息をつくと、身体の向きを変えた。清二は横山と共に、男を両側からはさみこむようにして派出所まで歩いた。

机の前の椅子《いす》に腰掛けさせた。男は鞄を自分の足元に置いた。

清二は男のうしろに立った。

横山が、日報を机に広げて言った。

「名前、年齢を訊いていいかな」

男は答えた。

「加藤タモツ。二十一です」

「タモツは？」

「保護のホ」

「何年生まれだ？」

「昭和四年」

「何歳《なにどし》だ？」

年齢のあとに干支《えと》を訊くのは、職務質問の基本だった。年齢をごまかしている場合、たいがい干支を答えられない。答えられなければ、あるいは間違っていれば、その不審者は身元を隠さねばならぬ理由を持っていることになる。

しかし男は答えた。

「巳《へび》」

とりあえず干支と年齢は一致している。

「現住所は」

「豊島区椎名町《しいなまち》」

「職業は？」

「学生です」

「ほう、学生？」

「ええ」

「身分証明書とか、配給手帳は？」

「下宿に置いてきた」

「ポケットの中のもの、出してもらえるかな」

「全部ですか？」

「何も悪いことしてないなら、見せてくれよ」

男はしぶしぶと、ポケットのものを取り出した。手拭《てぬぐ》いと、小銭入れ、煙草《たばこ》のゴールデンバット。それに財布。黒っぽい生地でできている。

男は財布を示しながら、弁解めいた口調で言った。

「仕送りがきたばかりなんだ。学費の残りを払わなきゃならないから」

横山が財布の中身を確かめた。清二も横からのぞきこんだ。

三万円ぐらい入っているようだ。

「ずいぶん金持ちだな」と横山が言った。

「学費分なんですって。下宿代もたまってるし」

「その鞄の中身は？」

「着替えとか」

「とか？」

「洗面道具とか。故郷にちょっと帰る用事ができたんで、旅行道具だけです」

「見せてもらっていいか？」

「見せなきゃなりませんか？」

横山が、清二に目で合図してきた。少し強面《こわもて》に出てみろと。

外勤巡査として、その役割は呑《の》み込んでいる。

清二は、デスクをどんとてのひらで叩《たた》いて言った。

「拒否するならするで、こっちも対応を考えるぞ」

加藤と名乗った男は一瞬おびえを見せた。しかし、口はいっそうきつく結ばれた。目だけが、落ち着きなく清二と横山とを行き来した。どこまで突っぱねたらよいものか、あっさり鞄を開けるべきか、激しく葛藤《かっとう》しているようだ。

清二は、もう一度デスクを叩いて言った。

「見せろって」

男は目をつぶって身を縮めた。殴られるとでも思ったようだ。

横山が言った。

「な、加藤さんよ、この若いのが暴発してしまわないうちに、鞄の中を見せてくれたらどうだ。悪いことはしていないんだろ?」

男は目を開けると、再び腕組みをしてそっぽを向いた。

「しかたない」

横山は立ち上がって壁の電話に近寄り、受話器を耳に当てて所轄署を呼び出した。

「公園前、外勤第三班の横山です。班長を」

横山は振り返って加藤を睨《にら》みすえながら言った。

「横山です。いま、手配の山際と思われる男を交番に任意同行で連れてきました。背広様《よう》上着姿で長髪、肩掛け鞄を携帯しています。ひとりです。そうです。一昨日の日大給料強盗の」

加藤と名乗った男は、目を開けて驚いた様子を見せた。

「はあ?」横山の声の調子が変わった。「いえ、加藤保と名乗っておりますが」

清二が見ていると、横山の顔に落胆が現れた。

「そうですか。はあ」

横山は電話を切ると、清二に向けて首を振った。

「山際啓之はすでに逮捕だそうだ。大井署が、女といたところに手錠をかけた」

清二は加藤と名乗った男に目をやった。手配の人相風体はこの男に合致していたのだが。

加藤と名乗った男は、腕組みを解いた。自分にかけられていた嫌疑が晴れたと思ったようだ。頰の強張りがとけた。

横山が受話器を戻して頭をかきながら言った。

「山際は、捕まったとき、オーミステークとか言って、自分は日系二世アメリカ人だと名乗ったそうだ。オーミステークって、なんだ？」

清二は答えた。

「へまをやったぜ、とでも言ったつもりなんでしょうかね」

横山が再び加藤と名乗った男の前に腰掛けると、穏やかな調子で言った。

「正直言うとな、お前が指名手配犯かと思い込んでたんだ。そうじゃないことはわかった。さ、何も心配ないから、鞄の中見せてくれ」

加藤と名乗った男は、鼻で笑って言った。

「まったく警察ときたら」

「早く見せてくれ」

加藤と名乗った男は、足元から帆布の鞄を持ち上げると、デスクの上に置いた。

男は鞄を開けると、中身をひとつひとつデスクの上に取り出した。汚れた衣類、手拭いにくるまれた洗面道具。本が数冊。

本の一冊は石川啄木《たくぼく》歌集で、もう一冊は横文字の本だった。詩集のようだ。

横山がその横文字の本を手に取って訊《き》いた。

「何の本?」

「思想書じゃありません」

「だから何?」

「ハイネの詩集ですよ」

「何語なんだ?」

「ドイツ語」

「ドイツ語を勉強してるのか?」

「それだけじゃないですけど」

ほかに、黒いセルフレームのメガネが出てきた。レンズは見たところ、ほとんど素ガラスと見えた。

鞄の内側のポケットに、立教大学の学生手帳が入っていた。中に学生証がはさまっている。写真は添付されていない。学生証には加藤保の名が記されていた。

横山が言った。

「身分証明書は持ってないって言ったろ」

加藤保は言った。

「怖かったんですよ。警察が学生嫌いなのは知ってますから」

「嫌いじゃないさ。警察を嫌ってる学生はいるけど」

「どう答えるのがいいか、考えてしまった」

「何もしていないなら、素直に質問に答えるのがいちばんだ」

「じゃあ、もう行っていいですか」

「ああ」

男は中身を鞄に戻すと、椅子から立ち上がった。

しかし、清二はまだ合点がゆかなかった。

なるほど、この男は指名手配の山際啓之ではなかった。それははっきりしたが、この男が全身から放つうさん臭さはなんだろう。同じ学生でも軟派なほうだろうが、それにしても全体から発散される匂《にお》いは、もっと崩れた何かに近い。たとえばいましがたの女性を泣きバイの詐欺《さぎ》にひっかける連中のような、ひととしての腐臭さえ感じるのだ。その根拠を問われても、答えることはできないのだが。

清二は男を押しとどめて、もう一度椅子に腰掛けさせた。

「もう一回、生年月日を」

「昭和四年五月二十日」

「名前は加藤保だったな」

「学生証、見たでしょう」

「大学で何を勉強しているんだ？」

「文学だって」

「どういう先生に習っているんだ？」

「え？」加藤と名乗った男は、かすかに狼狽《ろうばい》を見せた。予期せぬ質問だったようだ。

「先生とか教授の名前を、教えてくれないか」

「もう行っていいんじゃないですか？」

「質問に答えてくれてもいいだろ。先生の名前は？　何人もいるだろうが」

「いるよ。佐藤教授とか、小林教授とか、たくさん」

「立教と言えば、岩淵忠孝先生が有名だな。刑法の専門家だとか。知ってるか？」

「岩淵教授ね。ああ、知ってる」

「有名なひとなんだろ。たくさん本を書いているとか。民主主義と警察、とかっていう本もあるそうだな」

「そうです。そういう本も書いてた」

「ちょっとその学生証、預かっていいかな」

「どうするんです？」

「大学にあんたのことを照会したくなってきたんだ」

返事をする暇《いとま》も与えず、清二は学生証を手に立ち上がった。加藤と名乗った男は立ち上がろうとしたが、横山が制した。

「ま、ゆっくりしてゆけや」

清二は受話器を取って、上野署に電話を入れた。

「上野公園前派出所の安城です。身元照会です。立教大学文学部、加藤保。加藤は清正の加藤。保は保険の保です。ええ、学生課に電話するのが早いのかもしれない。待ってます」

受話器を戻して振り返った。加藤は視線をそらした。頬がこわばっている。

清二はもう確信していた。この男がなんらかの犯罪に関係していることはまちがいない。でもその犯罪の種類はなんだろう？　テキ屋と組んでの泣きバイか？　傷害犯や強盗には見えない。窃盗犯？　あるいは詐欺師だろうか。

加藤は煙草を喫《す》い始めた。さきほどよりも緊張している。しかし、いまさら逃げるわけにはゆかない。逃げて逃げおおせる可能性はゼロではないが、いまの警視庁巡査は拳《けん》銃《じゅう》を所持しているのだ。巡査の拳銃の腕次第では、一発で死ぬ。そして加藤と名乗った男は、清二と横山の拳銃の技能については、何らの情報も持っていない。月島《つきしま》の訓練所で、ふたりとも最低の成績であったとは知らないのだ。

三分後に派出所の電話が鳴った。すぐに清二が出ると、相手は言った。

「加藤保って学生から、学生証の入った鞄が盗まれたと、池袋署に被害届けが出ている。

立教大学の学生課の話では、加藤保の学生証を持った男が、結婚詐欺を働いている、という苦情が、このところ山形や福島から寄せられているそうだ。福島県警は、この自称加藤保を詐欺容疑で手配している」

清二は言った。

「捜査係を寄越してください。たぶんそいつの身柄を押さえています」

その言葉が聞こえたのだろう。男は立ち上がって派出所の出口へ突進した。横山がすかさず動いて男の前に立ちはだかった。男は肩で横山にぶつかった。横山が足払いをかけると、男は地面に倒れこんだ。清二も駆け寄って男に馬乗りになった。横山が男に手錠をかけた。

清二は横山に訊いた。

「ええと、逮捕の罪状は？」

横山が言った。

「とりあえずは公務執行妨害でいい。おれに体当たりを食わせて逃げようとした」

「くそっ」と男は言った。「おれが何をしたって言うんだ？」

清二は言った。

「これから聞かせてもらうのさ。立教大学生をかたって、何をやってたんだ？」

「立教の学生にまちがいないよ」

「岩淵忠孝教授ってのはいないはずだ。うちの署の次席だ」

加藤と名乗った男は、乾いた笑い声をあげて肩を落とした。


上野署に戻ると、横山が逮捕手続書を書いた。

横山は、詐欺犯逮捕は初めてだという。

「じつを言うとな」横山は言った。「この歳《とし》になっても、まだ強盗は逮捕したことがない。そろそろ、でかい事件の犯人を捕まえてみたいものだな」

清二は微笑して言った。

「あいつが山際啓之だったら、わたしたち、総監賞ものだったでしょうね」

取調係の巡査部長に逮捕手続書を提出した。巡査部長は部屋を出ていったが、すぐに署の次席の岩淵警部と一緒に戻ってきた。

岩淵は機嫌がよかった。清二と横山を交互に見ながら言った。

「余罪がずいぶんありそうだぞ。いい勘だった」

清二は横山と一緒に頭を下げた。

岩淵が清二に言った。

「きょうの手柄は手柄だが、お前は経済違反はまるで挙げていないな。何か理由があって目をつぶっているのか？」

清二は言葉を選びながら答えた。

「は、どうしても、悪質性の高い犯罪の防止が優先となるものですから」

「悪質性に高いも低いもない。犯罪はみな等しく悪質だぞ」

「は」

「この調子で、経済違反もびしびし挙げろ」

「は」

外勤係の大部屋に入ると、総務の職員がメモ用紙を持ってきた。警察練習所で同期だった香取から電話があったという。来週末、湯島の居酒屋で、かつての仲間たちと集まりたいとのことだ。もし勤務にあたっているなら、日程を調整するので連絡を、とも記されていた。

戦後いっとき、料飲店は営業を禁止されていたが、去年の五月から営業が認められるようになった。ビヤホールも、いまや東京都内には二十店舗以上あるはずだ。もう酒屋の立ち飲みで我慢することはなくなったのだ。清二はいまでもさして酒は好きではなかったが、あの同期生たちと集まって飲むなら、楽しい酒になるはずだ。前回会ったのは去年の十二月だから、ほぼ九カ月ぶりということになる。

清二が伝言の記されたメモを警察手帳のあいだにはさむと、それを見た横山が言った。

「警官同士で集まるのか？」

「ええ」清二はうなずいた。「練習所の同期なんです。ひさしぶりです」

「気をつけろよ。いま、上のほうは、左の巡査のあぶり出しに躍起だ」

その話は、清二も耳にしていた。つい先ごろ、日本共産党が警察予備隊に党員を潜入させる、という方針を打ち出したことがわかったのだ。となれば、当然警視庁への潜入も想像できた。もう潜入しており、細胞が作られているだろうとも推測されているらしい。もちろんいつ潜入したかと言えば、例の大量採用の二十三年だ。あのときの採用者の中に、かなりの数の共産党員巡査がいるらしいとのことだった。

清二が巡査となった二十三年以降、国内の亀裂《きれつ》はいっそう広がった。力をつけた労働者たちは、戦前とは比較にならないほどに戦闘的な運動を繰り広げるようになったし、共産党も力を伸ばして、一部は暴力革命を本気で志向していた。派出所や駐在所が労働者や左翼学生に襲われて警官が拳銃を奪われる、という事件が何件も発生している。

三カ月前には、北朝鮮軍が三八度線を突破して朝鮮戦争が勃発《ぼっぱつ》した。およそひと月後、韓国政府が釜山《プサン》に遷都《せんと》した時期には、日本政府や米軍の危機感は頂点に達したことだろう。その後、マッカーサーが仁川《インチョン》に国連軍を上陸させ、北朝鮮軍を三八度線の北へと押し戻した後、ようやく国内の空気もいくらか落ち着いたのだった。

しかしなお今後の朝鮮の情勢次第では、日本国内でも急進的な左翼運動は盛り上がるはずである。日本の支配層のあいだには、左翼運動への警戒感が高まった。いったん民主警察となったはずの日本の警察も、いつのまにか以前のような反共、反組合的な体質に変わっていった。とくに幹部クラスはそうだ。労働運動や学生運動に対していよいよ鋭敏になっていた。

横山は言った。

「妙な疑いをかけられたら、免職ってことになるぞ。仲間と会うときは気をつけろ。間違っても、共産党の秘密会合だとは思われないようにな」

「わかってます」清二はもう一度うなずいた。「ただの同期会ですから」

部屋にべつの外勤巡査たちが数人入ってきた。

横山はすぐ話題を変えた。

「このピストル、持ち帰らなくてもいいなら、どんなにぐっすり眠れるかな。きょうみたいないい日は多少酒も飲みたいけど、ピストルを預かっている身と思えば深酒はできん」

それは清二の悩みでもあった。巡査に採用になった年に生まれた男の子もいまは満二歳。もう歩くし、いたずらが激しくなってきている。うっかりピストルに触られたらたいへんな事故がおきかねない。いくら八百匁《もんめ》の力が加わらないと引き金は落ちないとわかっていてもだ。いずれ拳銃だけでも署で保管できるようになって欲しい、というのが、清二を含め大方の警視庁巡査の切実な願いだろう。

約束の日、第一当番勤務のあとに、清二は私服に着替えて湯島の居酒屋に向かった。すでに香取茂一と窪田勝利がいて、小さな座敷で卓に向かい合っていた。もちろんふたりとも私服だった。

窪田は、警察練習所のときと同様、見るからにさわやかそうな印象の青年だった。彼に対しては誰もが、緊張や気負いを解いて接しようという気分になるだろう。ただしこの日の表情はなぜか、心配ごとでもあるかのように見える。

香取はいくらか恰幅《かっぷく》がよくなっていた。少し頬に肉がついているかもしれない。その風体風貌《ふうぼう》は、職務質問にあたるとき大いに役立っていそうだった。

合成酒を飲み始めたところに、早瀬勇三がやってきた。彼は背広姿だ。たぶん彼はいままでも、制服はさほど似合っていないことだろう。

少しのあいだ、世間話があった。

上野公園の被災者のことを問われたので、清二は答えた。地下道からはとうに追われていたが、その後も公園の見晴らし台や寛永寺の境内、通称葵町《あおいちょう》などにバラックを建てて、千人以上が住み続けていた。その被災者を公園から追い出しても、効果はいっときだけだ。住人たちはすぐにもとにもどる。それで警視庁も東京都もとうとう対応をあらためた。都はこれらの住民に対しては、代わりの土地を提供することにしたのだ。集合バラックひと棟につき二百から三百坪の土地をべつの地区に確保、これを被災者たちに貸与するというものである。この方法による移転は去年のうちにとりあえず終わった。ついで警視庁と都は、公園内に居住するバラックさえ持たない浮浪者たちの排除にかかった。足立区堀之内《ほりのうち》に収容所を建て、ここに住人たちを移そうとしたのだ。はじめこの強制移転に反対していた住人たちだったが、そのうち堀之内の周辺住民が移転反対を言い出し始めた。これに対して公園の住人の側は、そんなにおれたちが迷惑かと逆に移転に積極的になった。ならば、移転予定日以前、堀之内の住民たちが阻止行動に出る前に、移転をすませたほうがいい。

住人たちは、ひごろ先生と呼ばれているまとめ役の指示のもと、整然と堀之内収容所への移転を完了したのだった。それが去年の十一月のことだった。

清二はつけ加えた。

「おかげで、公園からは、テント村はほぼ消えたな。野宿するひとの姿は見るけれど、ずっと住み続けているひとたちじゃない」

香取が訊《き》いた。

「総監に梶棒《こんぼう》見舞った連中も、いないのか」

清二は、あの夜の情景を思い出して微笑しながら答えた。

「いない。数人ずつ散ったようだ」

「だけど、まだ公園周辺で商売やってるんだろう？」

「湯島や鶯谷には、旅館も多いからな」

「そういえば、殺されたオカマがいたな。不忍池の畔《ほとり》で。あの事件は解決したのか？」

窪田と早瀬が清二を見つめてきた。

「いいや」と清二は答えた。「とうに捜査係も担当を解かれてる。このままお宮入りなんだろう」

「堅気の男が殺されたんなら、もっと捜査は続くんだろうけどな」

清二は同意した。殺されたミドリが、上野公園に住み着いた男娼《だんしょう》でなければ、たぶん捜査はもっと徹底しておこなわれたことだろう。

窪田が言った。

「あれは、警察の誰かがみせしめでやったんだ、って話を聞きましたよ。総監の視察の前に怖がらせておくためだったとか」

清二は目をむいて言った。

「それは上野署の警官がやったってことか？　そんな話はこれっぽっちも耳にしていないぞ」

「本庁かもしれませんけど」

「本庁だって、そこまではやらんだろう」

香取が言った。

「ま、そのくらいにしておこう。きょう、集まってもらったのは、じつは窪田のことなんだ。知恵を貸してくれ」

清二は窪田を見た。窪田は、申し訳なさそうに頭を下げた。

早瀬が、単刀直入に訊いた。

「何か不始末やったのか？」

香取が代わりに答えた。

「窪田は、結婚したがっている。いい相手が見つかったんだ」

清二は言った。

「おめでたい話だ。なのに、窪田、お前のその表情はなんだ？」

香取が、窪田を顎《あご》で示して言った。

「惚《ほ》れ合った相手は、女給なんだ。酒場で働いている。結婚は許されない」

清二は思わず言った。

「娶妻《しゅさい》願は廃止になったぞ」

つい先日まで警視庁では、警察官が結婚する場合、所属長に娶妻願を出して許可を受ける必要があった。願いが出ると、担当部署は女性の身元を調査する。もし女性が卑賤《ひせん》の職業に就いていたり、家族に左翼活動家がいたりすると、結婚は許可されなかった。

それでも結婚したい場合は、当の警官は警視庁を辞めるしかない。ただし、この娶妻願制度は、この年に撤廃された。いまは表向き、警官の結婚は自由ということになっている。

香取が言った。

「だからと言って、自由結婚が奨励されているわけじゃないぞ。上野署で、最近誰か結婚したやつはいないか？ 自由にできたか？」

そう言われれば、つい先日結婚した同僚も、事前に結婚を願い出て、次席から口頭の許可を得たと聞いている。制度は事実上、残っている。もし無視して結婚するなら、早晩、退職を勧告されることになる。

清二は窪田に顔を向けた。

「女給って言うが、商売女ってわけじゃないんだろう」

「ちがいますよ」と窪田はきっぱり言った。「そうじゃない。ただ、職場が酒場ってだけです」

「いかがわしい店か？」

「まさか」

香取が言った。

「おれも行ってみた。特飲店《とくいん》じゃない。六区のふつうの酒場だ。コーヒーも出す。こいつのお相手も、ふつうの娘さんだ。窪田と一緒になりたいと、頰を染めて言うような娘だよ。安城が、女給って言葉からべつのことを想像するのはわかるが」

清二にも、その疑念が自分の偏見であることはわかっていた。しかし世の中では、女給という言葉が持つ響きはけっしてよいものではなかった。じっさいのところ、商売女という意味で使う男たちもいるのだ。ましてや警察では。

清二は言った。

「だったら、自分はこのような女と結婚しましたと、入籍してから報告するだけでいいんじゃないか」

早瀬が皮肉っぽく笑った。

「正論で出るのはまずい。こういう時期だ。左翼だとみなされかねないぞ」

「だって、娶妻願制度は廃止になったんだ」

「それを口に出すこと自体が、危険思想扱いだって」

香取が言った。

「やはりこれまで同様の手続きを踏むか」

「女は六区で女給をやってると届けたら、許可は出ないだろうな。女の身元調べをするまでもなく、駄目だってことになる」

清二は窪田に訊いた。

「もし結婚が許されなかったら、お前、どうする気だ」

窪田の答は、こんどもきっぱりしていた。

「警察を辞めますよ」

香取が首を振りながら言った。

「まだ道はあるはずだ。先走ったことを考えるな」

早瀬が窪田に訊いた。

「お前、三八度線は突破したのか？」

窪田は一瞬とまどったような顔をしてから答えた。

「相手は堅気の娘なんですよ」

「親の仕事は？」

「農家です。市川の」

「六区では、ひとり暮らしか？」

「おばさんの家に居候《いそうろう》してるんです。おばさんってのは、市川から浅草の指物《さしもの》師のところに嫁いできたってひとだそうです」

香取がつけ加えた。

「おじ、おばってのも、堅気だ。身内からも、警察が困ってしまうようなのは出ていない。まちがいのないひとたちだ」

窪田は驚いたように香取を見つめた。

香取が窪田にうなずいて言った。

「すまん。相談を受けたあと、調べてみたんだ。誤解するな。お前の結婚を応援するためだ」

早瀬が口の端をわずかにゆるめてから言った。

「実際的に考えてみようや。おれたちは窪田を辞めさせたくはない。娶妻願制度はなくなったと、正論を通したところで始まらないだろう。かといって、その娘さんとの結婚を真正面から上に願い出ても、できるかどうかわからん。もし店のほうに何か少しでも妙な噂《うわさ》があるようなら、まず間違いなく不許可だ」

香取が言った。

「娘の身元をごまかしてみるか」

「無理だ」早瀬は言った。「警務は、そういう調べについちゃ、なかなかの働きを見せるよ。ごまかせるとは思わないほうがいい」

「そうか？」

「そうだ」と早瀬は言い切った。「窪田、その娘さん、六区で働くようになって長いのか？」

「いえ」窪田は言った。「まだ三カ月です」

「ということは、お前と知り合ってから、まだ三月もたっていないのか？」

「彼女が働き出した早々に、知り合ったんです」

「マレー侵攻なみの速さだな」

「すいません」

「謝らなくてもいいが」

早瀬は卓の上に上体を倒した。頭を寄せろという合図のようだ。清二たちは、早瀬の顔に自分の顔を近づけた。

早瀬は、小声で言った。

「その娘さんを、いったん実家に帰せ。帰ったところで、娶妻願を出すんだ。そうすれば、警視庁は地元の警察を通じて、その娘さんの身元や身持ちの評判やらを調べる。学校にも出向く。だけど、絶対に悪い話は出てこないはずだ。ちがうか？」

窪田が、心配そうに言った。

「六区で働いているってことは、知ってるひとがいるかもしれません」

「娘さんは、東京のおばさんのうちに夏のあいだ仕事を手伝いに行っていただけだ。そういうふうにあいさつまわりさせておけばいい。おばさんの評判だって、実家じゃ悪くないんだろ」

「たぶん」

「娘さんが六区で女給だと真っ正直に報告するより、この方法のほうがいい。娘さんが親元にいて、近所で悪い噂もないなら、結婚は許可になる」

「おれは、彼女のことを正直に申告して、どこがよくないのかと思うんですけどね」

「おれも思うさ。だけど、結婚と警官と、両方手にしたいなら、お前のその正論はいったん引っ込めろ。どうだ、この案」

窪田は唇をかんだ。多少不服であるらしい。

香取が言った。

「いい案だ。結婚が許可になってから、浅草に呼び戻せばいい」

早瀬が言った。

「ひとつだけ、考えておくべきことがあるぞ」

窪田が、なんです？　というように首をひねった。

早瀬は言った。

「実家のほうで、お前さんの知らない評判が出てくることもありうる。その場合の覚悟はあるか？」

窪田は言った。

「彼女を信じています。人柄さえ、おれが知ってるとおりの女性ならば、おれは彼女と結婚しますよ。警察を辞めることになっても」

早瀬は二度大きくうなずいた。

「その娘さんは、いい男を捕まえたな。名前、なんて言うんだ？」

「絹子《きぬこ》。吉川絹子」

「乾杯しよう」早瀬は身体《からだ》を起こした。清二たちも、寄せていた頭をもとに戻した。

早瀬は、女将《おかみ》を呼んでビールを一本頼んだ。

「おれのおごりにさせてくれ」

けっきょくビールは二本飲んだ。そのあいだ、窪田はそもそも絹子という娘と知り合ったきっかけから、絹子の人柄、つきあいの様子などを、清二たちに問われるままに答えた。

窪田は言った。

「彼女は、けっこう料理が得意なんです。店が始まる前には、料理のしたごしらえなんか手伝ったりしてるんですよ。店のほうも、料理がうまいんで彼女を重宝してるんです。このあいだ店に行ったら、おれのために特別に作ったっていう芋料理を出してくれて」

香取が、横を向いて言った。

「ごちそうさまだよ、まったく」

窪田は、香取の皮肉にも気づいた様子を見せずに言った。

「結婚したら、ぜひ遊びにきてください。材料をそろえて、みなさんに振る舞いますから」

早瀬が小用に立って、すぐに戻ってきた。

何か言いたげな顔だった。清二が早瀬を見つめると、早瀬はまた小声で言った。

「店に本庁の警務がきてるぞ。たぶんおれたちを張ってるんだ」

清二は思わず言った。

「警務が？　どうして？」

「べつの署の巡査同士で集まっているからだ。香取さんがおれたちと連絡を取り合ったので、ちょっと調べようってことになったんだろう」

「おれたちが何だというんだろう」

「左翼が秘密会合もってるんじゃないかってことだろう。役所についての話題はもうするなよ」

窪田が訊《き》いた。

「本庁の警務だって、わかるんですか」

「わかるさ。一目でわかる」

香取が機嫌よく言った。

「役所の話なんて、もう話す気もないさ。放っておけ」

早瀬はうなずいてふたたび座敷に腰をおろした。

それから四日後、警視庁は、民主警察官グループに所属する巡査三十一名の追放を発表した。警視庁に潜入、活動している日本共産党員追放の第一弾だった。

さらにひと月後、窪田勝利は、千葉県市川市の吉川絹子と結婚して所帯を持った。朝鮮では、中国軍が鴨緑江《おうりょくこう》を越えて戦争に介入してから二週間がたっていた。国連軍が押し返されている時期だ。朝鮮戦争のおかげで国内では軍需関連の業界が活気づいた。この戦争特需による景気回復が、ようやく一般の市民にも実感されてきていた。旧軍人の最初の追放解除がおこなわれたのもこのころだ。

同じ月、多津がふたりめの男の子を生んだ。清二はその子に、正紀《まさき》と名付けた。

5

下の子供は、満二歳までもう少し。

上の子はもう四歳。いたずら盛りだ。

自分自身はこの四月に、公園前派出所から、上野公園の中の動物園前派出所に配属替えとなった。上野恩賜《おんし》公園内一帯を受け持つ派出所である。昭和二十七年。警視庁の巡査となって五年目に入っていた。

清二はその九月の非番の朝、家族揃《そろ》って上野動物園に行くつもりだった。多津が次男の正紀を抱き、長男の民雄は清二が手を引いてゆく。子供を動物園に連れて行くのは、この日が初めてだった。何度も民雄にせがまれていたが、正紀も動物たちに興味を持つようになってから、と思っていた。でも、そろそろいいころだった。

正直なところ、この夏には連れてゆこうと考えていたのだ。しかし、四ヵ月前、講和発効直後の五月一日に皇居前であの大きな騒擾《そうじよう》事件があった。この日は清二も警備応援に出ており、その騒擾を現場で体験した。さらに関係者徹底検挙という田中警視総監の方針で、矢継ぎ早に関係団体への手入れが行われた。上野署から応援が出た大がかりなものだけでも、深川枝川町《ふかがわえだがわちょう》への前後二回と荒川区三河島《みかわしま》への手入れがあった。そういう時期であれば、晴れやかに子供を連れて動物園に行く気分にはなれなかったのだ。

でも、メーデー事件から丸四ヵ月、ようやく気持ちもそちらに向いたのだった。

朝から多津は、四人分の弁当を作っている。少し奮発すると言って、多津は昨日のうちに鶏卵を四個手に入れていた。卵など滅多に口に入れることはできなかったけれど、こういう特別の日ならいい。それに、終戦から丸七年、講和も発効し、ようやく世の中も落ち着いてきた。巡査の給料もなんとかインフレのあとを追っかけてくれたし、手当てももろもろ充実してきた。家族が初めて動物園に行くという日には、卵ぐらいは買えるようになったのだ。

民雄は先日来、動物図鑑を飽きずに眺めていた。近所に美術学校の教授がいて、彼が民雄のために、自分が持っている図鑑を貸してくれたのだ。戦争前に刊行された、子供向けのものだった。字もまだ読めないのに、民雄はその図鑑に載っている動物の名をほとんど覚えてしまった。これはなに？　この動物はなに？　と、暇さえあれば両親に訊いていたおかげだ。

朝食を終えて、そろそろ出かけようかとなったところだ。玄関先に、大家の中山老人が駆け込んできた。

「安城さん、すぐきてくれないか」

血相を変えていた。自分を呼びにきたということは、犯罪が起こったか。

「ちょっと行ってくる」そう多津に言い残して、私服のまま長屋を飛び出した。

中山は、小走りのまま言った。

「また、うちの店子《たなこ》の赤柴《あかしば》さんのところだ。親爺《おやじ》が、暴れまくっている」

赤柴というのは、清二の住む長屋と背中合わせの長屋に住んでいる家族だった。母親が赤柴春江《はるえ》といい、戦争未亡人だ。男の子がいる。孝志《たかし》という名の十二歳の少年だ。去年から、この春江のところに、男が転がりこんでいる。安達とかいう大工だが、怠け者だ。

小路《こうじ》を曲がって、その長屋の前の路地に入った。七、八人の住人が、悲鳴を上げたり、怒鳴ったりしていた。その向こうで、暴れている人影。

清二は住人たちを押し退けて前へと進んだ。

四十がらみの男が、包丁《の》を振り回していた。大工の安達だ。酔っているかのように、足元がおぼつかない。目は完全に泥酔《でいすい》した男のものだった。

清二は思った。ヒロポン中毒か？

去年からヒロポン、つまり覚醒剤《かくせいざい》については、麻薬と同様の扱いになった。戦時中は吶喊《とっかん》錠とか突撃錠、猫目錠として軍隊ではふつうに使われていた薬品だ。戦後はアンプル入りとなって、いっそう効き目が向上した。おかげで逆に中毒患者による事件や事故が頻発することになった。とうとう去年、ヒロポンの売買は認められなくなったのだ。いまはヒロポンは愚連隊のいい資金源となっている。

こいつがヒロポン中毒だとしたら、説得はむずかしい。まず取り押さえることが先決だ。

私服なので、警棒も拳銃《けんじゅう》も持ってこなかった。取りに戻るべきか。

その考えはすぐに捨てた。無理だ。いまここを離れるわけにはゆかない。怪我人《けがにん》が出る。

ちらりと左右に目をやった。棒のようなものはないか。

中山がすぐに察した。彼は清二のうしろから、棒を差し出してきた。戸閉まり用の心《しん》張《ば》り棒だった。清二はその心張り棒を受け取ると、安達からは見えぬように背に隠した。

「安達」と清二は呼びかけた。「包丁を置け」

安達は、清二の声に反応した。ふらふらと揺れていた身体を清二に向けて、目を見開いたのだ。

安達は甲高い声で言った。

「何だ、お前？」

「警察だ。包丁をよこせ」

「警察？」安達は鼻で笑った。「どうして警察が、占領軍の格好してるんだ？」

何のことだかわからなかった。幻覚か？　彼の目にはいまこの自分が、占領軍兵士のようにでも見えているのか？

清二はもう一歩前に出て、左手を差し出しながら言った。

「さあ、包丁を」

「うるせえ」

安達は倒れるように包丁を振りおろしてきた。

清二は横に飛びのいて、心張り棒で包丁を叩《たた》き落とした。安達は手を押さえてまたよろめいた。清二はすかさず心張り棒の先で、安達のみぞおちを突いた。安達はうっとうめいて、その場に膝《ひざ》から崩れ落ちた。

清二は包丁を蹴飛《けと》ばすと、安達の背後にまわって右手を取った。予想していたよりも強い力で安達は抵抗してきた。清二は膝で安達の背を蹴り、上体を地面に押し倒した。

「縄を」と、清二は叫んだ。

住人たちのあいだから、縄が飛んできた。すでに用意されていたようだ。

清二は手早く安達の両腕を背中にまわして縛った。

安達はもがきながら叫んだ。

「殺せ！　殺せ！　機関銃でやってくれ！」

清二は安達の背をもう一回強く突いた。安達はごつりと地面に顎《あご》をぶつけた。抵抗がふいになくなった。

清二は中山に言った。

「うちの中を見てください。怪我人がいるかもしれない」

中山は、玄関口に目をやって言った。

「いいや。大丈夫だ」

清二も玄関口に目を向けた。半分だけ開いた引き戸のあいだに、赤柴春江が、息子の孝志と一緒に立っていた。不安そうに清二を見つめている。清二がまるで、赤柴母子にとって災厄であったかのような目だった。

中山が、路地に集まっている住人たちに言った。

「もう大丈夫だ。心配ない。みんな、うちに入ってくれ」

住人たちが、ひとりふたりと、それぞれのうちに引っ込んでいった。

清二は赤柴春江に訊いた。

「どうしたんです？　今朝、突然暴れ出したんですか？」

春江は、返事をしなかった。ただ黙ったままで清二を見つめている。

清二は言った。

「この男、ヒロポン中毒のように見えますが、心当たりはありますか？」

春江は、まばたきしてから言った。

「やっぱり」

「どうしたんです？」

「昨日から、機嫌が悪くて、あたり散らして」

「暴れたんですか？」

「ええ。だけど、少しお酒を飲ませたら、眠ってしまった。今朝になったら、こんどは、手あたりしだいに物を壊して、とうとう包丁を持ち出して」

「ほんとに怪我はしてませんか？」

「殴られたけど。でもたいしたことじゃありません」

「息子さんも？」

春江は、子供に目をやってから言った。

「ええ。この子があいだに入って、止めてくれたから」

「危なかった」

「このひと、警察に引っ張られるの?」

中山が横から言った。

「ヒロポン中毒で、ずっと近所に迷惑かけてる。きょうは、引っ張ってもらうしかないだろうな」

春江は首を振った。

「あたしたち、どうなる? 食べてゆけない」

「もうこのひとの稼ぎは当てにしないほうがいいぞ」

「おなかに子供がいるの」

清二は春江の腹部に目をやった。和服の下の腹部は、たしかに少し膨らんでいるように見える。四、五カ月というところだろうか。

表の通りから、靴音が聞こえてきた。複数の人間が駆けてくる。

中山が言った。

「べつの店子を、谷中警察署まで走らせた。やっときてくれたんだろう」

春江が、安達に目を向けた。憐憫《れんびん》の目と見えた。いや、憐憫はもしかすると、内縁の亭主である安達ではなく、こんな男と内縁となった自分自身に向けられていたのかもしれない。やつれた春江の顔は、正視しがたいまでに暗かった。

男の子の孝志と目が合った。暴れる安達と春江とのあいだに入って、母親を守ろうとしたという少年。清二は少年が自分を見つめているのだと一瞬思った。しかし、その痩《や》せた少年の目の焦点は、どこにも合っていなかった。少年は何も見ていない。少年の目には何も映っていなかった。

中山が、春江と男の子に言った。

「さ、もう安心だ。安達にはお灸《きゅう》をすえる。うちの中に入っていなさい」

春江は、男の子をうながして、住居に入っていった。

安達がまた叫んだ。

「殺せ！　殺せ！」

ちょうど路地にふたりの巡査が駆け込んできた。ふたりは転がっている安達を見て足を止めた。

清二は巡査たちに身体を向けて言った。

「上野署の安城清二巡査です。この男が包丁を振り回していたので、とりあえず制止しました」

年配の巡査が訊いた。

「傷害の被害者は?」

「いません」

「事件か?」

「いや、他愛のない騒ぎとは思いますが、男の様子はちょっとおかしい」

「どういう意味だ?」

「ヒロポン中毒かもしれません。たぶん家の中には、注射器やアンプルもあるでしょう」

安達はなおも叫んでいる。

「殺せ! 機関銃でもなんでも持ってこい!」

呂律《ろれつ》はまわっていない。正気の人間の声でもなかった。

年配の巡査は、転がって唸《うな》っている安達に目を向けてから言った。

「引っ張る。だけど、あんたはどうしてここにいたんだ?」

「うちが、背中合わせの長屋なんです」

「もしかして、毎日うちの署の前を通ってゆくひとか?」

「ええ。谷中署の前を通って、上野署まで通勤してます」

「いっそうちの署に配属されてりゃ楽だったろうにな」

「そう思います」

「あんたも署にきてくれないか」

清二はとまどった。

「きょうは非番で、このあと大事な用事があるんです」

「巡査なら、協力しろよ。たいして時間は取らせない」

困惑していると、中山が横から言った。

「事情は、わたしのほうが知っていますよ。わたしでよければ」

巡査は中山と清二を交互に見てから言った。

「あとからまた協力してもらうことになるかもしれんぞ」

「はい。喜んで」

清二は、心張り棒を中山に返して、その路地を出た。ほうぼうの玄関口や窓に、住人たちの視線があるのがわかった。


二日後だ。清二は谷中署に呼ばれた。少し事情を教えて欲しいとのことだった。その日、清二は勤務の帰り道、谷中署に入って捜査係を訪ねた。

捜査係の私服警官は、丹野《たんの》というまだ若い男だった。

丹野は、清二のために自分で茶を出してくれてから言った。

「あの安達って男、ずばりヒロポン中毒でした。このところ、幻覚が激しくなっていたらしいです。放っておくと、まちがいなくあいつは、錯乱して近所で大事件を起こしていましたね」

清二は言った。

「あのとき身柄を拘束できて、さいわいだったね」

「あいつのうちからは、注射器に空アンプルも出てきました。問題は、ろくに仕事をしなくなった大工がどうやってカネを工面して、どこから買っていたかです。うまくすると、売人たちの組織を挙げられるんですが」

丹野は、安達について知っていることはないかと尋ねてきた。どういう連中とつきあっているか。カネはどのように稼いでいるのか。訪ねてくる客はないのか。長屋の住人の中でとくべつ親しくしている者は誰かと。

残念ながら、清二の部屋から見て裏手にあたるあの長屋の住人のことは、よく承知してはいなかった。そもそも安達という男が住んでいることさえ、つい最近まで知らなかったのだ。

「そうですか」いくらか落胆を見せて丹野は言った。「同じ長屋なんだし、もう少し噂《うわさ》話《ばなし》でも耳にしているかと思ったんですが」

「わたしはほとんど寝に帰っているようなものだから」多少忸怩《じくじ》たる想《おも》いでもあった。

「どういうひとたちが住んでいるのか、わかっていなかった」

「ようし」丹野は立ち上がって言った。「そうそう、あの日のこと、うちの署長が安城さんのとこの署長に報告するそうです。準公務扱いで、署長表彰になるんじゃないのかな」

それはありがたいことだった。

香取茂一から署に電話が入ったのは、月末のことだ。勤務から戻った清二は、メモを見て、香取が第二当番についている坂本署三ノ輪派出所に直接電話した。

香取は言った。

「十月一日で、早瀬が異動する。内示が出たそうだ。こんどは荒川署だ。しかも外勤じゃない。刑事になったんだ。捜査係だ」

清二は、驚きつつも言った。

「遅かれ早かれ、早瀬は刑事になったでしょうね。本庁に行くのも、そんなに遠くじゃない」

「昇進祝い、やってやろうかと思って」

「やりましょう」

電話を切ってから、清二は思った。早瀬勇三は大学に進んだ男であるし、軍隊でも幹部候補生、警察練習所の成績も抜群だった。七千人近い男が採用された二十三年組の中では、群を抜いた存在であることは最初からはっきりしていた。いずれ彼は刑事になるだろうと、周囲の誰もが思っていた。たぶん早瀬自身もそれを望んでいたろう。なるべくして彼は刑事になったのだ。彼のつぎの目標が何かはわからないけれど。

ふと自分のことを考えた。

地元に生きる外勤巡査がいい。駐在所勤務ならなおいい。でも、駐在所はほとんどが郡部にあるし、数も少ない。それに、だいたいが子供のある年配巡査が配属される。清二はいま三十歳。駐在所勤務にはちょっと若いと言われる年齢かもしれなかった。駐在所勤務は、土地の有力者たちとも対等につきあわねばならぬ、いわば部下のいない署長のような存在なのだ。三十歳では、やや荷が重い勤務でもあった。

でも、と清二は多津の顔を思い浮かべながら決意した。四十歳になるころには、なんとか駐在所勤務となろう。その希望を通せるだけの実績を積んでおこう。階級は巡査でよいから、とくに昇進試験に熱を入れねばならないということもないのだし。

ところが翌日、また香取から電話があった。

「早瀬は、そういう集まりはいらんと言うんだ。これまでのように、忘年会か新年会でもあるときに祝いの言葉をもらうだけでいいって」

「忙しいんだろう」と清二は了解して言った。「外勤巡査みたいに、時間で勤務が終わるわけじゃないんだし」

「そうだな」

　十月五日の早朝だ。

　清二がようやく目覚めたころ、玄関の戸が激しく叩《たた》かれた。

「安城さん、起きてくれ。たいへんだ」

　また大家の中山の声だった。

　清二は、多津とふたりの子供たちに目を向けてから、玄関口に出た。

　心張り棒をはずして戸を開けると、寝間着姿の中山が立っている。青い顔だった。この男には珍しい。

　中山は、奥を気にしながら小声で言った。

「首吊《つ》りだ。春江さんが、裏の井戸の横で首を吊ってる」

　清二は、寝間着を脱ぐと、ズボンだけはいて外に出た。

　この二棟の長屋は、ひとつのポンプを共有している。路地の突き当たりにポンプがあって、屋根がさしかけられていた。長屋の住人たちは、炊事の支度も洗濯も、だいたいここでおこなう。

　行ってみると、井戸の脇《わき》の大きなサクラの木の枝の下に、ひとがぶらさがっていた。

女だ。女の足元には、漬け物樽《だる》が転がっている。ぶら下がっている女の足先は、ほとんど地面に触れんばかりだった。枝に縄をかけ、輪に首を入れてから、樽を蹴飛《けと》ばしたのだろう。

顔が見える位置までまわってみた。赤柴春江だった。目をむいており、口から舌がわずかにのぞいていた。たぶん死んでいる。

縊《い》死《し》死体を見るのは初めてだった。いったん目をそらし、喉《のど》にこみあげてきた苦い胃液を地面に吐いてから、死体に近寄って手首に触れた。身体はひんやりしており、死後硬直が始まっているようだった。当然脈はない。

思い切って腕を強く握ってみた。やはり生体反応はなかった。

清二は中山に振り返って言った。

「谷中署に連絡してもらえますか。刃物も貸してください。少しのあいだ、ここにはひとを近づけないように」

「ああ」と、中山が振り返って駆け出そうとした。その向こうに、ひとがいた。少年だった。春江の息子の孝志だ。

孝志は呆然《ぼうぜん》とした顔で、春江の死体を見つめている。

清二は孝志の視線をさえぎるように、孝志に近づいた。

「行ってなさい。近づくな」

孝志は、清二の言葉が聞こえなかったようだ。目をみひらいたまま、死体に駆け寄ろうとした。清二は孝志の身体を押さえて、死体が見えぬ位置まで押した。孝志は抵抗したが、もちろん清二の力のほうがはるかに勝っていた。

清二は孝志に言った。

「落ち着いて。うちに帰っていろ。いいか。お前は見ないほうがいい」

孝志は不思議そうな顔になって清二に訊《き》いた。

「母さん、死んだのか？」

「わからん。いま、医者もくる」

「死んだんだろう？」

「わからん。うちで待ってろ」

「いやだ」

孝志はもがいた。清二の腕を振り切って、死体に駆け寄るつもりのようだ。清二は孝志の頬を平手で打った。孝志は驚愕《きょうがく》で棒立ちになった。

中山の女房が駆けてきた。

清二は夫人に言った。

「孝志くんを頼みます。見ないほうがいい」

「わかった」

中山の女房は、うなずいて孝志の肩に手をやった。孝志は、意識が抜けたような顔となって、そのまま引っ張られていった。

中山が出刃包丁を持って戻ってきた。清二は死体のそばに戻り、枝にかけられた縄を切った。中山が死体を支えてくれた。死体の足が地面についた。清二と中山は下からその死体を支えつつ、地面に横たえた。

清二は春江のまぶたに手を触れて、目を閉じさせた。

中山はあたりを見回しながら、ため息をついて言った。

「死ぬ前に、ひとことでも相談してくれたらなあ」

清二は言った。

「そうとう追い詰められていたんでしょう」

「よりによって、ここで首を吊らなくても。谷中墓地のほうには、枝振りのいい木がいっぱいあったろうに」

清二が中山の顔を見ると、彼は泣きだしそうな顔で言った。

「これから、ここの井戸は使いにくくなると思ってね。変な噂も広まるだろうし」

「気にすることはありませんよ」と清二は言った。「そこの三崎坂は、怪談牡丹灯籠《ぼたんどうろう》の舞台だ。だからといって、夜中でも人通りはあるんですから」

それよりも気になるのは、孝志のことだ。母親が死んで、あの子はどこに行くことになるのだろう。引き取ってくれるような親族がいるのか？　いたとして、その家庭はもうひとり伸び盛りの子供を養えるだけの余力はあるのだろうか？

五日後である。

上野署の外勤巡査たちにまた変則的な勤務の命令が出た。

もう上野公園にはさほど浮浪者は残っていないはずだが。

いぶかしく思っていると、当日の朝になって、何があるかわかった。警視庁覚せい剤取締本部が、国税庁、専売公社監視課などと協力し、上野署ほか近隣警察署からも応援を得て、上野御徒町《おかちまち》三丁目の国際友愛ビル内十数店舗と世帯を家宅捜索するというのだ。覚せい剤取締法、専売法、外国為替管理法その他の違反容疑である。

この地区ではこれまでもヒロポンや密造酒、闇煙草《やみたばこ》などの売買が続けられており、上野署も何度か小規模な手入れをおこなってきた。こんどは警視庁が主導し、制服・私服警官合わせて百二十人を動員する、大がかりな手入れである。

清二は第三班の同僚たちと共に、捜査員たちの家宅捜索を支援することとなった。

その日の朝、動員された巡査はいったん上野署の裏庭に集合、警視庁覚せい剤取締本部長の指揮に従ってアメヤ横丁に向かった。

通行人や買い物客たちが驚いて立ち止まる中、警官隊はアメヤ横丁の国際友愛ビルを包囲した。すぐに店員や住人たちがビルを守るように阻止線を作った。女たちが、帰れ、消えろと叫び始めた。

取締本部の私服警官たちが、捜索令状を示してビルの中に入ろうとした。入り口ではもみあいとなった。いったん私服刑事たちは引き下がり、ついで上野署の武道に強い巡査たちが警棒を抜いて入り口に向かった。すぐに小競《こぜ》り合《あ》いとなった。

上野警察署の外勤係長が、抵抗する者の排除を命じた。とうとう店員や住人の側も棍《こん》棒《ぼう》を持ち出してきて、入り口前では殴り合いが起こった。

清二は、友愛ビルの中通《なかどおり》側で、同僚巡査たちと共に住人たちの抗議を引き受けていた。相手は胸ぐらを摑《つか》まんばかりの位置からののしり、唾《つば》を吐きかけてくる。肩でごりごりと押し返そうとする者もいる。ここでは警棒を抜けという指示は出ておらず、とにかく捜査員たちが家宅捜索を終えるまで、騒ぎを拡大させるなというのが命令だった。

家宅捜索が始まってから五分ほどしたころだ。出入り口のあたりで、抵抗が激しくなった。内側から激しく押されるのだ。誰かが中から出ようとしている？　逃走しようとしている者があるようだ。清二たちは、警備のラインが崩されぬよう、いっそう強固にその場を固めた。

しかし、ついにラインは突破された。ラインの一点が破れて、そこからどっと住人たちが飛び出したのだ。

清二は、はね飛ばされるとき、ひとりの中年男が、腕で顔を隠すようにして、飛び出して行くのを見た。逃げようと必死なのは彼だ。

清二は混乱の中でなんとか姿勢を立て直し、その中年男から視線をはずすことなく追いかけた。ごつりごつりと頬に拳《こぶし》が突き出されてくる。清二の追跡を止めようとしている男たちがいる。もみくちゃの中で、誰かの手が腰の拳銃《けんじゅう》にかかったのがわかった。このような混乱時、巡査の拳銃も狙《ねら》われる。清二はその腕を振り払い、警棒を抜いてひと振りした。がつんと固い感触があった。腰の拳銃から、手が離れた。

同僚巡査たちは、包囲のラインを回復させることに躍起だった。逃げようとしている男に気づいた者はほかにいない。いや、ひとりだけいた。先輩巡査の横山だった。彼がもみくちゃの中に割って入ってきた。

身体《からだ》が自由になった。清二の視線はまだ、逃げる男の背にすえられている。彼はいま、べつの小路《こうじ》に飛び込もうとしているところだった。清二は立ちふさがろうとする男にもうひと振り警棒をくれてから、逃げる男を追った。

清二が小路の中に飛び込むと、男は路地の奥の建物のドアを開けようとしているところだった。しかし、ドアは施錠《せじょう》されているようだ。開かない。男は清二に向き直ると、上着の下から刃物を取り出した。清二は腰をかがめて足をゆるめた。男が刃物を突き出してきた。清二はその刃物を払いのけ、ひるんだところにすかさず相手の胸を警棒でついた。男は短くうめいて上体を折った。その首もとに、警棒の石突きをくれた。男はうつぶせに地面に倒れこんだ。

横山が駆けつけてきて、刃物を拾い上げた。清二は男に馬乗りになると、彼の右手を背中にまわして手錠をかけた。ついで左手にも。

その小路に、ふたりの巡査が駆け込んできた。

横山が清二に小さく言った。

「持ち場を離れた。ちょっとやりすぎたぞ」

清二は、鼻の下が生温かく感じられるので、左手の甲でぬぐった。血がついてきた。いましがた拳をくらったときに、鼻孔が切れたようだ。まさか鼻骨は折れてはいないと思うが。

横山が、地面に転がっている男に目を向けて言った。

「こいつが、大物だといいんだが」

ふたりの巡査のうしろから、さらにふたりの私服警官が駆けつけた。本庁の刑事たちだった。

年配の刑事のほうが、男の髪をつかんで顔を確かめた。

「張《ちょう》だ」と、その刑事は言った。「張敬和《けいわ》。きょうの狙いのひとりがこいつだ」

若いほうの刑事が、清二に顔を向けて訊いた。

「お前が手錠をかけたのか？」

「ええ」清二は腰の手拭《てぬぐ》いで鼻血を拭《ふ》きながら答えた。「上野署、安城です」

「こいつのことを知っていたのか？」

「いえ。ただ、逃げかたが異常だったので。何をやった男です？」

「ヒロポンの売人だ。逮捕状が出ていたんだ。お前さん、点数稼いだぞ」

「逮捕手続書には、わたしと」清二は横に立つ横山を示して言った。「横山巡査の名も書いてください。ふたりで追い詰めたんです」

横山は、いいのかとでも言うようにかすかに眉《まゆ》を動かした。

小路に、さらにふたりの私服警官が駆け込んできた。

年配の刑事が、清二の腰のあたりに目を向けて言った。

「あんた、手当て受けたほうがいいぞ」

見ると、制服のベルトの下のあたりが裂けていた。血がにじんでいる。もみあっているとき、刃物をふるった者がいたのだろう。しかし、軽傷だ。まったく気がつかなかった。痛みもない。切り傷と言えるほどのものではない。

その日の検挙者は、十二人だった。押収《おうしゅう》されたヒロポンと外国煙草の量は、取締本部が期待していたほどのものではなかった。国際友愛ビル全体をまとめる大ボスは見つからず、逮捕できなかった。失敗だった、という見方が、関係した巡査のあいだに広がった。たぶん事前に情報が漏れたのだ。警視庁は日をあらためて国際友愛ビルを狙うことになるのだろう。

上野署に戻って、腰の下の傷を含めて応急手当てを受けていると、次席の岩淵警部がやってきた。

「総監賞を申請する。怪我《けが》が完治するまで、休め」

清二はありがたく頭を下げた。

この公傷自体はたいしたものではないから、休みは褒美《ほうび》ということだ。遠慮なく多津や子供たちと過ごすためにつかわせてもらおう。

6

秋晴れの、思わず深呼吸したくなるような気持ちよい日だった。

特別休暇二日目の昼だ。清二は多津とふたりの子供たちを連れて、近所の散歩に出た。初音町の長屋を出てから、天王寺町方面へと歩いた。天王寺町の芋坂跨線橋《いもざかこせんきょう》で、子供たちに汽車を見せてやるつもりだった。子供たちは、動くもの、とくに汽車が大好きだったし、安全に汽車を眺めるなら、この天王寺脇《わき》の道の先にある跨線橋はちょうどよい場所だった。これまでにも何度かきたことがあった。子供たちが汽車に飽きたところで、谷中銀座の商店街へと抜けることになるだろう。多津は、内職のための端切《はぎ》れや糸が必要だと言っていた。跨線橋を東に渡り切って、根岸の問屋街で買い物ということになるかもしれない。

天王寺と天王寺町の一帯も、戦災を免れていた。いまでも古い長屋やアパートが密集している。場所柄、工員や職人たちも多く住んでいるらしい。鉄道員の菜っ葉服をよく見かける地域だった。

明るい日だったから、通りにも、垣根越しに見える民家の庭にも、ひとの姿は多かった。子供たちの遊ぶ声も聞こえてくる。谷中の墓地や天王寺の一帯は、子供たちの遊び場にも格好だった。登りやすいサクラの木が多かったし、林立する墓石はかくれんぼにはうってつけだった。

谷中墓地に入り、天王寺前に通じるサクラ並木の通りを進んだ。

天王寺の五重の塔が見えてきた。百六十年前に建てられたという、由緒《ゆいしょ》ある塔だ。その横には平屋の建物があって、ここは谷中警察署の天王寺駐在所だった。山手線の内側では駐在所は減ってきているが、残っている数少ないひとつがここだ。繁華街や新興の住宅地とはちがい、このように古くからの町では、外勤警官を交代で送り込むよりも、土地の事情に詳しい駐在警官がひとりいるほうが、犯罪防止には役立つ。だから警視庁と谷中警察署は、この天王寺交番を、いまでも駐在所として機能させているのだった。いまの駐在警官は、佐久間という年配の巡査だった。

その天王寺駐在所の前まできて、清二はガラス戸の奥に目をやった。事務室は空だ。佐久間は奥にいるのか、それとも巡回に出ているのだろう。天気のことを考えれば、外回り中と考えるのが自然だった。

多津が、駐在所を見ながら言った。

「佐久間さんは、もう十年もここにいるって聞いたわ。戦時中からですって」

清二は言った。

「駐在警官は、派出所勤務とはちがう。いったん配属されれば長いさ」

「あのひと、もう五十近いはず」

「そうらしいな」

多津は清二に顔を向けて、無邪気に言った。

「ね、清二さんが駐在警官になるなら、ここがいいね。天王寺駐在所」

清二は多津の無邪気そうな顔を見て微笑した。

「どうしてだ？」

「あたし、下町育ちだし、こっちの町が性に合ってる。西の方の駐在所じゃ、暮らしにくいと思う」

「警視庁は、そういうところまでは配慮してくれないよ」

「清二さんだって、こっちの町には詳しいでしょ。初音町にはもう四年いるんだし、ずっと上野署勤務だったし。そういうひとを、全然知らない町にやるなんてことは、警視庁にとっても損だと思う」

天王寺駐在所は、そのまま駐在警官家族の住宅と続いている。いや、家屋の一部が駐在所なのだ。裏手の小さな庭には物干し竿《ざお》があって、洗濯物が吊《つ》るされていた。

多津が家屋に目を向けたまま言った。

「きっとふた部屋あるのね。六畳間ふたつかな」

もうこの駐在所に配属されるような口ぶりだった。清二は苦笑した。

作業着を着た工員ふうの男と、学生ふうの男が、清二たちとすれちがった。

すれちがうとき、短く会話が聞こえた。

「会議で？」

「そう。ハントウカツドウだ」

「サモンだな」

清二は思った。左翼だろうか。あの血のメーデーからまだ半年、警察官はどうしても、左翼の動向には敏感になる。とくに交番勤務の巡査の場合は、拳銃強奪はきわめて現実的な問題であり、つねに意識しておかねばならない危険だった。いま耳に入った言葉から、いやでも左翼活動や労働運動を想像してしまう。おそらくこの天王寺町の長屋やアパートには、労働運動の活動家も多いことだろう。

振り返ることなくそのまま道を進んだところで、通りの角からまたふたりの男が顔を見せた。

清二は驚いた。ひとりは知っている顔だ。私服姿の早瀬勇三だった。

早瀬も清二に気づいて、目を大きくみひらいた。早瀬の指が、すっと口に当てられた。しっ、何も言うな、という合図のようだ。清二はすぐそれを察してうなずいた。

早瀬と一緒の男も、清二の表情に気づいたのか、ふしぎそうに早瀬に目をやった。すれちがいざま、早瀬は清二を見つめて小さく首を縦に振ってきた。

多津が訊《き》いた。

「どうしたの？　知ってるひと？」

「ああ」清二は歩きながら答えた。「警察練習所の同期だ。荒川署の捜査係に異動になったと聞いてた」

「左にいたひと？」

「ああ。若いほう」

「どうしてあいさつしなかったの？」

「公務中だった。誰かをつけていたようだ」

「泥棒？　それらしいひとって、いた？」

「公安関係だろう。活動家を追ってるんじゃないのかな」

もちろん清二にも確信はない。ただ、誰かを尾行しながら逮捕しないのであれば、それは泳がせているのだと考えるのが自然だ。大物の指名手配犯の所在を突き止めるとか、あるいは要注意組織の全体像をつかむためにだ。

多津が振り向こうとしたので、清二はあわてて言った。

「振り返るな。このましらんぷりしていよう」

多津が言った。

「警官って、制服を脱ぐと、得体が知れなくなるひとって多いね。あのひとたち、なにも知らずに出会ったら、あたしはきっと、危ない稼業《かぎよう》のひとたちだと思う」

「取り締まる相手に似てくるのが刑事だ。強行犯を相手にしてたら、強行犯みたいになる。詐欺師《さぎし》が相手なら、詐欺師っぽくなるそうだ」

「堅気の地元のひとを相手にしてたら、堅気の地元のひとのままでいられる。ね、駐在さんになろうね。出世しなくてもいいから」

清二は、素直にうなずいた。多津は、あなたには出世は望めないと言っているわけではないのだ。むしろ、階級を上がることで、いかにも警察官ぽくなってゆくことを心配しているのだ。多津の心配は理解できる。自分は出世を望まぬ代わり、駐在警官となることを目標にしよう。たしかに多津の言うように、この天王寺駐在所は魅力的だった。なによりも自分は東京の中でもこのあたりの地区になじんでいるし、町の性格も住人の気質も好きだった。ほんとうにこんな町で駐在警官となることができるのなら。

しかし、と清二はあらためて思った。問題は自分の年齢だろう。

清二は言った。

「署長賞やら総監賞やら、いっぱいもらって希望を通すさ。それができるだけの巡査になる」

「無理はしないでね」と多津は言った。「怪我《けが》までして、そうして欲しいわけじゃないから」

「子供たちがいる」清二は長男の民雄と、多津が抱く次男の正紀を交互に見つめて言った。「最優先するのは、お前と子供たちだ」

芋坂跨線橋にさしかかった。蒸気機関車の白い煙が、ゆっくりと目の前に幕を作った。清二は多津と子供たちを制して立ち止まった。煙はほんの二、三秒の後に薄れて消え、あとに少しのあいだ、匂《にお》いだけが残った。

国際友愛ビルの手入れからちょうどひと月経《た》ったころだ。

上野署に、警視庁公安部の私服警官たちの出入りが目立つようになった。とくに警備事件に関わる捜査本部が置かれていたわけでもないので、署内ではその理由があれこれと詮索《せんさく》された。

横山が耳にしているという情報は、このようなものだった。

「例の国際友愛ビルの手入れで、共産党の『料理献立表』が発見されたというんだ。三国人の中に、かなり大きな組織ができていて、騒擾《そうじょう》事件が企画されているんじゃないか、と上のほうじゃ心配している」

料理献立表というのは、共産党の中の武装革命を志向する一派が作った、武装蜂起《ほうき》についての手引き書だ。時限爆弾の製造法などが記されているという、「球根栽培法」とならぶ危険な技術マニュアルだった。この料理献立表が発見されたということは、武装革命を狙《ねら》うグループの組織活動があるという証拠でもある。ましてやそのグループが、在日の朝鮮人過激グループと結びついていた場合、警視庁としては敏感にならざるをえない。

血のメーデー事件では、騒擾の先頭に立ったのは共産党の一部、日雇い労働者の土建自由労連、東京都学生自治会連合（都学連）、在日朝鮮人による祖国防衛隊らだった。警視庁の奥で、メーデー事件関係者の再度の摘発と組織の壊滅が計画されていてもおかしくはなかった。おそらく近々また、管轄《かんかつ》地域内で大きな手入れと一斉捜索もおこなわれるのだろう。

その話を聞いた直後だ。清二が動物園前派出所で第二当番勤務についているとき、また早瀬を見かけた。こんどはひとりだった。午後の六時すぎである。もうこの季節、すっかり暗くなっている時間だった。

早瀬は、上野駅公園口のほうから、博物館方面へと歩いてゆこうとしているところだった。やはり私服である。裾《すそ》の長いダスターコートを着ていた。

先に気がついたのは、清二のほうだ。声をかけようとして、思い止《とど》まった。早瀬はひとりではあるが、また尾行かもしれなかった。先日、横山の話を聞いたばかりでもあった。いま早瀬に声をかけることは、彼の任務を妨害するばかりか、彼を危険にさらすことにもなりかねなかった。

早瀬も、派出所に立っているのが清二だと気づいたようだ。歩調を変えることなく歩きながら、小さく会釈《えしやく》してきた。任務中なので話はできない、とでも言っているような顔だった。清二もうなずき返した。

年が明けて、昭和二十八年となった。

一月二十日、警視庁は上野署ほかの警官を動員して、ふたたび御徒町《おかちまち》のヒロポン密売所を一斉捜索した。こんどの捜索対象は、御徒町の国際親善マーケットと呼ばれる一角である。動員された警官は前回の三倍以上の四百人であり、一斉捜索による検挙者も四十人にのぼった。上野のヒロポン売買の元締めと言われていた金本《かねもと》某もこの日、身柄を警視庁に確保された。押収《おうしゅう》されたヒロポンや煙草《たばこ》、密造酒などの総量は、トラック十三台分である。

この日は、残念ながら手柄を立てる機会がなかった。動員された巡査の数が、店舗の関係者や住人たちを圧倒したのだ。

捜索が終わり、上野署に戻ってから、第二当番と交代して、清二は帰宅の途についた。谷中警察署の前を通るときだ。巡査や私服捜査員らに囲まれて、手錠をかけられた若い男が署に入ってゆくのを見た。

外に知り合いの外勤巡査が立っていた。酒井という、四十歳前の巡査だ。清二は訊いた。

「この近所で空き巣でも？」

「いや」その知り合いの巡査は答えた。「愛知大の学生だ。全国指名手配になってた男を、近所で逮捕したんだ」

愛知大の指名手配犯というと、去年のメーデー事件直後、愛知大の学生たちがパトロール中の巡査を拘束して拳銃を奪った事件だろう。この事件では逮捕状の出た学生が十三名、七人が捕まったが、残りは逃走したという。

その指名手配犯のひとりが、近所に潜伏していたのか。

もしかすると、と清二は思った。早瀬が先日来尾行していた相手も、これに関係する者たちであったのかもしれない。

翌朝、清二が制服に着替えて朝食にかかろうとしたとき、大家の中山が玄関口で呼んだ。

また何か長屋でもめごとか。それとも自殺か。

玄関の引き戸を開けると、中山が言った。

「裏手の墓地で、ひとが死んでいるらしい。いま、谷中警察署の巡査が駆けていった。いちおうあんたにも教えておいたほうがいいかと思って」

長屋裏手には、谷中墓地が広がっている。谷中警察署の管轄地域であり、直接は清二とは関係がなかった。しかし、初音町に住む警官としては、地元の事件として知っておくべきことかもしれない。時計を見ると、まだ出勤まで余裕はあった。

清二は朝食をそのままにして、多津に言った。

「行ってみる。もういい」

中山のあとについて、谷中墓地に入った。警官が集まっているのは、ちょうど功徳林《くどくりん》寺《じ》の脇《わき》にあたる位置だった。大谷石の墓石が目立つ一角で、十数人の巡査が死体を検分しているところだった。清二は所属を名乗って、警官たちのうしろから死体をのぞきこんだ。

菜っ葉服を着た男が、仰向けに倒れている。いや、男というよりは、少年と呼んだほうがよいくらいの年齢か。十五、六歳の鉄道員と見える。

谷中署の酒井が教えてくれた。

「首を絞められてる。夜中に殺されたんだろう。さっき野良猫《のらねこ》に餌《えさ》をやりにきた婆《ばあ》さんが見つけたんだ」

「夜中に？」清二は思わず言った。夏とはちがい、この季節、真夜中にこの墓地の中に入ってくる者は少ない。「殺しの現場もここですか？」

「運んできたようには見えない」

「なんでまた、そんな時刻に」

「鉄道員なら、あってもふしぎはないさ。近所に住んでる男だろう」

「身元はまだわかっていないんですね」

「いま国鉄に照会中だ」

清二は一歩前に出て、死体を近くからのぞきこんだ。仰向けに倒れている被害者は、若いだけではなかった。美少年だと言っていい。

酒井が言った。

「組合のビラをたくさん持っていた。何か組合運動のトラブルかもしれん。左翼内部のことはよく知らないけど」

しかし清二は、その死体にいやおうなくもうひとつの死体のことを重ねて思い出していた。ミドリ、と呼ばれていた上野公園の若い男娼《だんしょう》だ。本名を高野文夫といった。彼とは、死にかたも似ているような気がする。五年前のあの事件も未解決のままだ。

清二は死体から目をそらし、空を見上げた。乾いた冬の朝だった。


その日の夕刻、上野署で勤務を交代する際に、別班の巡査が声をかけてきた。三年先輩にあたる男だ。

「お前さんちの近所で、殺人があったって？」

昼間のうちに、谷中署から上野署にも情報は伝わっていたわけだ。隣接する警察署ということで、何か照会事項でもあったのかもしれない。

清二は答えた。

「若い男が、谷中の墓地の中で死んでたんです。現場、見てきました。あの様子では、殺人ってのはまちがいないでしょうね」

「国鉄の職員だったとか」

「ああ、やっぱりそうなんですか」

同僚が教えてくれた。被害者は、国鉄の機関区に勤める少年だった。十六歳だったという。田川克三《かつぞう》という名で、同じ職場の同僚たちと一緒に、天王寺町のアパートに住んでいたとのことだった。

その巡査が言った。

「左翼同士で、揉《も》めてるんだろうな」

「そうなんですか？」

「谷中署も本庁も、そう見てるみたいだぞ。左翼は分裂と抗争がお家芸だ」

言いながら、その巡査は煙草の箱を取り出して、一本抜き出した。箱はアメリカ煙草のものだ。ラクダの絵が描かれている。そんなに高価な煙草を？

同僚は清二の視線に気づいて、愉快そうに言った。

「総務に行ってみろ。ひと箱ずつ当たるよ」

彼がそう言い終えたところに、当の総務係の年配の巡査が現れた。段ボール箱を抱えていた。

彼は言った。

「三班にも、ひとり一個ずつだ」

勤務を終えたばかりの第三班の巡査たちが、その総務係をさっと囲んだ。段ボール箱の中は、アメリカ煙草だった。巡査たちが我がちに一個ずつ箱を手にしていった。

ひととおり巡査たちが箱を受け取ったとき、その総務係の巡査と視線が合った。総務係がよく似合う、几帳面《きちようめん》そうな印象の巡査だ。彼は清二に近づいてきて、清二の手に箱をひとつ押しつけてきた。

清二は一瞬驚き、すぐに箱を押し返した。

その巡査は、ほかの巡査たちの視線を気にしながら言った。

「摘発対象外だ。箱がつぶれて、業者も引き取らんような半端《はんぱ》ものだ」

清二は戸惑って言った。

「でも」

「次席も黙認している」

清二は、部屋の中の同僚たちを見渡した。みな清二を見つめている。どういうつもりかと、かすかに目を吊《つ》り上げている者もいた。

清二は、先輩巡査から離れながら言った。

「洋モクは苦手なんです」

部屋の中の空気は、冷やかなものになった。先輩巡査が、いったんは清二に押しつけた煙草の箱を段ボール箱に収め直した。ほかの巡査たちの視線が離れた。

清二は、同僚巡査たちの視線を意識しながら部屋の隅へと歩くと、ヤカンから茶を湯飲み茶碗《ぢやわん》についだ。

おれは相当にまずいことをやってしまったろうか。これは同僚たちをこそ泥呼ばわりしたのと同じことだったろうか。

署を出るときだ。横山幸吉巡査が声をかけてきた。

「さっき、どうして受け取らなかったんだ？」

横山もみなと同様にアメリカ煙草の箱を受け取ったのだろうと想像した。

清二は言った。

「押収品を山分けって、泣きバイの偽《にせ》刑事のやってることと、何かちがいがありますか」

横山は歩きながら言った。

「山分けってのは言い過ぎだろう。つぶれた煙草は、業者に入札させても、値もつかん。だから上のほうでは、廃棄するぐらいならと、巡査をねぎらうために寄越したんだ」

しかし、モノは昨日警視庁が統制品、闇《やみ》物資として摘発したアメリカ煙草なのだ。警官隊が、その売買は違法であると有無を言わさずに押収した物資である。横山の解釈を、自分は受け入れることができるだろうか。

清二は訊《き》いた。

「おれは、受け取るべきでしたか？」

「賄賂《わいろ》を受け取れと言われたわけじゃないんだ。インディアンの儀式みたいなものだろう」

「インディアンの、何です？」

「連中は、客と煙草を回し喫《の》みして、敵じゃないことを確かめ合うんだって聞いたぞ」

最近はアメリカから入ってくる西部劇が人気だ。横山も、たぶん西部劇で覚えた知識を口にしたのだろう。

横山は続けた。

「旨《うま》い汁を吸おうって誘ってきたんじゃない。巡査同士、助け合ってゆこうって話でしかなかった」

「おれ、ほんとに洋モクは好きじゃないんです」

「誰もお前さんのそんな言葉を信用しないぞ。浮き上がってしまったな」

「横山さんは、キャメル受け取ったんですか」

「ああ。こんなときに、自分だけは清廉《せいれん》だと言うつもりはない。煙草ひと箱のことだ。おれは、みなと同じ程度には汚れた巡査なんだ」

「一本もらえませんか」

横山は立ち止まり、ズボンのポケットからキャメルの箱を取り出した。すでに封は切られていた。

横山は、箱を清二の前に差し出して苦笑した。

「こういうやりとりができるくせに」

清二は箱から一本だけ煙草を抜き出して言った。

「ありがとうございます。大事に喫《す》わせてもらいます」

「一本とひと箱。お前さんの頭の中では、どういうちがいなんだ？」

「横山さんからもらう一本と、署の中で山分けするひと箱とは、どこかにちがいがあるような気がするんです。うまくは説明できませんが」

「おれの煙草も汚れてるんだぞ」

「横山さんを悪く言うつもりはありません」

横山は自分でもキャメルを一本くわえて火をつけ、煙をゆっくり吐き出してから言った。

「この歳《とし》じゃ、あの程度のことはいまさら杓子《しゃくし》定規にやるのもなんだとは思う。だけど、煙草ひと箱のことなら、瘦《や》せ我慢するという手もあったんだな。お前さんは、それを続けろ」

清二は横山から火を借りて、自分のキャメルに火をつけた。

「たとえ浮き上がることになってもですか？」

「いつか、堅いって評判がいいほうに働くこともあるかもしれない」

「そういうことを望んでいるわけじゃないですが」

清二は深々と煙を吸い込んでから、煙を冬の夜空に吐き出した。さほどうまい煙草とは思えなかった。国産の安物とはちがうし、煙草好きならこの煙草に多少のカネは支払ってもかまわないと思う連中も多かろう。でも、と清二はふた口目を吸ってから思った。おれには、この一本で十分だ。先日、ピースという煙草をもらって一本吸ったことがあるが、自分にはあちらの香りのほうが好みだ。

田川克三という少年の死体が発見されてから三日目の夕、谷中警察署の丹野と出会った。

勤務を終えて初音町の自宅に帰る途中、三崎坂の反対側に丹野が現れたのだ。足を止めて、清二は捜査の進み具合を訊いた。

丹野は同じ警察官同士という気やすさからか、とくに声をひそめるでもなく答えた。

「職場と、アパートの周辺で聞込みをやってます。難しい事件じゃないでしょう。組合運動がらみの事件だ、っていうのが、上のほうの見方ですよ」

清二は訊いた。

「ひとを殺すほどの対立が、組合の中にあるってことか?」

「そっちのほうは詳しくないけど、戦前の話に聞くでしょう。アカには過激なのがいるって」

「だって、あの被害者」

「田川克三」

「その田川は、十六だったんだろう？　組合でだって、ただの下《した》っ端《ぱ》だったろうに」

「国鉄でも、見習い期間を終えたばかりだったとか」

「そんな若いのが、組合内部の対立なんて理由で、殺されるかな」

「状況を考えてください。谷中墓地のはずれで、死んでいたんです。死体遺棄の形跡はない。深夜、あの場所でたまたま強盗と出くわしたんじゃない。誰か知り合いとあそこまできたか、知り合いと会うためにきたんですよ。田川は組合の活動家だったし」

「天王寺町に住んでいたのか？」

「ええ。跨線橋《こせんきょう》の手前、左側に民家が固まっている一角がありますよね。あそこの二階建てのアパートだった。ひと部屋に国鉄勤めの男が三人で共同生活をしていたらしい」

「やはり組合活動家たち？」

「いま鉄道員ってことは、組合の活動家ってことですよ」丹野はふしぎそうに頭をかきながら訊いた。「ずいぶん気にしてますね」

清二は苦笑してうなずいた。

「現場は、うちの長屋のすぐ裏手だったからね。気になる」

「安城さんのところでは、前にも首吊りがありましたね」

「おかげで死体はよく見る」

「墓場はやっぱり、そういう気を引っ張ってしまうんでしょうね。まだまだこれからも出ますよ」

「死んでからくるべき場所なんだ。死ぬための場所じゃないんだけどな」

丹野は笑って、清二の前から歩み去っていった。


その月の末、清二は拳銃《けんじゅう》射撃訓練のために、警視庁の月島射撃場に行くよう命じられた。

拳銃を狙《ねら》っての派出所襲撃事件は、相変わらずの頻度で続いている。一昨年は八十八丁の拳銃が奪われ、四人の巡査が殉職している。去年のメーデー事件でも、警官隊は発砲という事態になっているし、同じ月には板橋岩之坂上交番が約三百人の暴徒に襲われ、巡査たち十二人が拳銃で応戦した。巡査たち全員が負傷し、暴徒の側も三人が死ぬという大事件だった。

つまり派出所勤務の外勤警官にとって、自分の持つ拳銃目当てに襲撃されることは、いよいよ切実な懸念《けねん》であり恐怖であった。警視庁は何度も、発砲の要件を満たす事態になれば撃つのをためらうなと通達している。しかし四十五口径の拳銃弾を撃つことには、誰もが躊躇《ちゅうちょ》して当然だった。当たればほぼ確実に相手に重傷を負わせるか殺してしまうのだし、もし銃弾がそれた場合は、市民を巻き添えにすることになる。ためらうな、と指示されたところで、そうやすやすとできることではなかった。

清二は拳銃を装備するときいつも、動物園前派出所を襲われた場面を想像しては、事態がここまで進めば拳銃を抜こうと覚悟しようとしてみた。しかし、じっさいにそんな場面になったとき、まったくためらうことなく拳銃を抜いて相手に発砲できるかどうかは、自信がなかった。

たぶんそれは、警視庁警察官のほとんどが抱える悩みでもあったのだろう。それで警視庁は、拳銃の射撃訓練の頻度を増やして、心の障壁を取り除き、扱いに慣れさせようとしたのだ。

月島の警視庁訓練用地の一角には、土塀で囲まれた屋外射撃訓練場があった。

指示されたその日、訓練場に行ってみると、その日集まっていた百人以上の外勤巡査の中に、香取茂一と窪田勝利の姿があった。ちょうど同じ二十三年組なので、再訓練の日程がぴたりと重なったのだろう。

絶え間なく発砲音が響く訓練場の隅で、清二たちは固まってベンチに腰をかけた。

香取が、訓練中の巡査たちの背に目をやりながら言った。

「おれたちのピストルも、もう少し小振りならなあと思うことがあるよ。四十五口径ってのは、身体《からだ》のでかいアメリカのポリ公にはいいかもしれんが、おれたちには過剰装備だ」

清二は同意して言った。

「せめて私服警官たちが持ってるような三十八口径ぐらいなら、使えるかもしれませんね。いまのスミス・アンド・ウェッソンなら、へたしたら市民の顔を吹き飛ばしてしまうかもしれない。どうしてもそういう心配がつきまとう」

窪田が言った。

「若いときから、こんな重い拳銃を腰に下げてたら、おれたちきっと将来は腰痛《ようつう》持ちですよ」

清二は横山の言葉を思い出して言った。

「こんな大砲みたいな武器を、自分のうちで厳重に保管しろってのも、きついよな」

香取茂一が話題を変えた。

「そういえば安城さんのうちの近所で、また仏さんが出たんじゃなかったか?」

清二は答えた。

「谷中墓地の中だ。近所にはちがいないけど」

「捜査はどの程度進んでいるんだ?」

「さあ。組合問題がらみの殺人じゃないのかって話は聞いた」

香取は言った。

「おれたち外勤警官には、殺人や強盗殺人犯の逮捕の機会なんて、なかなか回ってこないものなあ。職務質問で、闇屋を捕まえるのが精一杯だ。早瀬みたいに捜査の一線に立てたら、と思うときがあるよ」

香取が、私服捜査員となった早瀬の立場を羨《うらや》むとは意外だった。むしろ、制服警官としての階梯《かいてい》をできるだけ勢いよく駆け上がるのが人生の目標だと思っていた。

その感想をもらすと、香取は言った。

「いずれ署長になるにしても、手柄を挙げなければな。おれみたいに、頭のよさで勝負できない警官は、手柄の数と大きさで署長を狙うしかない。強盗殺人犯逮捕で警視総監賞を狙うのが、出世の第一段階だろ」

「細かな犯罪摘発でも、出世の役には立つかもしれない」

「そうかな。経済犯十人逮捕で、強盗犯ひとりにあたるとか、署長賞甲三つで総監賞とか、はっきりした基準があれば、頑張りようもあるんだけど」

窪田は言った。

「基準はわかりきっているじゃないですか。指名手配の大物左翼政治犯の逮捕がいちばん。つぎが警官殺し。連続殺人犯なんてのはそのあとでしょう」

香取が言った。

「たしかだ。公安事犯の点数は高いや。現場の警官には無縁なのが癪《しゃく》だけど」

窪田が清二に言った。

「その近所の殺人事件、外勤警官の足にだって、棒が当たることがあるかもしれない。おれんちの近所で殺人があったんなら、おれ、女房にいろいろあたらせてみますけれどもね」

清二は言った。

「情報なんて、お前さんの女房よりも先に、捜査員の耳のほうに入るよ」

「そうですかね。女同士の噂《うわさ》って、おれ、馬鹿《ばか》にしたものではないと思うようになりましたよ。結婚してから」

香取が聞いた。

「何かあったのか？」

「べつに。ただ、女の直感って、鋭いって思うようになったってことです」

そのとき、訓練場の教官が呼んだ。

「つぎ。安城清二」

清二はベンチから立ち上がった。

窪田の言ったことがふたつ、耳に残った。

外勤警官の足に棒が当たることもある。女房連中の噂は馬鹿にしたものではない。

そうかもしれない。

その夜だ。うちに帰ってから、清二は食事のあとに多津に訊《き》いた。

「このあいだの国鉄の少年が死んだ事件、このあたりにも聞き込みはあったのか？」

多津は、二歳になる次男の正紀をあやしながら答えた。

「ううん。たぶん誰も来ていないと思うけど。どうして？」

「死体が見つかったのが、すぐ裏だから」

多津は、いつ覚えたのか、警官仲間の符丁で言った。

「あの事件って、流しがやったことじゃないんでしょ？ 死んだ子の交遊関係を調べているんじゃないの？」

「組合がらみの事件だろうって話だ。だけど、犯人の目撃者探しは、こっちのほうまで広げても悪くはないよな」

「そういえば」多津はふと思い出したように、子供をあやす手を止めた。「このあいだ、天王寺町のあるひとから、洋服の仕立て直し頼まれたんだけど、そのひとがあの死んだ鉄道員のことを、知っていた」

「天王寺町に住んでいたからな」

「そのひと、面白いことを言ってた。殺された男の子、どこか稚児《ちご》さんみたいで、鉄道員にしておくのがもったいない子だったって」

「稚児さん？」

「踊りでもしそうな男の子だったんでしょう？」

清二は、死体をのぞきこんだときのことを思い出した。目を見開いており、苦悶《くもん》の表情を浮かべてはいたが、色白で美形の少年であることはわかった。清二はあのとき一瞬、上野公園に住んでいた若い男娼《だんしょう》の、ミドリのことを思い出したのだった。

それでも清二は、その連想を自分から打ち消すように言った。

「歳《とし》が十六であれば、お稚児さんみたいな顔であってもおかしくないさ」

しかし、翌朝になっても、「稚児さんのような」という評判が気がかりだった。

ちょうど非番に当たっていたので、清二は民雄を連れ、正紀を抱いて散歩に出た。初音町から谷中墓地を抜け、天王寺町方面へと歩いたのだ。途中、田川克三の死体発見現場のそばを通る。墓石のあいだを歩いてその現場まで行ってみると、新しい花がふた束、田川が倒れていた場所にたむけられていた。

天王寺駐在所の脇《わき》を通り、跨線橋に向かう坂道に入った。この左手の住宅街の中に、田川克三が同僚たちと共同生活をしていたアパートがあるはずだ。

坂道をゆっくり下りてゆくと、民雄がふしぎそうに訊いた。

「おとうさん、どこに行くの？」

好奇心の旺盛《おうせい》な子なのだ。このところ、とみにその性格が目立ってきたように見える。

清二は答えた。

「汽車を見よう。すぐそばで見られるぞ」

民雄はその答えに満足したようだった。

歩きながらその一角に注意を向けた。一月のことなので、路上に暇そうにたむろしているようなひとの姿はない。

一角にひとつ、少し目立つアパートがあった。二階建てで、たぶん昭和初期に建てられたものだろう。このあたりでは大きめの建物である。二階にはガラス窓が規則的に六つ並んでいた。一階の窓の並びかたは不規則だ。

田川克三が共同生活していたというアパートはこれだろうか。

そのとき、一階の玄関口から、若い男が出てきた。身なりは労働者のようではなかった。短めのオーバーコートを着て、毛糸のマフラーを巻いている。マフラーと同色の正ちゃん帽をかぶっていた。帽子のサイズは、少し大きく感じられた。髪の長い女性がかぶりそうな帽子だった。

その男と目が合った。男は色白で、睫毛《まつげ》が長かった。男はふたりの子供も同時に目に留めたようだ。微笑して清二に会釈《えしゃく》してきた。

清二はその男に訊いた。

「田川克三くんが住んでいたのは、ここだろうか」

男は愛想よく答えた。

「そうなの。殺されちゃったけど、お身内のかた？」

どこか中性的な言葉づかいであり、声音だった。清二はやはりまたミドリのことを思い出した。

清二は答えた。

「いや。死んだ場所がうちの近くなんで、ちょっと気になって」

民雄と正紀が、ふしぎそうに清二を見つめてくる。

清二は自分の身分を明かさぬままに訊いた。

「あんたも、同じアパート？」

「隣りの部屋。だけど、顔はよく知ってた」

「このあたり、田川くんみたいな鉄道員が多いのかな」

男はなぜか微笑して言った。

「労働者が多いわ。あっちでもこっちでも、学習会だ、オルグだって、それはもううるさいの。ぼくにまで声がかかる」

「あんたは、どんな仕事を？」

男はふいに真顔になった。言いすぎたとでも気づいたのかもしれない。

「べつに。いろいろ人助けしてるだけ。あんたは誰なの？」

清二は、ふたりの子供たちの視線と耳を意識して言った。

「巡査。近所に住んでるんだ。気になってね」

「お巡りなの」

「お巡りだって、ひとの子だよ」

「そんなことわかってるけど」

清二は愛想よく男に頭を下げた。

男とすれちがいに、そのアパートの前に老女がやってきた。六十歳代だろう。買い物籠《かご》をさげている。

清二が会釈すると、老女は民雄と正紀のふたりの子供に目をやって微笑を浮かべた。

清二はその老女に言った。

「この近所に住んでる巡査なんですが、田川克三くんが住んでたアパートって、ここですよね？」

老女はうなずきながら言った。

「巡査？ 子供連れで、仕事なのかい」

「いえ、非番なので、好奇心で訊いただけです」

「あたしも一階に住んでるんだ。顔見知りだったよ」

「田川くんの友達は、よくここにきていたんですか？」

「友達？ いいや。あの子たちの部屋には、あまり客はきていなかったね」

「組合の集まりなんかがあるんじゃないかと思っていたんですが」

「そういうひとたちが集まってるのは、二号室だよ。うるさくってね。あんた、注意してやってくれないかね」

「あ、非番じゃないときに、あらためて」

「あの子は、組合運動にはそんなに熱心じゃなかったと思うよ。子供だったし、そもそも国鉄の仕事が性に合っていなかったみたいだ。組合のつきあいもわずらわしくて、辞めたいともらしていたのを聞いたよ」

「ほう」こういう情報は、女の耳にこそ入るものかもしれない。「どんな仕事が望みだったんだろう」

「床屋とか、洋裁屋とか。そういう手仕事が好きだったみたいだ。あの子、自分で針仕事もするんだよ。生地を買ってきて、シャツを作ったりしていた」

「ほう」あの菜っ葉服姿の死体からは想像ができない私生活だ。

老女は言った。

「刑事さんたち、何度も組合関係のことを聞いてきたけど、それでいいんだろうかね。二号室の若いひとたちとはちがう。いや、二号室に集まるひとたちなんて、あの子を敬遠していたようなところさえあったよ。顔も合わせたくないふうだった」

「顔も合わせたくない？　どういう理由なんでしょう」

「さあ。組合運動に熱心じゃないような男は、信用できないってことかね」

「信用されていなかったんですか」

「わたしは知らない。そうじゃないのかねって、想像しただけさ」

「信用されない理由があったんですね」

「いや、べつに」と、老女は口ごもった。「あの子、部屋の友達よりも外の友達と親しかったみたいだし」

それは、捜査本部の耳には入っていない話だろうか？

「具体的に、誰かご存じですか？」

「いや、全然」

老女は、民雄と正紀のふたりの子供たちに愛想笑いを見せてから、アパートの玄関に入っていった。

民雄が、清二の腕を引っ張った。

「ねえ、汽車を見ようよ」

清二は我にかえり、坂道へと出てから芋坂跨線橋へと歩いた。

ちょうど蒸気機関車が橋の下を通過してゆくところだった。

子供たちが、跨線橋のてすりに顔をくっつけて、列車が通過してゆくのを眺めている。

清二の視線は、その列車が進んでゆく先、鉄路の南方向に向いた。

この跨線橋のすぐ北西には日暮里《にっぽり》駅がある。南東方向には鶯谷駅があった。鶯谷駅の周辺は、戦後街娼が立つようになり、曖昧宿《あいまいやど》も多い。上野署にとってアメヤ横丁と湯島の一部が犯罪多発の要注意地域であるように、坂本署にとっては鶯谷周辺が最大の監視地域となっているはずである。もっと言うならば、この谷中一帯は、鶯谷でなんらかの商売にかかわる市民にとって、後背地ともなっている。とくに天王寺町周辺は、天王寺が江戸時代には富くじで名高かった寺ということもあって、周辺のほかの地域と較《くら》べて、雰囲気が微妙にくずれているのだ。

なるほど、鉄道員や工員などの労働者も多かろう。職人もいるはずである。しかし、ほかにもたとえば……。

跨線橋の下を、また蒸気機関車が通過していった。上野駅を出た列車のようだ。白い煙が跨線橋を包んで、一瞬視界がまったくなくなった。子供たちがふたりとも、清二の手を強く握ってきたのがわかった。清二は子供たちの手を握り返した。

田川克三少年の殺人事件から二週間後、清二はまた通勤途上で谷中署の丹野に会った。

その後の捜査の進展を聞くと、丹野は首を振りながら答えた。

「谷中署に警視庁との合同捜査本部ができたんですけど、手詰まりですよ。田川と一緒に暮らしていた国鉄職員ふたりを調べたけれど、どっちも完璧《かんぺき》なアリバイありでした。

被害者の所属していた組合支部は、不当弾圧だ、でっちあげ殺人事件だと、とんでもない反応になったし」

清二は笑った。

「当然の反応かもしれないな。いま活動家を引っ張れば、組合も黙っていないだろう」

「署の前に赤旗が立ったんですよ。五十人くらいの組合員が押しかけた」

「それは知らなかった。本庁が目をつけていた活動家なんかは、からんでいないのか」

「そういう情報は捜査本部には入っていないようです。組合内部のリンチ殺人事件なんてことになれば、連中飛び上がって喜ぶはずだけど」

「じゃあ、流しの強盗殺人か？」

「そうも言い切れない。田川の一家は兄貴のひとりが横浜の造船工で組合の活動家。もうひとりも東京電力の電設工で、電産の亀戸《かめいど》分会の書記長ですよ。どう思います？」

電産の争議では、たしか亀戸の事業所で派手なストライキがあったはずだ。その兄の影響で、彼も組合活動家になったということか？

それでも清二は言った。

「この時代、労働者の大半は組合活動家だろう」

「左翼運動に関係した事件って匂《にお》いが、ぷんぷんしませんか？」

「先入観と偏見で見ていると、逆に見えないものもあるよ」

「とにかく捜査本部は手詰まりです。おれたちも、同じ家を二度三度と聞込みにまわってるんですけどね」

「また進展があったら教えてくれ」

「ええ。安城さんも、何か耳にしたら教えてください」

清二はうなずき、手を振って丹野と別れた。

7

田川克三殺害事件の捜査は進展しないままに、春になった。

さすがに戦後も八年経つと、上野公園にサクラ見物にくる都民の姿も多くなっている。朝鮮戦争の特需景気が、庶民の水準にまでも降りてきたと言えるのかもしれない。戦後になってから公園に植えられたソメイヨシノも、花を愛《め》でることができるまでには成長していた。

その週、清二は動物園前派出所で、花見客相手に忙殺された。迷子の保護、相談から喧嘩《けんか》の仲裁、スリや泣きバイの被害届けの受理まで、派出所勤務の巡査は食事を取る暇《いとま》もなかった。満開時期の週末二日間だけで、上野署は八人のスリを逮捕していた。被害届けが四件続いたせいで、泣きバイの一味についても、おおよその見当がついた。

御徒町を根城にしている悪質なテキ屋のグループだった。このところこの一味の手口は凶悪さを増しており、詐欺《さぎ》というよりはほとんどユスリに近いものになっていた。

清二から被害報告を聞いた担当捜査員は、清二に言った。

「内偵はしていたんだ。だけど、去年の暮れから見事に消えていた。サクラの季節になったんで、土の中から出てきたんだろう」

清二は自分の想像を言った。

「地方で稼いでいたんじゃないでしょうかね。サクラに合わせて、上野に戻ってきたとか」

「そうかもしれんな」捜査員は同意した。「御徒町に戻っていることがわかれば、もうやることはひとつだ。刑事を騙《かた》る連中なんて、とことん絞ってやる」

四月一日、清二が第一当番を終えて上野署に戻ると、外勤の巡査たちがいくらか興奮した面持ちで噂《うわさ》していた。数日前、京成線江戸川鉄橋の下で行李《こうり》詰めの男の死体が発見されていたが、その殺害犯が逮捕されたのだ。小岩署が受け持った事件だった。

川に行李詰めの死体、と聞いて、この時期の警視庁の警察官たち誰もが連想したのは、前年に起こった荒川バラバラ死体事件だ。被害者は警視庁の巡査で、殺害犯は教員である妻だった。その後わかったが、巡査は性格破綻者《はたんしゃ》で、借金を背負い、素行が悪く、妻には暴力を繰り返していた。妻が離婚を言い出すと、拳銃《けんじゅう》を突きつけて殺すと脅したという。とうとう思い余って、妻はその巡査を殺したのだった。

その事件からまだ一年もたたないうちに、似たような状況での死体発見である。小岩署ほか、周辺の警察署は色めき立った。しかし、存外に呆気《あっけ》なく、殺害犯を逮捕できたのだった。

殺害犯のHが、犯行後質屋に衣類を持ち込んだのだ。不審に感じた質屋の主人が小岩署に通報、小岩署の捜査員がHの身柄を拘束した。Hは、同居していたSを殺したことを認めてそのまま逮捕された。自供から、Hをめぐる異様な関係が明らかになった。HはSのほかにKという青年を含め、男三人で生活していたのだった。しかしKがこの関係に耐えきれず就寝中のSを襲った。Hもけっきょくkに協力して一緒にSを殺害、死体を行李に詰めて江戸川に投げ込んだのだった。

Hというのは、と、ひとりの巡査が言った。法政大学の学生で二十三歳。年上のSには高校生だったころから可愛《かわい》がられていたんだ。Sはかみさんと離婚して、Hと一緒に暮らし始めた。ところがHのほうは、女とスキーに行って、その帰りに上野公園で、調理師のKと出会った。HとKはたちまちお互いが気に入って一緒に暮らすことにした。それでSも住んでいる小岩の部屋に転がりこんだのさ。

話の途中だったが、清二はその巡査に訊《き》いた。

「上野公園で出会ったって、それはどこです？」

上野公園は、清二が担当する区域なのだ。気になった。まさか動物園前派出所の前ではないだろうが。

その巡査は、清二の引っかかりを察したか、かすかに笑って言った。

「広小路口だそうだ」

ということは、男娼《だんしょう》たちも客を探す場所に近いということだ。あのあたりには、男娼と客だけではなく、ただ性的な好みが一致する相手を求めて、堅気の市民たちもくるのだろう。

一緒に聞いていた巡査のひとりが言った。

「納得ずくで一緒に暮らし始めたんだろうに」

横山が言った。

「三人って数が揉《も》めるもとだ。男と女の組み合わせでも、男同士でも」

巡査たちは笑った。

二十日後である。非番のその日、清二は私服で秋葉原へと向かった。ここには、廃品回収をなりわいとするひとたちのバラックができている。かつて上野公園に住み着いていた戦争被災者たちの一部は、ここに移っていた。

清二は住人を呼び止めて、原田の名前を出した。上野公園では先生と呼ばれて親しまれていた男だ。彼はいったん、浮浪者仲間をまとめて足立区堀之内の収容所に移ったが、最近はさらに秋葉原に移ったと聞いていた。上野公園でも有名な人物であったから、上野署にもその情報は入っていた。

住人は、すぐに原田をバラックの奥から呼んできてくれた。原田は以前と同様、登山帽のような帽子をかぶり、丈の長いダスターコートを着ていた。顔の皺《しわ》が深くなっているせいか、かつてよりもさらに思慮深そうな風貌《ふうぼう》となっていた。着せるものを着せたなら、彼はたぶん大学の哲学教授と名乗っても信用されることだろう。

清二は原田にあいさつしてから言った。

「久しぶりですが、一緒に飯でもどうです？」

原田は首を振った。

「その顔は、ただ一緒に飯を食いたいというだけじゃないな」

「そのとおりなんです。じつを言うと、古い話を思い出して欲しくて」

「飯はもう食った。一杯だけ酒をおごってくれ」

「かまいませんよ」

原田に案内された酒屋で酒を買うと、清二たちは路上のベンチに腰をおろした。目の前を、牛が廃品を積んだ荷車を曳《ひ》いていった。

原田は、酒をひと口、喉《のど》に入れてから訊いた。

「古い話と言うと？」

清二は言った。

「ミドリって子がいましたね。不忍池のそばで殺された若いのですが」

「覚えてる。あの事件は、解決したのか？」

「まだなんです。あのミドリのことで、先生が気になることを言っていたのを思い出して」

「なんでまたいまごろ？」

「うちの近所で、また若いのが殺されたんです」

「ああ。国鉄の職員だっていう男の件か？」

「ええ。先生はあのとき、ミドリは警察のスパイだったんじゃないかって噂があるって言ってました。あれは、何か根拠のあることだったんですか」

原田は、遠くに視線を泳がせてから言った。

「あのオカマさんたちのあいだで、ちょっと話題になったことらしい。わたしが何か知っていたわけじゃない」

「詳しくは、どういう話でした？」

「ミドリは、どこかの署の刑事と親しくしていたようだ。一度あんたに、大きな手入れの情報を教えてもらったことがあったな」

たしかに清二は、外勤巡査の勤務割りの変更から手入れがあることを察して、それを原田に伝えたことがあった。

原田は続けた。

「あの件をオカマさんたちにも伝えたんだけど、連中はすでに知っていたよ。ミドリがそれを仲間に教えていたというんだ」

原田の話では、ミドリの死後、彼の仲間たちはミドリの生前の素行で不審なことをいくつか思い出した。あの手入れ情報の件がそのひとつだ。ミドリは、警官の客を持っていたのではないかと。べつの解釈も出た。ミドリは警察のスパイだったのではないかというのだ。同じ上野公園内に暮らすほかの浮浪者たちの動向を探っていたのかもしれない。上野公園に指名手配犯でもまぎれこんでいるときは、当然そのことも伝えていたろう。

だから男娼たちは、あのミドリの殺人を、上野公園のほかのグループからの報復だったのではないかとも考えた。ミドリがスパイであったと知られて、そのせいで殺されたのではないかと。

そこまで聞いてから、清二は原田に確かめた。

「ミドリがスパイだったとして、彼はその警官とどのぐらいの頻度で会っていたんでしょうね」

原田は声を上げずに笑った。

「そこまでは知らない。だけど、毎日のように、というわけではなかったと思うぞ。それほど目立つような接触のしかたはしていなかったはずだ」

「密会するとしたら、上野公園のどこかでしょうか」

「ひと目につかないところだったんだろう」原田は、ふと思い直したというようにいった。「スパイだったのなら、長い時間会う必要はないな。ならば上野公園のどこかで、一見なんとなく声を交わしている程度の接触でいい。スパイだったという噂が出たのも、案外そういうところを見られていたせいかもしれないな」

清二は、いまの原田の話を整理しようとつとめた。もしミドリが警察のスパイだったとした場合、警察の側としても捜査にはもっと真剣になるのではないか。上野署と警視庁との合同捜査本部は、三カ月足らずで解散している。あの捜査は、通りいっぺんのものでしかなかったのだ。とても警察の協力者が殺された事件の捜査とは思えない。それとも、男娼のあいだにスパイを持っていたと知られたくなくて、捜査本部はあえて手を抜いたのか。もし殺害犯を逮捕すれば、公判ではミドリと警察との関係が持ち出される。捜査本部はそれを避けたか？

いいや、と清二は自分の想像を打ち消した。これが公安事件ならともかく、男娼殺害事件で、警視庁はそこまで秘密の保持に神経質にはならないだろう。ミドリがスパイであったことが明かされたからといって、警視庁にはさほどの不利益は出ないはずだ。少なくとも、自分の想像の範囲では。

ふと気がつくと、原田が自分の顔を注視していた。

清二はあわてて自分の酒をひと口飲んでから、原田に訊《たず》ねた。

「先生はあの事件、真相はどういうことだと想像します？　客とのトラブルでしょうか」

原田は言った。

「ミドリは、女装するオカマさんじゃなかった。トラブルになるかな？」

「金額をめぐってとか。最初からカネを持たない客にぶつかってしまったとか」

「わからん。ただ、ミドリは若かった。あのオカマさんたちの中では、すれていない子だった」

「純情だったから、あんな事件に巻き込まれたと？」

「たちの悪い客のあしらいが、下手だったのかもしれない」

原田はグラスの酒をすっかり空けてしまった。清二は、原田のためにもう一杯注文してから、原田と別れた。

つぎの第二当番明けの日、清二はもう一度天王寺町を歩いた。子供たちは連れず、私服に着替えてだ。

アパートや長屋の密集する小路《こうじ》を歩いていると、先日見かけた老女に出会った。向うも清二の顔を覚えていて、会釈《えしゃく》してきた。

清二は立ち止まって、あらためて老女に名乗った。上野署の外勤巡査で、初音町に住んでいるのだと。

老女のほうも名を教えてくれた。岩根キミといい、墓守の息子夫婦と暮らしているのだという。

清二は言った。

「またひとつ、うかがってもいいですか」

「また克三ちゃんのことかい？」

「それもあります。あのアパートの二号室には、若いひとたちがよく集まっているってことでしたね」

「ああ。住んでいるのが、どこかの組合の委員とかなんとかららしい。よく集まっては、夜遅くまで議論しているよ」

「警察が訪ねてきたりはしていませんか？」

「直接訪ねているかどうかは知らないけど、去年のメーデー事件のあとからは、刑事さんふうのひとたちがよくこのあたりをうろつくようになったね」

「その男たちが刑事だって、わかりましたか？」

「変な男たちがいるんで、あたしも声をかけたことがあるのさ。空き巣かと思ってしまったものだから。そうしたら、刑事さんたちだった。警察手帳を取り出して、このあたりで何か捜査してるんだってことだった。警察がこのあたりにいることは内緒にしておいてくれと言われた」

「その後も、きていました？」

「同じ刑事さんたちを見たことは何度かあるね。一度刑事さんの雰囲気を知ってしまうと、そういう男のひとを、見分けられるようにもなったし」

「その刑事たちは、二号室に集まる連中を気にかけていたんですね」

「それだけじゃないのかもしれない」

「二号室のほかにも、刑事たちが気にかけていた男たちがいたんですか？」

「そうじゃないのかね。このあたり、工員や職人が多い。組合に熱心な若い衆だって多いだろうし」

「あのアパート以外にも刑事が気にしていたところって、どこだろう」

「さあ、あたしのほうから、それを訊いたりはしていないよ。そういえば」

キミの言葉の途切れかたが不自然だった。清二はキミを見つめた。

キミは、小路の左右に視線を泳がせた。周囲に視線がないか、確かめたくなったのだろう。

黙ったまま答を待っていると、キミは言った。

「克三ちゃんも、刑事さんにはあれこれ訊かれていたんじゃないかね」

清二は確認した。

「克三くんと刑事が会っているのを、見ているんですね？　いつごろのことです？」

「克三ちゃんが殺されたのは、いつだったっけ？」

「一月の、二十日の夜か、つぎの日の明け方だったはずです」

二十日の午前中は、警視庁と上野署が近隣各署に応援を求め、四百人の警官を動員して御徒町の国際親善マーケットを手入れしていた。つまり田川克三が殺されたのは、この地域周辺の警察署がどこもいくらか弛緩《しかん》し、パトロールの態勢も多少薄いものになっていたはずの日の夜だった。

「ああ」キミは言った。「その少し前だ。あたしが見たのは」

「場所はどこです？」

「寛永寺坂のほうさ。遠目だったし、相手が刑事さんかどうかもわからないよ。もしかしたら、って感じただけだ」

「谷中墓地の中じゃないんですね？」

「墓地を出た向う」

ということは、鶯谷駅や、その周辺の曖昧宿《あいまいやど》地区にも近いということになる。

田川克三も警察のスパイだったのか？　組合の内部事情や、同じアパートの左翼活動家の動向などを、刑事に流していたのだろうか。十六歳の国鉄職員となると、熱心な組合活動家であってもふしぎはないが、田川克三はその仕事に就いたことを後悔しているような少年だったという。生来、団体での活動が苦手、という種類の男の子であったのかもしれない。それならば、何かきっかけがあって、ずるずるとスパイをさせられていた可能性もなくはない。

キミの言葉が切れたままだ。もうそれ以上は話したくはないのかもしれない。非番の自分が近所の噂話《うわさばなし》を聞くにしても、これが限度だろう。

清二は礼を言って、キミのそばから離れた。

天王寺駐在所の前を歩きながら、清二は先日の原田の言葉と、いましがたのキミの言葉を反芻《はんすう》してみた。

ミドリは警察のスパイだったかもしれない、という噂。田川克三という少年も、刑事と接触していたような様子があるという。この事件、被害者の一方は男娼《だんしょう》で、もう一方は鉄道の組合員。共通点などないと言えばないのだが、その点だけは妙に気になる一致点だった。

ミドリの面影を思い出し、田川克三少年の死に顔を思い出した。共通点がもうひとつあった。どちらも、美形だった。女形《おやま》でもできそうな顔だちの青年であり、少年だった。

その夏、朝鮮戦争では休戦協定が結ばれた。すでに戦線は膠着《こうちゃく》していたが、その状態を当事者たちすべてが追認したということである。朝鮮戦争を背景に日本でも社会主義革命をと期待していた勢力は落胆し、逆に日本の革命運動の高揚を懸念《けねん》していた勢力は安堵《あんど》した。清二の耳にも入ったが、日本の社会主義勢力の中では、武力革命路線に疑問を持つ潮流も大きなものになってきたという。ということは、左翼過激派による派出所襲撃については、いくらかその危険性が薄れたと考えてもよいのかもしれなかった。

田川克三少年の捜査は、その後まるで進展しなかったようだ。

梅雨《つゆ》明けの時期に谷中署の丹野に会ったときも、彼は言っていた。

「わたしは専従をはずされました。本部は縮小です。このままお宮入りになるんじゃないかな」

清二はあえて訊《き》いた。

「まだ半年だろう。国労の組合員が殺されたっていうのに、そんなにあっさり捜査を止《や》めていいのかね」

「公安のほうでは、何か思惑があって、深く追及しないってことのようです」

そういうこともありうるのだろうか。清二には丹野の言葉はそのまま受け取ることができなかった。


その年、昭和二十八年も終わり近く、上野署の歳末警戒も山場という時期である。

上野署は、アメヤ横丁で泣きバイの詐欺《さぎ》と恐喝を繰り返していたテキ屋一味七人を逮捕した。

上野署はこの日、泣きバイ・グループを現行犯逮捕すべく、近隣署に応援を求めて捜査員二十人を動員、件《くだん》のテキ屋グループが商売を始めるのを待っていたのだ。連中はしばらくなりをひそめていたが、歳末警戒に入った直後に被害届けが出ていた。彼らはいまが稼ぎどきと、アメヤ横丁で商売を繰り返し始めたのである。

しかし、顔の知られた捜査員は投入できないため、表に出たのはよその署の私服警官たちだった。その中に、荒川署の早瀬勇三もいた。

泣きバイの一味には、明快な役割分担があった。まず泣き役、これに同情するサクラがふたり、それに警察の接近を監視するクリケンと呼ばれる見張り役がふたりである。さらに偽《にせ》刑事がふたりいて、最終的に被害者からカネも商品も巻き上げるのだ。

内偵で上野署は一味を割り出していたから、この日、歳末の雑踏で商売を始めたときは、二十人の私服警官が偽刑事以外の一味をすっかり囲んでいたのだ。

しかし、偽刑事役の男ふたりは気配を察して、一斉検挙が始まる前にアメヤ横丁を逃げ出した。

清二はこの日、通常の動物園前派出所勤務ではなく、御徒町周辺のパトロールに駆り出されていた。相棒はいつものとおり、横山幸吉である。

広小路の歩道をふたりで警戒しているとき、近くでホイッスルが鳴った。

清二は横山と視線を交わすと、すぐに警笛の鳴った中通りへと飛び込んだ。正面で悲鳴が聞こえた。横丁を埋める買い物客を蹴《け》散《ち》らすように、ふたりの男がこちらに駆けてくるのだ。ふたりとも、四、五十代だ。清二はすぐに、そのふたりが先日来上野署が摘発目標に上げていた泣きバイ一味だと察した。きょう大きな捕り物があるとしたら、あの泣きバイ一味がいちばんの対象なのだ。

横山が清二の左側で警棒を抜いて仁王立ちになった。

清二も警棒を抜き、両手を大きく広げてその中通りをふさいだ。

その構えを見た通行人たちは、いっそう動揺した様子で、通りの左右に散った。清二たちの真正面に、溝のような無人の空間ができた。

ふたりの男が足を止めた。清二たちのほんの十歩ほど前だ。なるほど、暴力団相手の刑事を名乗っても通用するだけの容貌《ようぼう》と雰囲気だった。ただし、凶器は持っていないようだ。少なくとも、彼らの手には、刃物は握られていない。男たちの背後から駆けてくるのは、私服の捜査員たちのようだった。

横山が一歩前に出て、男たちに言った。

「地面に伏せろ。手を頭の上に」

いくらか若いほうが、あきらめたという顔で頭の上に手を置いた。

しかし、年長のほうは、ちらりとうしろを振り返った。ふたりの制服警官の脇《わき》をすり抜け、さらにほかの捜査員からも逃げきれるかと、素早く確かめたようだった。清二は警棒を右手に持ったまま、一歩間合いを詰めた。

年長の男がもう一度清二に目を向けてきた。彼も葛藤《かっとう》している。清二がほんとうにその警棒を自分の身体《からだ》にたたき込んでくるかどうか。さらにその次、拳銃《けんじゅう》を抜くだろうか。自分は拳銃弾をかわして逃げきれるかどうか。

清二はその逡巡《しゅんじゅん》の視線を受け止め、さらに一歩前進した。

そこに捜査員たちが追いついた。ふたりの捜査員がほとんど同時にふたりの偽刑事たちを地面に転がした。呆気《あっけ》ないほど簡単に、ふたりは地面にうつぶせになった。

年長のほうのテキ屋を転がしたのは、早瀬勇三だった。早瀬は手早く手錠を取り出したが、清二に気づいて手を止めた。

清二は警棒を持ったまま早瀬に近づいた。

早瀬は、テキ屋のひとりに馬乗りになったまま訊いた。

「おれが逮捕するんでいいかい？」

清二はうなずいた。

「あんたの手柄だ」

「悪いな」早瀬はそのテキ屋に、後ろ手に手錠をかけた。ほかの捜査員たちも追いついて、うつぶせになったテキ屋たちを囲んだ。

テキ屋ふたりは、私服の警官たちに囲まれて、広小路を引き立てられていった。清二の前を通ってゆくとき、早瀬が口の動きだけで言ったのがわかった。

「サンキュー」

清二は小さく敬礼して早瀬たちを見送った。

早瀬はどうやら、着実に警視庁の捜査員への道を歩んでいるようだ。おれはどうだろうか。念願の駐在所勤務となるためには、異動先について希望を述べることができるだけの手柄が必要だ。殺人犯か強盗か、指名手配の政治犯逮捕ぐらいの。そんな手柄を挙げる機会は、自分にはいつくるだろう。

8

浅草署の窪田勝利巡査が撃たれた。

その一報を清二が耳にしたのは、陽光がじりじりと大地を焼く猛暑の午後だった。つい数日前、経済企画庁が経済白書を発表し、このなかで「もはや戦後ではない」と高らかに宣言した直後のことである。昭和三十一年の夏だった。

政府の発表を待つまでもなく、市民は暮らし向きがよくなったことを実感していた。講和以前と較《くら》べても、消費生活はまちがいなく活発になっていた。浅草では飲食店の新規開業が相次ぎ、食べて飲む町としてのかつての活気がもどってきていた。そのほかの繁華街にもキャバレー、カフェ、料理店、パチンコ屋や麻雀《マージャン》荘が増えていたし、深夜喫茶、ロマンス喫茶と呼ばれる業種も生まれていた。日本共産党が武力革命路線を放棄したのも、前年である。

消費活動が活発になれば、愚連隊たちの稼ぎかたも変わる。悪質になり、巧妙になり、一件あたりの稼ぎも大きくなった。さらにその稼ぎの分配をめぐっての愚連隊同士の抗争も、戦後すぐの時期とはちがった質と水準のものに変わっていた。

窪田が撃たれたのは、そんな世相の中でのことだったのだ。

すぐに飯田橋の警察病院に運ばれたという。拳銃弾《けんじゅうだん》は二発体内に入っており、手術が成功するかどうかは予断を許さないとのことだった。

撃った犯人も、特定されている。浅草を縄張りとする愚連隊の幹部、五十嵐徳一《いがらしとくいち》である。

このころ、都内のやくざや愚連隊は、目に見えて凶悪化していた。城北地区では愚連隊同士がピストルの乱射事件を起こしたばかりだったし、浅草でも博徒《ばくと》の親分の葬儀の際に杉並に縄張りを持つ愚連隊たちが乗り付け、三人を射殺していた。

また歓楽地の暴力カフェが目にあまる無法を働いていたし、婦女暴行や人身売買も後を絶たなかった。ヒロポンの密売も相変わらず彼らの主な資金源であり、中毒患者の引き起こす犯罪や家庭破綻《はたん》が、社会問題として無視できぬだけの規模のものになっていた。三月におこなわれた銃砲刀剣類の一斉取り締まりでは、銃器だけでもなんと一万四千挺《ちょう》あまりが押収《おうしゅう》されたのだ。このため警視庁はとうとう、本来は警備のための部隊である警視庁予備隊まで愚連隊取り締まりに投入していた。

浅草署も、つい先日来、管内の主要な暴力団の事務所などを一斉捜索、拳銃やダイナマイトを含む凶器、大量のヒロポンに加え、洋酒などの統制品を押収したばかりだった。そんな中で、傷害と恐喝容疑で指名手配されていた五十嵐徳一が、アジトに踏み込んだ浅草署巡査に向けて発砲、逃走したのだ。

五十嵐徳一はあらためて警視庁管内に指名手配された。あらたに殺人未遂容疑が罪状としてつけ加えられた。

その手配書を読んだとき、たぶん清二の顔からは血の気が引いていたにちがいない。同じ動物園前派出所に勤務する横山が言った。

「どうした？　知ってる巡査か？」

清二は横山に顔を向け、冷静になろうと努めながら答えた。

「警察練習所の同期なんです。同じ班でした」

「その顔は何だ？　死んだとは発表されていないぞ」

「でも、二発も撃たれて。あいつ、かみさんと、まだ小さい子供がいるんです」

「心配するな。上のほうだって、危篤《きとく》なり死んだと発表するほうが、巡査たちが燃えることは承知しているんだ」

たしかにそうだった。警察官が本気で憤《いきどお》り、犯人逮捕に躍起になる犯罪と言えば、警官殺しだ。警官を殺されたときほど、警察組織全体が熱くなることはない。戦後の相次ぐ交番襲撃で警官たちが何人も殺されたことは、下級巡査たちの左翼嫌いを決定的なものにしたし、犯人逮捕に賭《か》ける士気を極度に上げた。あの荒川バラバラ殺人事件にしたって、なるほど殺された巡査を、常軌を逸した不良警官と見る者は多かった。しかし平巡査のあいだに限って言えば、だからといって巡査である夫を殺した妻の女教諭に同情する声は上がらなかったのだ。

こんども、と清二は思った。浅草署のすべての巡査が熱くなっていることだろう。この事件であれば、腰のスミス・アンド・ウェッソンを抜くことをためらわない、と決意した巡査も多いはずである。

浅草署ばかりではない。ほかの署の、窪田とは直接の面識はない巡査たちだって、五十嵐徳一はおれが挙げてやる、いや、検察に送る前におれが地獄に送ってやると、ひそかに誓っているはずである。ましてやもし窪田が、死んだということにでもなれば。

清二はあらためて手配書の文面を頭に刻みこんだ。

五十嵐徳一。三十五歳。中肉中背。左の頰に縦四センチほどの刃物傷の跡。また、左の眉毛《まゆげ》にもちょうど真ん中に傷。背中には毘沙門天《びしゃもんてん》の彫り物。

直接の容疑は傷害、恐喝、殺人未遂。三十八口径半自動拳銃所持。

昨日、浅草六区の自宅で巡査に発砲した後逃走。情婦である菅野《すがの》ミサキも所在不明。

この五十嵐徳一の名は、以前にも耳にしていた。東京都と浅草署が、浅草公園内の通称バス長屋の住人たちを強制退去させるとき、それまで浅草の商売人たちの側に立ってバス長屋の住人たちにいやがらせや暴行を加えていたのが、五十嵐とその子分たちだった。バス長屋の住人たちも、けっきょくはそのいやがらせに耐えかねて、退去を受け入れたというのがほんとうのところだ。たぶんバス長屋にも、あの原田のような判断力に優れた人物がいて、愚連隊とことを構えて被害者を出すよりは、と、退去受け入れを決めたのだろう。だから浅草の商売人たちのあいだでは、もしかすると五十嵐を英雄視する風潮があったのかもしれない。彼がこれまで浅草であくどい稼業《かぎょう》を続けてこられたのも、その暗黙の支持があったせいだ。

しかし、彼もとうとうやりすぎてしまったのだろう。暴力カフェやぼったくりバーの不評が大きくなれば、浅草全体が敬遠されるようになる。商売人たちは、警察の愚連隊取り締まり強化の方針を受け、ついに五十嵐を見限ったのだ。浅草署が五十嵐の隠れ家に踏み込めたのは、清二の見るところ、まずまちがいなく近隣住民から密告があったせいだ。

清二は手配書を見ながら思った。

五十嵐、貴様も哀れとは思うが、巡査を撃ったことは取り返しのつかない過《あやま》ちだった。もしこれで窪田が死ぬことになれば、貴様には裁判を受ける余裕さえ与えられないのだから。

その日の夕刻、本来は当番交代の時刻であったが、清二たち第一当番の巡査たちの多くも引き続き当直勤務を命じられた。五十嵐徳一の潜伏先として考えられるのは、ほとんどが台東区内ということであり、要所要所の監視とパトロール、それに職務質問のために、多くの外勤巡査が必要だった。警視庁予備隊の二中隊も台東区内に配置された。清二はいったん上野署にもどって点呼を受けた後、あらためて動物園前派出所で配置についた。

午後の七時過ぎになって、珍しい人物が派出所に顔を見せた。秋葉原に住んでいる原田だ。さすがに夏らしく白い半袖《はんそで》シャツ姿だった。

原田は、清二の前まで近寄ってくると、小声で言った。

「五十嵐徳一という愚連隊を追っているそうだな」

清二は訊《き》いた。

「知っているんですか？」

「顔は知っている。仲間が上野公園を追われて浅草に移ったとき、あっちでわたしたちをいたぶってくれた男だ。ひとの痛みなどわかりそうもない冷酷そうな男だったな」

「仲間の巡査を撃って逃げているんですよ。そういう話も耳に？」

「知ってる。わたしたちは、リヤカーを曳《ひ》いて町を歩き回る。いろいろな話を耳にするよ」

清二は原田を見つめた。彼はなにごとか愉快そうにも感じているようだった。

「居場所、耳にしたんですね」

「五十嵐かどうかははっきりしない。左頬に傷のある男らしいが」

「じゃあ、ほぼまちがいないでしょう」

原田はその場で振り返って、広場の南側にあるバラックの固まった一角に目を向けた。そこは通称南葵《みなみあおい》集落と呼ばれており、廃品回収をなりわいとする住民家族が二百世帯ほど住んでいる。バラックの中には、簡易旅館もあった。つい先日も、その簡易旅館のひとつで、自分を女といつわった男娼《だんしょう》が客に殺されるという事件があったばかりだ。

この動物園前派出所の裏手にも、最近まではバラック集落があった。昭和二十年の下町大空襲のあと、被災者がここにバラックを建てて住み出したのだ。寛永寺、それに徳川家との連想から、葵集落と呼ばれていた。ただし前の年の春に、ここに西洋美術館を建てることが決まったため、バラックは取り壊され、ほぼ二百世帯の住人は公園の中の旧プール跡地に移っていた。

南葵集落のほうは、いまのところまだ立ち退《の》きを求められてはいない。バラック自体も少しずつ本格的な建物に変わりつつあった。

清二は原田の視線の先に目をやってから、確認した。

「南葵のどこかにいるんですね？」

原田はうなずいた。

「桐屋《きりや》って簡易旅館がある。知っているよな？」

「もちろん」

それは集落の中では珍しい二階建てのバラックなのだ。あまり上等とは言えぬ客が泊まる。娼婦や男娼たちもよく利用しているはずだ。浅草や鶯谷周辺の旅館については、すでに捜査員が一軒一軒しらみつぶしにあたっているはずだが、上野公園内の簡易旅館は盲点になっていることだろう。

原田は言った。

「女と一緒にいるそうだ。拳銃を持っているとか聞いたが」

「巡査を撃った男です。まだ持っているでしょう」

「気をつけてな。英雄になろうなんて考えずに、情報をうまく使ってくれ」

原田はくるりと踵《きびす》を返して、動物園前の広場を広小路のほうへと歩いていった。

清二は少し離れて立っていた横山に近寄り、いまの情報を伝えた。

横山の目に、みるみるうちに強い光が宿ってきた。

すべて聴き終えると、横山は派出所の中に目をやった。あとふたり、当番の巡査がいる。

「本署に連絡して、指示を待つか」横山は自分で言ってから、あわてたように首を振った。「つまらぬ指示が出たら、せっかくの手柄がふいになるな」

「どうします？」

横山は、派出所の中のもうふたりの巡査を目で示して言った。

「要点だけ、連中に連絡させよう。おれたちは、指示を待たずに桐屋に向かう」

横山は派出所の中に入ると、年長のほうの巡査に告げた。

「五十嵐徳一が、上野公園内南葵集落の桐屋旅館に潜伏という情報があった。おれたちは桐屋に急行する。本署に連絡してくれ」

言われた巡査が、驚いた顔になった。

相手の返事を待たずに、横山は派出所を飛び出してきた。右手は、腰のホルスターを押さえている。清二も横山に並んで、駆け出した。桐屋旅館まではほんの二百メートルほどの距離だ。

着いたら、自分はどう行動すればよいのか。

清二は迷った。

相手は拳銃を持った傷害犯だ。不用意に踏み込めば、発砲される。自分も窪田のように重傷を負うことになりかねない。しかし、本署の応援を待てば、自分には巡査銃撃犯逮捕の手柄を得る可能性はなくなる。いい情報を手に入れた、という以上の評価はされないのだ。

ここはなんとしても、と清二は決意した。自分が、いや自分と横山とで、五十嵐徳一を逮捕しなければならない。

　さいわい、と思った。拳銃使用を躊躇《ちゅうちょ》するな、という警視総監通達は生きている。拳銃の使用が、あとから過剰な権力行使だと問題になることはないのだ。深手を負わせて抵抗力を奪い、手錠をかければよい。

　すっかり日も暮れていた。バラックが密集するこのあたりは、当然街灯もないから、一角はほとんど真っ暗に近かった。ただ、いくつかの簡易旅館だけは、玄関内からもれる灯でそこがどんな建物かわかる。三畳程度の部屋が五つ六つある程度の規模の旅館だ。靴音を立てぬように桐屋に近づき、入り口を確かめた。二階の部屋には、いくつか灯がついている。窓が開いている部屋もある。

　清二は建物からいったん離れて、小声で横山に言った。

「どうします。いきなり踏み込みますか？」

　横山は言った。

「あんたは裏手を押さえろ。おれが玄関口で主人と客を調べるやりとりを始める。その声を聞いて、五十嵐は裏口から逃げるだろう。そこをふんじばれ」

「正面突破するかもしれない。横山さんが部屋の外に立つのを待って撃つかもしれませんよ」

「それはあるまい。外にいるのが拳銃《けんじゅう》を携行した警官とわかっていて、正面には出てこない。巡査に二発撃ち込んでいるんだ。姿を現したら自分も撃たれると覚悟しているはずだ」

「じゃあ」

建物の裏手に回ってみた。バラックながら、裏手に勝手口がある。また二階の窓からは、隣りのバラックの屋根に飛び移ることは可能だろう。問題は、五十嵐が建物のどちら側にいるかだ。しかし、勝手口と玄関とを両方監視できる角に立てば、五十嵐がどう逃げるにせよ、対応はできる。

横山が清二に顔を向けてうなずいた。清二もうなずき返して、腰のホルスターから拳銃を抜き出し、撃鉄を起こした。

横山が玄関口を開けて、大きな声で言った。

「こんばんは。上野警察署からきたのですが、ご主人は？」

裏手側の窓のひとつで、影が走った。部屋の中で誰かが立ち上がったようだ。あそこだ。

横山は玄関の中に入っていった。横山の声は聞こえなくなった。主人に客の素性について問うているはずである。

二階の窓がさっと開いて、男が顔を出した。清二自身は暗がりの中にあって、相手からは見えないはずである。男は左右と路上に目を走らせてから、目の前のバラックの屋根に向かって飛んだ。半袖シャツにズボン姿だった。裸足《はだし》だ。板の破れる大きな音が響いた。

屋根の上で姿勢を直すと、男は路上に飛び下りた。足首をひねったか、路面で横に転がった。

清二はそこに飛び出した。男は清二に気づいて、転がって逃れようとした。手に何か握っている。乾いた破裂音があって、一瞬目がくらんだ。

清二は身体《からだ》を屈《かが》めて男に駆け寄り、男の腹に蹴《け》りを入れた。さらに顔にもひとつ。男は短くうめいて、路上で身体を丸めた。清二は自分の拳銃の撃鉄を素早く戻してから、銃把を男の後頭部に叩《たた》きこんだ。男は力が抜けたように地面に伸びた。相手の拳銃を探って、男の手からもぎとり、後ろへ放った。

男の背に馬乗りになった。男が抵抗したので、もう一回銃把を男の頬にたたき込んだ。かすかに骨の砕ける感触があった。

誰かが駆け寄ってくる。拳銃を持ち直して顔を向けると、横山だった。警棒を抜いていた。

ふたりがかりで男を押さえつけ、後ろ手に手錠をかけた。

横山が、男に言った。

「公務執行妨害現行犯、銃刀取締令違反で逮捕だ。わかったな」

男は黙ったままだ。清二は懐中電灯を取り出して、男の顔をあらためた。憎悪《ぞうお》で歪《ゆが》んでいる。左頬に刃物傷。左眉も途中で切れていた。まちがいないだろう。五十嵐徳一だ。

それでも念のために確認した。

「五十嵐徳一だな」

やはり男は何も言わない。

横山が、男のシャツをいきなり裂いて、背中をむき出しにした。清二が懐中電灯を当てると、彫り物の図柄は毘沙門天だった。

近所で、複数の人間の靴音がする。あわただしく公園内を駆けているようだ。応援の第一陣がきたのかもしれない。

横山に目で合図してから清二は立ち上がり、ホイッスルを吹いた。

その切迫した甲高い吹鳴《すいめい》は、余韻を長く伸ばして夏の夜空に散っていった。もう一度吹くと、こんどの吹鳴は清二にとって、勝利を告げる喇叭《らっぱ》の音のように聞こえた。応援の巡査たちの耳にも入ったようだ。靴音の調子が変わった。向きを変えたらしい。

清二は夜空を見上げながら、いったん深呼吸した後、もう一回ホイッスルを吹いた。三度目の吹鳴に、歓喜と期待とを感じ取る者もいたかもしれない。吹いた清二自身にとっても、その吹鳴は心地よいものだった。巡査生活で最高の響きだった。

報告のために上野署に戻ったところで次席から伝えられた。窪田の手術は成功し、一命は取りとめたという。いや、巡査に復帰できる日もそう遠くないだろうとのことだ。

上野署の次席はこのころ、相馬満寿夫《ますお》という警部補だった。前任の岩淵忠孝警部と同様、古いタイプの幹部警官である。

相馬にそれを伝えられて、清二はそのまま手近な椅子《いす》に崩れ落ちたい気分だった。それをしなかったのは、次席がまだ何か言いたげに見えたからだ。それも清二にとって悪くない話題を。

相馬は赤ら顔に汗を浮かべ、上機嫌という様子で言った。

「警視総監賞は確実だ。お前さんたちには、署長からも金一封が出るぞ」

「ありがとうございます」清二は言った。「同僚を撃たれたということで、わたしも横山巡査も、身を捨ててでも逮捕する覚悟でおりました」

「横山も、あの歳《とし》でよくやった。安心して恩給生活に入ることができる。ところで」

「はい？」

「お前は任官から何年になる？」

「巡査採用が二十三年ですから、八年です」

「ずっと上野署か」

「はい」

「そろそろ異動してもいい時期だな。総監賞の巡査ともなれば、異動について希望を言うだけは言えるぞ。認められるかどうかはともかくだ。どこか署か部署について、希望はあるか」

「はい」清二は相馬を見つめて言った。「谷中署に異動を希望します。天王寺駐在所に配属されることが希望であります」

「駐在所に？」

「はい」

相馬の表情から、その希望は確実に警視庁の人事課に伝えられると確信できた。たぶん異動は、今年十月。あるいは谷中警察署の都合次第では、来年四月ということになるだろう。

明けて昭和三十二年四月一日、安城清二巡査は上野署から谷中署に配属替えとなり、同日付けで天王寺駐在所勤務を命じられた。

安城清二は、三十五歳になっていた。妻とふたりの男の子を持つ警視庁駐在警官の誕生だった。

9

清二は、駐在所の執務室から、すっかり片づけの済んだ奥の部屋を眺めた。

多津がいま、台所で夕食の支度中だ。台所には上水道が引かれており、栓をひねるだけで水が出る。これまでのように、長屋の共同井戸のポンプからいちいち汲《く》む必要はないのだ。昨日引っ越してきてまず、多津はなによりそのことを喜んでいた。

部屋がふたつあるという点でも、一昨日までの長屋暮らしとは大違いだった。民雄と正紀、ふたりの子供たちも伸び盛りだから、あの長屋のひと間暮らしは、かなりきついものになっていたのだった。もっとも東京都の住宅事情は相変わらず深刻であるし、上野公園の南葵集落もまだ残ったままだ。下級公務員の身で六畳間ふたつの住宅に住めるというのは、他人からやっかまれかねないほどの境遇と言えるのだった。

多津のうしろで、子供たちふたりが遊んでいる。長男の民雄は子供向けのシャーロック・ホームズを読んでいるし、次男の正紀はその脇《わき》で一心に積み木を積んでいた。多津の背は軽く左右に揺れている。鼻唄《はなうた》でも歌っているようだ。

清二は微笑して、視線を駐在所の外に向けた。

谷中警察署管内のこの天王寺駐在所には、先日まで佐久間という年配の巡査が配属されていた。佐久間はこの三月末をもって警視庁を退官、その後継として、上野署から転属となった清二が配属されたのだ。

前任の佐久間は、戦時中の昭和十七年に天王寺駐在所に配属され、戦後の警視庁の機構改革のあともそのまま残って、合計で十五年間、この天王寺駐在所勤務を続けた。退官時は五十五歳だった。男の子が三人いて、三人ともこの駐在所からひとり立ちしていったという。

昨日は、前任の佐久間から引き継ぎを受け、さらにそのあと、谷中署の直属上司である巡査部長の神岡について、管轄《かんかつ》地域内をひとまわりした。

地元住民のうちの有力者たちへの新任のあいさつである。駐在所に隣接する天王寺の住職から始まり、天王寺町内会の会長、天王寺町防犯協会の会長、御殿坂振興会の会長らを訪ねたのだった。

町内会長は、近々新任の歓迎会を開いてくれるという。どう対応すべきなのかわからず、神岡巡査部長の顔を見ると、彼はうなずいた。遠慮せずに受けろということのようだ。駐在警官と外勤巡査との差は、なにより地元民として迎えられるかどうかという点なのかもしれない。たぶん地元の小学校の入学式、卒業式や祭などにも、必ず顔を出すことになるのだろう。

そのあいさつ回りの途中、神岡は前任の佐久間について漏らした。

「あいつには三人の男の子がいた。みんな成人したのに、そのうちひとりも警察官にはならなかったんだ」

かすかにいまいましげに聞こえた。

巡査部長は続けた。

「やつの子供たちは、駐在警官の父親を持ちながら、誰も警官にならん。これも寂しい話だぞ」

その嘆きは、清二にもわかるような気がした。私服警官や所轄署の外勤巡査であれば、男の子たちは必ずしも、働く父親の背中を見て育つということにはならないだろう。ほかの公務員の子供たちと同じ感覚でしか、父親の職業と生きかたを受け止めることはできない。しかし駐在警官であればべつだ。子供たちは、父親のすべてを見て育つ。家庭人の部分も、職業人としての部分も、公務員としての顔も父親の顔も、人格まるごとを見て育つ。二十四時間、父親の強い影響下にあって育つことになるのだ。

なのに、駐在警官の息子たちがただのひとりも父親と同じ職業を選択しなかったとしたら、その警官は子供たちに見せるべき姿を間違えたのだ。あるいは、うまく見せることができなかったのだ。その警官は、子供たちの生きかたの指針にも憧《あこが》れにもならなかった、ということなのだから。

神岡は言った。

「覚えておけ。駐在警官は、ただの外勤巡査とはちがう。極端な言い方をすれば、外勤巡査は勤務中だけ真面目《まじめ》な警官であればいい。だけど駐在警官は、二十四時間、立派な警官でなくちゃならないんだ。覚悟はいいな」

「はい」清二は答えた。

神岡は、ふいに声の調子を変えた。

「そういえば、佐久間は、お前さんが天王寺町で何か聞き込みめいたことをしていると報告していた。何の件だ？」

聞き込み？　たしかにあの少年鉄道員の死について、地元の情報を耳に入れようとしたことはあったが。駐在警官の佐久間は、そのことを把握して、谷中署に報告していたのか。

清二は言った。

「うちのすぐ裏で、若い鉄道員が死体で見つかった件です。近所のことだから気になって。ただ、べつに聞き込みなんてものじゃありませんよ。非番の日に、ちょっと話題にしてみただけです」

「この駐在警官になったからって、捜査員みたいな真似《まね》はするなよ。捜査はお前の任務じゃない。分を守れ」

駐在警官の職掌について念を押されたということだ。清二は応《こた》えた。

「はい」

それが赴任最初の日、昨日のことだった。

駐在所のガラス戸の向うを、何人か地元の住人と見える男女が通っていった。ガラス戸の中に目を向けて、会釈《えしゃく》してゆく者もいる。清二も会釈を返した。

それにしても、と清二はもう一度駐在所の執務室を見渡した。自分はいま駐在警官となった。外勤巡査たちは、派出所配属の巡査の責任者を「ハコ長」と呼ぶが、自分は言わばその「ひとりハコ長」だった。階級こそ平の巡査にすぎないし、部下もいない代わり、ここには自分の上に立つ者もいないのだ。べつの言い方をするなら、この駐在所は自分が責任をもってひとりで守るべき砦《とりで》であり、天王寺町は自分ひとりの責任管轄範囲だった。

デスクの上には黒い電話機がある。うしろの壁には、地元町内会から贈られた時計が掛かっていた。右手の壁には、駐在所管轄地域の大縮尺地図が貼《は》ってある。屋号や住人の名字まで記された詳細なものだ。その隣には、谷中警察署の管轄地域を示す地図。それに、関係連絡先の電話番号一覧。さらにその横の日めくりの暦は、やはり地元の商店街が作っているものだった。

自分はハコ長だ、と、清二はあらためて自分に言い聞かせ、いつのまにか少しゆるんでいた頬を引き締めた。

デスクの正面、開け放された入り口に人影が現れた。五十がらみの女性だ。前掛けをつけている。見知った顔だ。市橋と言ったろうか。近所の商店のおかみだったはずだ。

おかみは、清二の顔を見て驚いたようだ。

「安城さんが、新しい駐在さんかい？」

この地域に九年住んだせいか、名前も覚えてもらっていた。自分は住民の名をさほど多く知っているわけではないが。

清二は言った。

「昨日から、こちらに配属になりました」

「若いのに、駐在さんなんだ」

清二は立ち上がりながら聞いた。

「どうしました？」

この駐在所での、記念すべき初仕事はどんなものだろうか？

「万引きなんだよ。いま捕まえて、うちのひとが説教してるんだけどね」

「お店は、観音寺の向かいでしたよね」

「そう。市橋屋って履物屋なんだけど」

「万引きしたのは？」

「子供」

「いくつの？」

「十二、三だろう。どうしたらいいものか」

「とりあえず行ってみましょう」清二は振り返って多津に声をかけた。「観音寺前の市橋さんまで行ってくる」

多津は振り返って市橋屋のおかみに会釈した。

谷中墓地の中を通って店に向かう途中、おかみは言った。

「表に並べた品物の中から、ズック靴を盗もうとした。うちのひとが気づいて、腕を押さえたんだけどね」

万引きは、罪には問えない。終戦後ずっと、生活の苦しさが理由の食料の万引きは日常茶飯事だった。ごくふつうの堅気の市民も、ときに商店の品に手を伸ばした。ましてや一銭のカネも持たない失業者や浮浪者が、やむをえず食品を万引きすることを抑えようもなかった。あまりにも当たり前のことであり、発生件数も多かったから、通常の万引きの場合は、窃盗罪による立件はしないのが警察と司法当局の方針だ。被害届けだけは受理する。捕まえた万引き犯について記録を作る。それだけのことだ。もし万引き犯を捕まえたところで起訴はできないし、留置場に入れるだけ徒労というものだった。ましてや、万引き犯が子供の場合は。

だから最近では、万引きの多い店などでは、万引き犯を自力で捕まえた場合、いちいち警察に届けない。傷害すれすれの暴行を加えて解放するところもあるようだ。上野署管内の商店街では、愚連隊に処理をまかせるところさえあった。

このおかみがわざわざ駐在所まで届けにきたということは、さほど万引き被害が多い店ではないのかもしれない。

谷中墓地を抜けて、御殿坂と三崎坂《さんさきざか》をつなぐ初音通りに出た。この通りはまた、天王寺町と初音町を隔てる通りでもあった。左に折れると、一昨日まで清二の家族が住んでいた長屋の前に出る。右に曲がると御殿坂だ。

通りの御殿坂寄りに、ごく小さな商店がいくつか並んでいる。その中に、履物の看板が出ている店があった。店の前には、ズック靴やゴムの短靴が並べられている。奥の棚には、草履《ぞうり》や雪駄《せった》が並べられていた。

おかみに案内されて店の奥に進むと、帳場の脇の木箱の上に、少年が腰掛けていた。十二、三歳か。厚手のシャツを着て、穴の開いた学生帽をかぶっていた。

清二は近づきながら、少年の足元を見た。もし裸足《はだし》ならば、少年がなぜ靴を万引きしようとしたのか、考えようもある。しかし少年は、ゴムの短靴を履いていた。

少年の脇に、店の主人が立っていた。やはり顔だけは知っている。五十年配の、顔色の悪い男だった。

清二が少年の前に立つと、主人は言った。

「新しい駐在さんってあんたか」

「そうなんです。よろしく。それで被害は？」

「品物は取り返したけど、どうしたらいいものか」

清二は確認した。

「実害はなかったんですね？」

「ああ。ただね。今度で二回目なんだ。前にも一回やられて、そのときは取り逃がした」

「前にも？」

「そう。二度目となるとね、やはり駐在さんにきちんと届けようと」

最初は十日くらい前のことだったという。そのときも被害は男もののズック靴が一足だった。

清二は少年をあらためて見つめた。少年は口をとがらせ、清二の視線を避けている。いくらかすさんだ雰囲気のある子だった。巡査が目の前に立っているのに、萎縮《いしゅく》しているようではない。自分がやったことを反省しているようでもなかった。もしかすると、不良グループに入っているのかもしれない。少なくとも、衝動的に商品に手を伸ばしてしまった貧しい子、ではないようだ。

「名前は？」と清二は少年に訊《き》いた。

少年はちらりと清二に目を向けてから、また視線をそらした。

店の主人が言った。

「名前も言わない。だけど、その服の裏には、工藤行夫《ゆきお》って名前が書いてあった。谷中小学校の六年」

主人も、清二がくるまでに少年の名前までは確認していたのだ。

清二は少年に訊いた。

「工藤行夫っていうのか？」

少年は、小さくうなずいた。

「ここで、万引きしようとしたのか？」

また小さくうなずいた。

「いくつだ？」

「十二」

「小学生か」

「今年から中学」

「よし、駐在所までこい」

少年はようやく清二に顔を向けて言った。

「どうするの？」

「事情を聞く。そのあと、親父《おやじ》さんに引き取りにきてもらう」

「親父を呼ぶの？」

「当たり前だ。うちはどこだ？　親父さんはうちにいるのか？」

行夫という少年は答えなかった。

清二は言った。

「まっすぐ警察署に行くか。あっちで厳しく取り調べてもらうんでもいいぞ」

これは脅しだ。

少年は言った。

「うちは、駒込《こまごめ》坂下。父さんは、瑞輪寺《ずいりんじ》前の石屋で働いている」

瑞輪寺前なら、谷中警察署の管轄《かんかつ》内だ。

「一緒にこい」清二は行夫という少年に言った。

少年は、左右に目をやった。誰か自分の味方になってくれる者でもいないか、探したような表情だった。あるいは逃げ道を探したのかもしれない。

けっきょく少年はあきらめたように立ち上がった。小さく吐息をついたのが聞こえた。

駐在所に戻ってから、清二は谷中署に電話を入れた。所属長の神岡巡査部長がすぐ電話に出た。清二は神岡に事情を話して、瑞輪寺前の石材店に行き、工藤という石工に天王寺駐在所までくるよう伝えてほしいと頼んだ。

神岡は、すぐに誰かやる、と応えた。

電話を切ってから、椅子《いす》に腰掛けさせた少年に訊いた。

「靴が必要だったのか？　買ってもらえないのか？」

少年は、うめくように短く、ああ、と答えただけだ。

「前にも盗んでるんだろう？　いったい何足靴が必要なんだ？」

「べつに」

「自分で履くためじゃないのか？」

「自分のためだ」

「いまゴム靴履いているじゃないか」

「ああ」

少年は、ぶっきらぼうにしか答えようとしない。いっぱしの悪《わる》を気取っているようでもあった。上野署の派出所では、公園を根城にする十五、六の不良少年たちも大勢相手にしたが、この行夫という少年の様子もそれに近いものがある。素直ではないし、巡査の権威も小馬鹿《こばか》にしているように見えた。

十五分ほど後、小柄な中年男が、おずおずと駐在所に入ってきた。工藤行夫の父親だった。清二よりも五つ六つ年上だろうか。髪を職人っぽく短く刈り込んでいる。メガネが、短い鼻の先から落ちそうだった。

工藤は、清二が事情を説明しないうちから、すいませんを連発した。謝ることに慣れている、という様子さえ感じられる男だった。

清二は言った。

「万引きは二度目なんだ。親父さんが、最初に盗んだ分を弁済するんなら、引き取ってもらってもかまいません。被害届けを受け取る前に、終わらせますよ。どうします?」

「ほんとうにすいませんです」と工藤は、清二を上目づかいに見て早口で言った。「ええ、もちろんわたしが父親ですから、もちろんこの子のやったことはわたしが弁済します。すいません。お店に払いに行けばいいですか?」

一刻も早く駐在所から出たい、という様子だった。

清二は言った。

「息子さんに、よく言ってやってください。二度としないと。万引きは犯罪なんです。窃盗罪です。軽い罪じゃないんですよ。まだ中学一年だと言うし、今回だけはお父さんが今後厳しく躾《しつ》けるということで、被害者にも納得してもらいますから。いいですね?」

「はい。ほんとうにすいません。二度とやらせません。すいません」

「ここで、約束させてください」

工藤は、さらに三度、すいません、を繰り返してから、行夫に顔を向けた。

「二度としないよな。もうしないよな」

清二は行夫という少年を見つめた。

少年の目には、明らかに侮蔑《ぶべつ》と見える色が浮かんでいる。駐在警官にすっかり卑屈になっている父親を見て、冷笑さえ浮かべているのだ。

工藤は清二に振り返って言った。

「言い聞かせました。約束しました」

清二は言った。

「何も約束していませんよ。きちんと自分の口で、反省と、二度としないってことを言わせてください」

工藤はまた行夫に顔を向けて言った。

「反省したな？　もうしないな」

少年は、口をとがらせて、不服そうに言った。

「ああ」

工藤はあらためて清二に向き直り、頭を深々と下げた。

「これから、店に行って品物代支払ってきます。連れていって、かまいませんか？」

清二には不満が残った。少年は、まったく反省したようではないのだ。彼がいま口にしたのは、どうにでも取れる、ああ、というつぶやきだけだ。

清二は、自分のため息を隠して言った。

「今回だけは、事件にはしません。お名前と住所、記録させてもらいます」

工藤はもう一度名乗ってから住所をつけ加えた。清二が書き終わらぬうちに、息子をうながした。少年は素早く立ち上がった。

駐在所を出てゆくふたりを見送って、清二は自分の対応が誤りではなかったかという想《おも》いを打ち消すことができなかった。こんどの万引き事件、この処理のしかたでほんとうによかったのだろうか。

振り返ると、執務室と住宅とを分ける襖《ふすま》が少し開いていた。ふたりの息子たちの顔がある。下の子の正紀は、いま駐在所執務室で何があったのか理解しているようではなかった。何かねだるかのような目を向けてくる。しかし長男の民雄の顔は、そこで起こった一部始終をすっかり理解している目だった。理解したうえで、興味を示しているという顔だった。

清二はふたりの息子たちに言った。

「そろそろ晩御飯だろ。部屋を片づけろよ」

ふたりは顔を引っ込めた。

天王寺駐在所の勤務は、さほどの激務というわけではなかった。警視庁が、派出所ではなく駐在所を置いている理由もわかる。狭い地区であり、大きな商店街があるわけでもない。地区の面積の半分は墓地であり、管内には鉄道駅もない。最寄《もよ》り駅は坂本警察署管轄の日暮里駅であり、利用客の一部は天王寺町内を通過してゆくが、その行き来に目を配らねばならぬほどのひとの数でもなかった。地元の様子をこまめに警戒しているだけで十分に犯罪予防になるという地区だった。

また場所柄、駐在所には、これこれの家の墓の位置を教えてほしいとやってくる市民の数が多かった。さいわい前任の佐久間が、目ぼしい墓については地図を作っていた。赴任後二週間も過ぎるころには、およそ三分の一ほどの墓の場所が頭に入った。

ただ、谷中墓地は、気を抜けば不良少年たちがたむろするようになる可能性がある。また、夜になれば人の目も消える。あの少年鉄道員の殺害のように、ふたたび凶悪な犯罪の現場となることも考えられた。清二は、自分の制服姿を絶えず管内に印象づけることで、潜在的な犯罪者たちを牽制《けんせい》しようと考えた。

清二は毎日管内を三度巡回するように指示されていた。昼に一回、夕刻に一回、それに夜に一回である。巡回には一周四十五分ほどの時間がかかった。一週間に一日は、谷中署の外勤巡査が駐在所にきて勤務を代わってくれた。この日が非番ということである。

五月も間近のある日、清二が巡回から戻ると、駐在所横の広場で、民雄が近所の子供たちと遊んでいた。

民雄が言っている。

「はい、了解しました。安城巡査、ただちに臨場します」

駐在警官ごっこのようだ。民雄が清二に気づいて振り返った。民雄は照れくさそうにうつむいた。

清二は民雄に敬礼して言った。

「それでは安城巡査、よろしく頼みます」

一緒に遊んでいた男の子ふたりが、いくらかうらやましげに民雄を見つめた。

10

工藤行夫の父親が、手拭《てぬぐ》いで首の汗を拭《ふ》きながら駐在所に向かってくる。

安城清二は、ちらりと壁の時計に目をやった。午後五時十五分。清二が谷中警察署に連絡を入れてから、まだ十分もたっていない。

七月の、梅雨の合間の曇り空だった。蒸し暑くて、ひとによっては黙っていても苛立《いらだ》たしくなるような日だ。清二は自分の制服の背中が、汗ですっかり濡《ぬ》れていることを意識した。

工藤は、駐在所に入って清二と目を合わせるなり言った。

「すいません。申し訳ありません。ほんとうにいつも」

前回同様、謝ることに慣れた口調だ。とにかく謝って、詰問《きつもん》も叱責《しっせき》も封じてしまおうという下心さえ感じる。もっと言うならば、工藤のこの謝罪の言葉の連発には、まるで誠実さが感じられなかった。とりあえずこの場をしのごうという意志しか、受け取ることができない。

駐在所の中には、工藤の息子の行夫がいる。隅の椅子《いす》に腰掛けて、背中を壁にもたせかけていた。父親が入ってくると、行夫は鼻で笑ったかのような表情を見せて、目をそむけた。

行夫がまた万引きで突き出されたのだ。こんどは、桜並木を東に出た先にある商店で、商品の革財布を盗んだのだった。仲間ふたりと一緒だったという。商店主が行夫を捕まえ、腕をねじり上げて、この駐在所に連れてきたのだった。

工藤はデスクの前に立ち、手拭いを胸の前で握って、またひとしきり頭を下げた。

「ほんとに申し訳ありません。二度とやらせません。絶対にやらせません。万引きした品の代金はお支払いいたします。それで許してやっていただけないでしょうか」

清二は、自分の怒りが沸点に近づいているのを感じていた。

「二度目ですよ」と清二は言った。声は、自分でも意外なほどに低いものとなった。「前回はたった三月《みつき》前のことですよ」

「わかってます。申し訳ありません。このとおりです」工藤は直角になるまでに深々と頭を下げた。「もう二度とさせません。この子もわかっているんです。悪い仲間がいるものですから」

「仲間のせいじゃないですよ。ほんとに厳しく叱《しか》っているんですか」

「もちろんです。前のとき、約束もさせました。だけど、仲間が。代金おいくらなんでしょうか」

言いながらも、工藤は行夫のほうに顔を向けようともしない。真正面から向き合うことを避けているようにも見えた。

清二は行夫を指さして言った。

「まず叱ったらどうです？　父親なんだから」

「あ、はい」工藤は行夫に顔を向けた。「何度言ったらわかるんだ。何度お巡りさんに叱られたらわかるんだ」

声は多少大きくなったが、こめられた想《おも》いは薄いままと聞こえた。

清二は行夫の反応を見たが、一瞬だけ父親に視線をくれただけだった。

工藤は言った。

「あのとおり、謝ってます。今回だけは、これで見逃してやってもらえないでしょうか。悪い仲間とさえ縁が切れたら、もうしないと思いますので」

清二は声を荒らげた。

「親父《おやじ》さん！　あんたがその調子だから、子供はつけ上がるんだ。きちんと叱れよ！　厳しく叱らなきゃだめだよ。この子はあんたの言葉なんて聞いていないじゃないか。返事もしてないじゃないか」

工藤は剣幕に驚いたようにあとじさった。

「いや、叱ってます。いま、謝りましたよ、たしかに」

言いながら、また二度三度と小さく頭を下げた。

清二は立ち上がった。いくらか演技も必要な場面のようだ。

「親父さん、あんたのせいだよ。息子がこんなふうにろくでもなくなったのは、あんたのせいだよ。あんたがそんなふうにだらしないから、ぺこぺこしてばかりいるから、子供がこんなふうに育つんだよ。あんた、自分がどれほど駄目かわかってるのか。そんなに子供甘やかしてるんなら、あんたに手錠かけるよ」

言いながら横目で行夫を見た。行夫の顔に、怒りが浮かんできている。怒りのこもった目で清二をにらんでいた。

効いてる。

清二はさらに言った。

「子供の問題じゃない。親父さん、あんたの問題だよ。あんたがだらしないから、子供がこんなふうに育つんだよ。恥ずかしくないのか！」

行夫が椅子から立ち上がった。

「ちがう。父ちゃんのせいじゃない！」

言いながら、行夫は清二につかみかかってきた。

「父ちゃんを、そんなふうに言うな！」

清二は行夫の身体《からだ》をかわし、足払いをかけて床に転がした。

行夫はすぐに立ち上がった。まばたきしている。自分があっさり転がされたことに、驚いているようだった。目は赤くなっていた。

清二は行夫を見つめて言った。

「よし、こい。根性叩《たた》き直してやる！」

一歩前に出ると、工藤が割って入ってきた。

「待ってくれ。行夫は悪くない。待ってくれ」

「親父さん、よけてな。そういうだらしない親父だから、子供がこんなふうになるんだ」

「行夫は悪くない。悪くないんだ」

工藤は小柄な身体で必死に清二にしがみつき、なんとか行夫との距離を作ろうとしていた。工藤にそれだけの力があるとは、清二には意外だった。

行夫が、目を大きく見開いている。自分の父親が割って入ったことに、驚愕《きょうがく》しているようだ。信じられないものを見ている、という顔だった。

清二は言った。

「離してくれ、親父さん。この子は警察がきちんと」

「待ってくれ。わたしを捕まえていい。この子じゃない。この子は悪くないんだ」

清二は力を抜き、工藤の肩を押さえたまま、一歩下がった。

工藤は、肩で荒く息をしている。その肩ごしに、行夫の表情が見えた。いま父親の背を見る彼の目には、かすかに賛嘆の色がある。

清二は言った。

「息子さんをここで叩け。身体で教えるんだ。盗みをするなって。泥棒になるなって」

「わかった」

工藤は振り返ると、すっと二歩前に出て、ほんの少しの躊躇《ちゅうちょ》も見せずに、息子の頰を平手で打った。息子はその場で電気でも流されたかのように背を伸ばした。

工藤が、息子の目をのぞきこんで言った。

「盗みをするな。泥棒になるな。わかったか？　行夫、わかったか？」

その言葉には、いましがたまでの投げやりな不誠実な調子はなかった。渾身《こんしん》の、真摯《しんし》な想いがこめられた言葉と聞こえた。

行夫が、赤い目で素直に言った。

「わかった。父さん、ごめん」

工藤は清二に振り返った。

「こう言ってる。今度だけは許してやってくれませんか。もしこの次やったなら、ぶちこんでもらう。親子の縁は切る。だから、こんどだけは」

清二は、行夫の顔を見た。彼も清二を見つめ返してくる。行夫の顔から、いましがたまでのこわばりが消えていた。強がりもない。ふてくされてもいない。憑《つ》き物《もの》が落ちたようにも見える。目に、涙があふれていた。

清二は行夫から工藤に顔を向けて言った。

「わかったよ、親父さん。こんどだけは、親父さんにまかせる。こんどこそきちんと躾《しつ》けるって言うんなら、親父さんに預けよう」

「すまない」

工藤は行夫に言った。

「こい。行くぞ」

行夫が清二を見つめ、ほんの少し躊躇を見せてから、小さく素早く頭を下げた。

工藤が行夫の肩を叩いてうながした。ふたりは肩を触れ合わせて駐在所を出ていった。

この手は効いただろうか？　清二には自信はなかった。効いたとしても、いつまで効果は持続するだろう。もし行夫が不良仲間と縁を切らず、つぎに突き出されてきたときには、もう手はなかった。機械的に処理するしかない。万引き常習犯として、児童相談所に書類を送ることになる。

ふうっと深くため息をついた。ふと振り返ると、背後の襖《ふすま》が少しだけ開いていた。民雄がその隙間《すきま》の向こう側に立っていた。こんども一部始終を目撃されていたようだ。見せないほうがよかったろうか。子供に足払いをかけて床に転がす場面など、断じて見せるべきではなかったろうか。

答を見いだせぬうちに、民雄はすっと襖を閉じた。

その夜、清二が眠りに就いたのは、午後十一時過ぎである。九時からこの日最後の巡回をおこない、駐在所に戻って日報を書いてから私服に着替えた。子供たちはもう眠っていた。多津もこの日の仕立て直しの仕事を終えるというところだった。清二は下駄履きで初音通りにある銭湯へと駆け込んだ。最後の客だった。手早く汗を流して、駐在所に戻ってきたのが十時半すぎだ。銭湯に行っているあいだ、とくに何もなかった、と多津が言った。清二は浴衣《ゆかた》に着替えて、布団《ふとん》に入ったのだった。

深夜、清二は目を覚ました。切迫した声を聞いたような気がした。女の声もまじっていたようだった。枕元《まくらもと》の時計を見ると、午前二時三十五分だ。清二はしばらく耳をすましたが、声は続かない。清二はもう一度目をつぶった。

次に目を覚ましたのは、午前三時三十分である。枕元の目ざまし時計で、その時刻を確認した。

しばらくは、布団の中で耳をすました。何かがばちばちと割れるような音がする。それも、さほど遠くではなかった。音は少しずつ大きくなってゆくようだった。

身体を起こして、もう一度耳をすました。横で多津も身体を起こした。

清二は、子供たちを起こさぬよう、小声で多津に訊《き》いた。

「聞こえるか？」

「うん」と多津はささやくように答えた。「何か、壊してる？」

「なんだろう」

多津が、あっと小さく声を上げた。

「どうした？」

「匂《にお》う。何か燃えてる」

そう言われた直後に、自分も匂いを感じた。近所で何かが燃えている。外で、こんどははっきりと何かが壊れるような音がした。

清二は立ち上がって窓辺に近寄った。カーテンを開けて、西側を見ると、すぐ目の前で白煙が上がっている。ちょうど天王寺の五重の塔がある場所だ。

「火事だ」と、清二はふつうの声音で言った。「起きろ」

「起きて」と多津は子供たちの肩を揺すった。「早く。火事だから」

子供たちふたりが、目をしょぼつかせながら身体を起こした。

清二は制服に着替えて装備をつけた。そのあいだに多津も手早く着替えた。駐在所執務室へと出て靴をはいた。物音はいっそう大きくなってきている。火事だ、という声が聞こえた。もうこの火事に気づいたのか、野次馬たちが集まり出してきていた。

駐在所を飛び出して、五重の塔を確かめた。五重の塔は、駐在所と敷地が隣り合わせだ。ひとの胸ほどの高さに、コンクリートの塀がめぐらされている。門扉《もんぴ》は通常施錠《せじょう》されていて、一般のひとが中に入ることはできなかった。つまり、ここに住み着いている者もいない。それは昨日の午後にも確認していた。しかし。

ふと深夜に聞こえた声を思い出した。あれはもしかして。

塔の一層目のぐるりに濡《ぬ》れ縁《えん》がある。その一層目の手前、雨戸に隙間ができており、その奥から白い煙が噴き出していた。煙の奥で、赤い炎がちらちらしている。

門扉の内側に、消火器があるはずだった。清二はコンクリート塀に近づいた。その刹《せっ》那《な》だ。雨戸の一枚が外側に倒れてきた。中からどっと炎が噴き出してくる。雨戸が倒れて酸素が吹き込まれたせいか、内側の火勢が激しいものになった。

清二は駐在所にとって返し、谷中署に電話を入れた。

「天王寺駐在所、安城です。天王寺の五重の塔が燃えています」

電話口に出た巡査が聞き返してきた。

「五重の塔？　あれは現住建造物か？」

「いえ。でも、文化財です。応援求めます」

「失火か。放火か」

「わかりません。まだ見当がつきません」

「火事の程度は？」

「燃え盛っています。消防への連絡もお願いできますか」

「わかった。天王寺駐在所が目印でいいんだな？」

「はい。すぐ横で燃えているんです」

多津が、子供たちふたりを連れて、執務室に降りてきた。

清二は言った。

「貴重品だけ持ち出せ。延焼するかもしれん」

「もうリュックを背負ってる」

多津も、昭和二十年の下町大空襲を体験した身だ。こういうときの心構えはできている。清二はうなずいて言った。

「子供たちを、離しておいてくれ」

「わかった。ほかにすることは？」

「離れていろ」

清二は地元の消防団長の自宅に電話を入れた。電話を引いている個人住宅は、天王寺町では数少ない。消防団長は天王寺の檀家《だんか》総代を務める旅館業の男だった。帳場に電話がある。

電話に出た消防団長に言った。

「火事です。五重の塔。消防団、出動お願いできますか」

「すぐに」と団長は答えた。

駐在所の外に出ると、桜並木の両側から、それに跨線橋《こせんきょう》の方角からも、野次馬たちが駆けてくる。天王寺の本堂の方角からは、寝間着姿のままの住職と小僧が駆けてくる。

野次馬たちは叫んでいる。

「火事だ」

「五重の塔が火事だ」

その叫びは、いよいよ切迫したものになっていた。

炎は成長し、一層目と二層目とのあいだの天井を突き破って、二層目に達しようとしている。

清二は駐在所からロープを取り出し、火事現場の周辺を広く封鎖した。しかし、野次馬たちの数は増え続ける。ロープをくぐり抜けて接近しようとする者もあとを絶たない。

清二は怒鳴りまくった。

応援の巡査よりも、消防車のほうが早かった。言問《こととい》通りの谷中消防署から、小型トラックのポンプ車とタンク車が駆けつけたのだ。

消防隊の隊長は、火事場に降り立つと、すぐに清二に言った。

「電話借ります。第二出動、中高層建築火災だ」

清二は、つけ加えた。

「大事な文化財だ」

そこに地元消防団も手押しポンプ車を押して駆けつけてきた。揃《そろ》いの法被《はっぴ》を着た男たちが十二、三人だった。

消防団長が、呆然《ぼうぜん》としたような表情で言った。

「なんでまた、五重の塔が」

放水が始まった直後、四人の外勤巡査が谷中署から駆けつけた。そのときには、炎はすでに三層目に舌をかけていた。野次馬の数は、いまや五百人はいるだろうかと見える。天王寺町の住人のおよそ半分ぐらいは、この場に集まっているのではないかと見えた。

さらに五分後、あらたに二台の消防車が到着した。

そのときには、炎は五重の塔の三層目から四層目にまで達していた。塔にまつわりつくように白い煙が上がり、その白煙はすぐに上空で冷えて黒煙と変わっていた。しかしどうやら、駐在所への延焼は免れたようだ。

野次馬の数はもう千人ほどになっているだろう。天王寺町や初音町の住民だけではなく、桜木町や三崎町、根岸のほうからも集まってきているようである。御殿坂の写真館の主人が、小型のカメラでしきりにフラッシュを焚《た》きながら写真を撮っていた。

いまや応援の巡査も十人以上になっているはずだ。みな野次馬の規制に追われていた。清二自身も、声を嗄《か》らして野次馬を遠ざけることに懸命だった。

警笛を口にくわえたまま規制にあたっているとき、声をかけられた。

「お巡りさん、お巡りさん」

足を止めて声のする方角を見ると、封鎖線のロープの向うで手を振っている老女がいた。顔見知りの岩根キミだ。以前、少年鉄道員殺害に関して二度話しをしたことがある。駐在所勤務になってからは、会えば会釈《えしやく》するだけの相手になっていた。

清二が近寄ると、岩根キミは目を大きく開けて言った。

「見たよ。あの男がいるよ」

清二は訊いた。

「あの男? 誰のことです?」

「ほら、克三ちゃんと何度か話していた男。わたし、刑事さんかもしれないって思った男さ」

「どこです?」

老女は、少しだけ首をめぐらした。視線は、彼女の住むアパートの方向を示している。

「三つ角の手前、お墓の脇《わき》のところで。いま何やら騒いでるひとたちがいた」

「騒ぎって？」

「喧嘩《けんか》みたいな。気になって目を向けたら、暗がりから出てきたのは、あの男だった」

清二は、あたりを見やった。すでに谷中署からの応援は十人以上きており、このあとまだ増えるはずである。いま自分が五分ほどこの場を離れても、とくに問題は起こるまい。いや、三分で済むことかもしれない。

清二は、自分の右手で野次馬規制にあたっている若い巡査に声をかけた。柳谷という、新米巡査だ。

柳谷が顔を向けたので、清二は声をかけた。

「ちょっとだけ離れる。すぐ戻るから」

柳谷はうなずいた。

ほんとうに聞こえたろうか。しかし、言い直している余裕はないように思えた。清二はロープをくぐって封鎖線の外に出た。

岩根キミがまた言った。

「刑事じゃなかったんだね。こんなときにここで喧嘩してるなんて」

「ありがとう」

清二は腰のホルスターを押さえて、小走りになった。前方五十メートルほどのところに三つ角があり、左に折れると芋坂の跨線橋である。街灯は手前にひとつあるだけで、三つ角のあたりはもうほとんど真っ暗だった。道の手前のほうは、炎に照らし出されていた。去ってゆこうとするひとの影を探したが、見えなかった。逆に、こちらに向かって近づいてくるひとの影はわかる。火災現場に向かう野次馬たちだろう。

墓の切れるところまできて、懐中電灯を墓石のあいだに向けた。喧嘩があって、ひとりだけ出てきたのだとしたら、喧嘩の相手は怪我《けが》をして倒れているかもしれなかった。

懐中電灯の光の中に、影がよぎった。墓石のあいだを縫って、駆け去ってゆこうとする。

「待て。おい」

清二は追いかけようとしたが、墓地の中は走りにくかった。足元が障害物だらけだ。足音も、たちまち遠ざかってゆく。桜並木の方角を目指しているようだ。桜並木には野次馬が押しかけてきている。追いつけまい。

清二はあきらめて墓を出ると、火事現場に戻ろうとした。そのとき、視線の隅で動く者があった。野次馬たちとは逆方向に移動するひとつの影だ。いまこの火事現場にいて、そそくさと立ち去る者がいたらそれこそ不審者である。

その不審者の影は、三つ角を芋坂方向に折れた。その先にはアパートと長屋が密集しており、また国鉄の鉄路をまたぐ跨線橋にも通じる。

四人の若い男たちとすれちがった。どこだ？　天王寺のほうか？　と言っているのが聞こえた。振り返ってみたが、この位置からは火事は見えない。炎はもちろん、煙も見ることはできなかった。いくらか空が明るく見えるだけだ。火災現場は、丘の向こう側ということになるのだ。それでも、火事場の音だけは聞こえてきた。消防車のサイレンの音や、怒鳴り声が、夏の湿った空気に乗って流れてくるのだ。

芋坂跨線橋まできた。この跨線橋は、駐在所の管轄《かんかつ》外である。国鉄鉄道用地上であり、坂本警察署の管轄地域になるのだ。

跨線橋の手前と向う端には、街灯がついている。ただし橋の中央部はやはり漆黒である。ひとがいるかどうかもわからなかった。

清二は跨線橋の手前まできて耳をすました。靴音が聞こえた。橋を渡っている。遠ざかってゆく。老女の情報が確実であったかどうかはともかく、職務質問するには十分なだけの不審な行動だ。

清二は跨線橋の上に踏み出した。未明のこの時刻、橋の下の何十本も並ぶ鉄路には一本の列車も走っていなかった。橋の上は静かだった。それだけに、靴音は明瞭《めいりょう》に聞こえた。

懐中電灯を前方に向けたが、光は届かない。清二が跨線橋を三分の一ほど渡ったとき、前方の街灯の明かりの中に、人影が浮かび上がった。その人影は足を止めた。誰かがついてくると気づいたのだろう。彼にも、自分の靴音は聞こえていたはずだから。

清二はそのまま足を進めた。

前方で人影が振り返ったのがわかった。

顔は判別できない。しかし、歳格好《とし》は自分と同じくらいかと見える。白っぽい半袖《はんそで》シャツを着ているようだ。

清二は怒鳴った。

「警察だ。止まれ」

小走りになりながら、懐中電灯をあらためて前方に向けた。ようやく光の中に男の顔が浮かび上がった。

火事現場のほうで、激しい破裂音が響いた。建物の一部が崩落したのかもしれなかった。

昭和三十二年七月六日、午前四時を少し回った時刻だった。

第二部　民雄

I

安城民雄《あんじようたみお》は、母親と一緒に天王寺の住職を送り出した。

清二《せいじ》の七回忌の法事が、ささやかに終わったのだ。とくに親族もなく、近所のひとの出席もない、身内だけの法事だった。ただし、父の同僚だった三人の警視庁警察官が、私服で参列してくれた。

初音町のふた間だけのアパートだった。いま、仏壇のある奥の間では、父の同僚警官たちが膝《ひざ》を崩したところだった。

母親の多津《たづ》が、奥の間に卓袱台《ちゃぶだい》を出し、支度してあった料理を並べた。

母親はビール瓶の栓を抜いて、三人の警官たちに言った。

「どうぞ。召し上がっていってください」

三人の中でいちばん年少の窪田《くぼた》勝利《かつとし》という警官が言った。

「おかまいなく。きょうは、ちょっと真面目《まじめ》な話できているものですから」

窪田は、綾瀬警察署の交通課勤務だという。

多津がビール瓶を持ち上げて言った。

「でも、一杯だけでも」

香取茂一《かとりもいち》が言った。

「ごちそうになります。この暑さで、ビールはありがたい」

父が死んでから六年後の命日は、梅雨の合間の暑い日となっていた。たぶん気温は三十度を超えていることだろう。民雄の記憶にある、あの日と、そしてその前日とよく似ていた。あのときも、蒸し暑かったのだ。

三人の大人たちは、それぞれのグラスからビールをひと口、喉《のど》に流しこんだ。母親の多津は、麦茶に口をつけた。

民雄は弟の正紀《まさき》と共に、隣の部屋の隅から大人たちの様子を眺めていた。

三人の警官とは、すでに親しい。父の葬儀の日以来、警察練習所で同期だったというこの警官たちは、父の法事のときはもちろん、民雄や正紀の入学式や卒業式のたびに、勤務をやりくりして父代わりに出席してくれた。少なくとも、誰かひとりは確実に出席してくれた。血のつながらないおじさんだと思え、と、三人の誰もが言った。何か困ったことがあったら相談しろと。同じ意味のことを、母にも繰り返し言ってくれたはずである。父が死んだあの日以来、ことあるごとに。

ビールを飲み干してから、香取が多津に言った。

「きょうは、民雄くんの進学の件で、奥さんと相談しようと思ってきたんです」

香取は、蔵前警察署警ら課勤務の巡査部長だった。

民雄は、香取の横顔を見つめた。太り肉《じし》のこの内勤警官は、三人の中ではいちばんひとあたりのいい大人だった。

香取は続けた。

「民雄くんの成績がいいのは承知しています。都立高校合格は確実なんでしょう？　進学させてやってください」

多津は、当惑を顔に出していった。

「はい、なんとか都立なら進学させてやりたいと思っています。私立は、うちの家計では無理ですけれど」

早瀬《はやせ》勇三《ゆうぞう》が言った。

「われわれ三人、なんとか民雄くんを応援しようと思っているんです。入学金と授業料、われわれにまかせてもらえませんか」

早瀬は、警視庁勤務の捜査員だ。刑事課ということであったけれど、仕事の中身をあまり詳しく語ったことはない。三人の中では、いちばん背広が似合っている男だった。

カネの話が出たことで、多津はいっそう当惑したようだった。

「そんな」

窪田が言った。

「ぼくら、安城さんには練習所以来、ずいぶんお世話になった。あんなに立派な警官だったのに、その子が高校にも行けないということには、納得できないんです。役所の規程がどうであれ、ぼくらは安城さんの同僚として、できるだけのことはしたい。させてもらえませんか」

父の清二は、天王寺五重の塔が炎上したあの夜、現場からふいに消えて、早朝、国鉄の線路上で死体となって発見された。跨線橋《こせんきょう》から線路上に落ち、そこに列車がやってきて、はねられた、と警察は判断した。落ちた理由については、とうぜん捜査がなされるべきであった、と民雄は思っている。事件性のある「転落」だったのではないかと。

しかし民雄たち家族や、父の友人たちが驚いたことに、谷中警察署は事件性を認定しなかった。事故死、として処理したのだ。

それは、殉職とは認めないということでもあった。駐在警官としての職務と持ち場を放棄していたときに起こった事故であり、殉職ではない。むしろ火災時、現場を離れていたことは処分の理由にさえなる、ということだった。

殉職扱いとならなかった以上、葬儀はとうぜん警察葬とはならず、殉職であれば得られるはずの名誉も、賞恤《しょうじゅつ》金の支給もなかった。

ここにいる三人の警官たちが、事故死ではない、殉職であると、谷中署や警視庁の人事担当に何度も掛け合ってくれた。しかし、判断はくつがえらなかった。

警察の判断は、自殺ということらしかった。駐在所に隣接する文化財の炎上に責任を感じて、清二は跨線橋から身を投げたのだろう、と推測されているのだという。ただし、民雄の家族や関係者に対してそのとおり説明されることはなかった。噂《うわさ》として広まっただけだ。天王寺でおこなわれた告別式のときに、谷中署の同僚警官たちが小声で話していた。

初七日を終えた後、母親と民雄、正紀の兄弟は駐在所付属の住宅を出て、初音通りの長屋に移った。駐在所勤務となるときまで住んでいた長屋だ。それから六年、途中で同じ大家の持つ別のアパートに移って、民雄の家族はきょうまで暮らしてきた。多津が不忍《しのばず》通りの洋裁店につとめて、ふたりの男の子を育てたのだった。

多津が言った。

「みなさんには、これまでもずいぶんお世話になってきました。このうえ民雄の高校進学まで、面倒を見てもらうわけにはゆきません。なんとか、苦しくても、わたしの手でこの子を進学させてやろうと思います」

香取が言った。

「中学までなら義務教育だ。なんとかできたかもしれない。だけど、高校進学となるとべつだ。おれたちに、応援させてくれ。奥さんが負担に思う気持ちはわかるが。おれだって、初任給をなくしたとき、安城さんに助けてもらったんだ」

窪田が言った。

「ぼくたち誰かひとりでってわけじゃない。三人でやることです。そんなに負担に思うことはありません」

早瀬がつけ加えた。

「これはおれたち三人の私的な奨学資金だと考えてください。奨学資金を受けるにふさわしい子に援助するだけです」

多津はいっそう困惑顔となった。

香取が、なかば哀願のような調子で言った。

「もしどうしても援助は受けたくないって言うなら、おカネを借りてもらうというのはどうだろう。いつか、返していただく。だからいまは、進学の費用は受け取ってもらう」

拒絶されることだけは避けたいという口調だった。

香取がつけ加えた。

「民雄くん本人の出世払いで」

多津が民雄に顔を向けながら言った。

「そんなこと、この子が将来おカネを返せるかどうか」

民雄は黙っていた。たぶんここは、母親にまかせておくべき場面だろう。子供がしゃしゃり出るべき幕ではないはずだ。

早瀬が言った。

「法的な貸借じゃない。道義的なものです。返してもらえないからと言って、訴えたりはしません。でも、借りるということなら、お母さんの気も楽になるでしょう」

多津は、もう一度民雄を見つめ、まぶたを指で拭《ふ》いてから言った。

「みなさんにそう言っていただくことは、ほんとうにありがたく思います。民雄もどんなにうれしいか。高校に行きたくてたまらないんです。中学生になったときから、都立に入るんだと、一生懸命勉強してきました」

「ここまでにしましょう」と香取がやりとりを締めくくった。「民雄くんには、安心して進学してもらう。二度ともうこのことで、押したり引いたりはしないことにしましょう」

「ありがとうございます」頭を下げてから、多津は民雄に言った。「お前もおじさんたちにお礼を言いなさい」

民雄は、言われたとおり畳に手をついて礼を言った。

どうやら自分は、母親にそんなに負担をかけることなく、高校に進学できそうだ。でも。

民雄は、二歳年下の弟、正紀のことを思った。こいつはどうなるんだろう。いくらなんでも、ふたりの男の子の面倒をみれるほど、このおじさんたちだって余裕はないはずだ。

高校を卒業したら、と民雄は思った。おれは就職しよう。正紀が高校を卒業できるよう、おれが頑張ろう。

九カ月後、民雄は東京都立上野高等学校に入学した。「血のつながらぬ三人のおじ」が、入学式に私服で参列してくれた。

父親の十回忌にあたるその日、民雄は高校の進路相談の教師に呼ばれた。職員室に隣接する会議室で、進路相談担当の数学教師は、テーブルの上に書類を広げて言った。

「進路は決めているんだよな?」

数学教師は、五十がらみの、現実的な思考をするタイプの男だった。あまり理想論を語らない。手厳しいことも言うが、その助言や指導の中身はじつに合理的だ、と生徒たちは噂していた。

民雄はその教師に答えた。

「ええ。決めてます」

「狙《ねら》うのはどのあたりだ？」

「就職します」と民雄は答えた。

「就職？」教師は意外そうに手元の書類を見つめ直した。「国立二期なら悠々だぞ。一期も、大学によっては射程内だ」

「就職します。うちは母子家庭で、貧乏なんです」

「自分のうちから通うんなら、行ける」

「決めています。就職します。公務員になります」

「もったいないなあ。お前の成績で進学しないなんて」

「公務員試験、確実に通りたいし」

「そうか」教師は、首を振りながら言った。「上を目指せ、って自信持って言ってやれる生徒って、何人もいないんだぞ。お前さんは就職かぁ」

「はい」

「ペン字を勉強するといいかもしれんな」

「はい」

カウンセリングはほんの五分で終わった。

その日も民雄は、いつものウィークデイと同様、図書室で夕刻五時まで宿題と予習をして過ごした。初音町のアパートに帰ったのは五時二十分過ぎである。母親はまだ洋裁店から帰っていなかった。蔵前《くらまえ》工業高校に通っている弟の帰宅は、たぶん六時すぎだ。

しばらくすると、客があった。玄関口に出ると、香取茂一と窪田勝利だった。

「命日だろ」と、香取が言った。「線香だけ上げさせてくれないか」

民雄はふたりを奥の間に通した。三年前に七回忌も終えたし、今年はとくに誰もお客はこないだろうと、法事の用意はしていないのだ。

恩のあるふたりの大人と並んで、民雄も仏壇に線香を立てた。合掌して顔を上げると、真正面から父親の写真が自分を見つめてくる。額の中の父の写真は、警視庁警察官の甲種制服を着て、制帽をかぶっている。視線はまっすぐに前を見据え、口元はかすかに微笑していた。警察官として誇らしげでもあり、またひとりの男として幸福そうにも見える写真だ。まっすぐで誠実な人柄も見てとれる写真だった。写真は駐在所勤務が決まった直後に、地元の写真館で撮ったものだという。民雄はこのところ、父親にそっくりになってきたと言われることが多かった。頑固そうな顔の骨格は、父譲りなのだろう。二《ふた》重《え》の目元は母親似だった。

合掌が終わると、さあて、と香取が言った。何かあとに重大な用件が続きそうな口調だった。

民雄は素早く身体《からだ》の向きを変えて言った。

「香取おじさん、窪田おじさん、お話ししたいことがあります」

香取と窪田は、首をかしげた。

民雄はふたりを交互に見つめながら言った。

「高校を卒業したら、ぼくは警察学校に入ろうと思います。警視庁に入りたいんです」

ふたりはまばたきしてから、互いに見つめ合った。予想外の言葉を聞いたという表情だ。いまのいままで想像もしたことのない言葉であったのかもしれない。

香取が言った。

「警官になる？　大学には行かないのか？　国立大学に行ける成績なんだろ？」

民雄は答えた。

「いえ。それに、弟も高校一年です。兄貴のぼくが、来年からは面倒みなくちゃならない」

「決めたのか」

「はい」

窪田が言った。

「じつを言うとな、きょうは、大学に行く気があるのか、聞いてみるつもりだった。民雄くんの希望次第で、おじさんたちはもっと頑張ってみようって、そういう気持ちだったんだ。早瀬とも、話をつけていたんだけど」

「いままでも十分にお世話になりました。もう自立できる歳《とし》です。これ以上は、おじさんたちにご迷惑をおかけしたくありません」

「迷惑なんかじゃない。わかっているだろうが」

「いえ。ご厚意はほんとうにありがたく思います。でも、ぼくは早く警察官になりたいんです」

香取が仏壇の写真に目をやってから、感に堪えぬという声で言った。

「そうか。警官になるか。親父《おやじ》さんの跡を継ぐか」

「賛成していただけますか？　卒業して警察官になれば、おふくろにも少し楽をさせてやれます」

「安月給だ」と窪田は言った。「でも、いい考えだ」

また香取が言った。

「安城さんは、いい子供を持った。いい育てかたをした。息子が警官になると言うんだものな」

香取の子供はふたりとも女の子と聞いていた。窪田は男の子がふたりだが、中学生と小学生らしい。きょうこの場にきていない早瀬にも、男の子がひとりいるはずだ。

香取は、涙声になって言った。

「親父さんも喜ぶだろう。あいつは、いい生きかたをした。いい父親だったんだ」

民雄は言った。

「父が死んだときは、ぼくは小学校三年でした。父親の思い出はそんなにないんです。でもおじさんたちやおふくろが話してくれた父の思い出が、ぼく自身のほんとの記憶と一緒になっています。おじさんたちが繰り返し父のことを話してくれたから、ぼくは父みたいになりたいと思うようになったんでしょう」

言いながら、思い出した情景があった。天王寺駐在所に赴任してからのこと。ちょうどあの五重の塔の火事の前日のことだ。万引き常習の少年の父親に対して、自分の父親が取った振る舞い。壊れていたあの父と子の関係を、民雄の父親がおそろしいほどの剣幕で叱《しか》り、一変させてしまったときのこと。あのときの父親の背中は、息子の自分でさえも震え上がるほどにおそろしく、それでいて温かかった。激しい怒りを見せることで、父親はあの父子《おやこ》のあいだの溝を霧散させ、固く結びつけたのだった。あの数分のうちに少年の卑屈な父親に威厳を回復させ、不良の息子を立ち直らせた。駐在警官として見事に、管内の小犯罪に対処し、理想的なかたちで解決した。あのあと少年は不良仲間を離れ、真面目《まじめ》になったと耳にしている。いま二十《はた》歳《ち》過ぎのはずだ。

もちろんあのときは、目の前で起こったことの意味はわからなかった。後に何度も反《はん》芻《すう》しているうちに、あの情景と、あの日父がしたことの意味が理解できるようになったのだった。

香取は、ハンカチで目のまわりを拭《ぬぐ》いながら訊《き》いた。

「民雄くん、お母さんはもうこの話、知っているのか？」

「いいえ、きょう、言うつもりでした。きょう高校でも、進路相談があって、先生にも賛同してもらったんです」

「お母さんも賛同してくれるといいな。お父さんみたいに危ない職業は駄目だって言うかもしれない」

民雄は首を振って言った。

「父が亡《な》くなったあとも、母は何度も何度も父の思い出を語ってくれました。父は素晴らしい警官だったって、繰り返し教えてくれたんです。いまさら、警官は危ないからよせとは言わないと思います」

香取と窪田は、うなずきながら微笑した。

ふたりを送り出してから、民雄はあらためて仏壇の父親の写真を見つめた。自分にとっての、唯一《ゆいいつ》の大人の男の規範。母と、いまのおじたちが、たぶんじっさい以上に理想化して語ってきた本物の警察官。その血を自分が受け継いでいることを、民雄はひそかに誇りにしてきたのだった。とくに高校に入学してからはいっそう強く。

写真を見つめながら、民雄は胸のうちで自分に言い聞かせた。

自分が警視庁の警官になりたい理由は、もうひとつある。誰にも話すつもりはないし、話したところでわかってもらえるとは思えないけれど、とにかくそのもうひとつのわけのために、おれは来年、警視庁警察官採用試験を受ける……。

翌年四月、民雄はその決意を成就《じょうじゅ》させた。警視庁警察学校昭和四十二年四月生として、東京・中野の、警視庁警察学校に入学したのである。

2

ノックしてドアを開けると、会議用のデスクの向う側にふたりの男がいた。

ひとりは警察学校の指導教官だ。制服姿だった。

もうひとりは、民雄の知らない人物だった。歳は四十前後かと見える、背広姿の男だ。

大卒採用組の卒業式を明日に控えた日の午後である。寮の一部は、すでに弛緩《しかん》ムードだ。民雄のような高卒採用組にも、その気分がいくらか伝染していた。

そこに、呼び出しがあったのだ。民雄はいぶかりながら、会議室の前に立ったのだった。

指導教官の深堀《ふかぼり》が民雄に言った。

「腰掛けていい。ここにいらしているのは笠井《かさい》警視、本庁公安部の一課長だ」

公安部？　民雄はとくに理由もなく緊張した。公安部がなぜいまここに？

「笠井だ」と、紹介された男は言った。ひとことその声を聞いただけで、エリートだとわかるような種類の声音だった。「卒業配置の件で、きみと話し合いたくてきた」

民雄はいよいよ当惑した。本庁公安部が、自分と何を話し合うというのか。卒業の四カ月も前から配置について話し合うというシステムは、そもそも警察機構の中にあるのだろうか。

民雄は椅子《いす》に浅く腰をかけ、デスクの上で両手を組み合わせた。

笠井一課長も深堀に並んで腰をおろし、手元に厚手の書類ホルダーを引き寄せた。眉《まゆ》と唇が薄く、目も細かった。見るからに有能そうだ。もしかすると、警察庁からの出向かもしれない。

笠井は、付箋《ふせん》をつけたページを開いてから、民雄を見つめて言った。

「いずれ改めて伝えることになるが、きみは卒業後とりあえず月島警察署地域課に配属となる」

新米警官は誰でもまず、管下警察署の警ら係に配属されて派出所勤務となる。一年後に、適性と本人の希望を考慮し、次の配属部署が決まるのだった。交通課白バイ隊を希望する者は少なくないが、最近は最初から機動隊を希望する新人も多いという。同期の中にも、機動隊に憧《あこが》れて警察に入ったという生徒が二割ぐらいいるだろう。

それにしても、とりあえず月島署配属とはどういう意味だろう？

笠井一課長は続けた。

「ぜひともきみの希望を聞かせてもらいたいんだが、警視庁在籍のままで、大学に行く気はないか？」

意味がわからなかった。民雄はまばたきした。

笠井は、民雄の反応を予測していたようだ。唇の端を上げて微笑すると、彼は言った。

「きみの上野高校の内申書も見ている。警察学校での成績も最優秀だ。きみは十分に、国立大学二期校なら合格できたほどの学生だ。大学にも、行きたかったんじゃないのか？」

質問されたのだろうか。民雄は深堀に目を向けた。深堀はうなずいた。答えろと言っているようだ。

民雄は笠井に言った。

「うちは母子家庭です。大学に行く余裕はありません」

「でも、事情さえ許すなら、進学したかったろう？」

たしかに、それを夢想したこともないではなかった。しかし、母親の稼ぎだけで暮らしている家庭の子なのだ。二歳年下の弟もいる。どう考えても、進学などできっこなかった。文系の学科に進むなら、多少はアルバイトなどできるにしてもだ。

「自分は」と民雄は答えた。「最初から警察学校に行こうと決めていました。家計が苦しいし、弟も援助しなければなりません」

「大学に行くのはいやか？　籍は警視庁に置いたまま、つまり給料をもらいながら、大学に行くのは？」

「は？」

「警視庁は、きみを大学に行かせたいんだ。きみほどの優秀な警官には、大学教育を受けさせる価値がある」

「仕事として、大学に通えということでしょうか」

「大学進学を、きみに命じたいということだ。きみが嫌なら、無理にとは言わない」

「それは、聴講生として勉強してこいということでしょうか」

「いや。正式に学生となって学べということなんだ」

「大学で、その、何を勉強したらよいのでしょうか」

「外国語だ。英語の成績もよかったよな。語学は好きか？」

「はい。英語も、好きな学科でした」

「国立大学のどこかに進んで、ロシア語を学ぶというのはどうだ？」

「ロシア語ですか」

ということは、警視庁公安部は、ソ連部門担当要員として、この自分に目をつけたということか。ようやくわかってきた。

笠井は続けた。

「学費はすべて警視庁が負担する。生活は、警察官としての給料の範囲でやってゆけるはずだ。ぜいたくをしなければ、多少は家計を助けることもできるんじゃないか」

深堀が横から言った。

「きみの成績なら、いまから五カ月猛勉強すれば、国立大学に合格可能だ。きみの採用試験の成績と、高校の内申書を、外の専門家にみてもらった。その専門家も、合格できると保証した」

笠井が引き取って言った。

「卒業を待たず、すぐ予備校に通ってもらう。必要なら、家庭教師も手配する。すべて警視庁の負担で」

民雄は訊いた。

「自分が、警視や教官の思われているほど優秀でなかったらどうなりますか？　つまりその、入試で不合格になったら」

「その場合は、警視庁の長い階段を、高卒の巡査として登るだけのことだ。だけど大学に合格し、卒業するなら、きみは大卒組として、階段の下のほうを省略できることになる」

だから、必死で受験勉強しろと言っているわけだ。でも、国立大学でロシア語を学ぶ？

笠井はもう大学を決めているのだろうか。いくらなんでも、自分に東大や京大へ行けと言っているわけではないだろうが。

笠井が言った。

「いやなら、いままで通り初任科生として研修を受け、来年、月島署卒業配置となる。同じ話がもう一度くることはない。またきょうのこの話は、誰にも一切口外しないことを誓ってもらう」

深堀が言った。

「悪い話じゃない。また、きみにとって難しいことでもないはずだ。考えてくれ」

民雄は言った。

「少しだけ、質問があります」

「何か？」と笠井。

「この件、自分が候補になったのは何か理由がありますか」

「きみの父上は、警視庁の警察官だった」

「十年前に死んでいます」

「承知している。きみが上野高校に進学した背景についても、承知している」

血のつながらない三人のおじたちの援助のことを言っているのだろう。三人のうちの誰かが、そのことを明かしたのかもしれない。どうであれ、警視庁公安部は、この件についてはすでに候補者の家庭環境と思想調査を終えているということだった。

笠井は続けた。

「血筋というか、毛並みというか、警視庁が期待するにふさわしい新人だ、とわたしたちは見ているのさ」

くすぐられる言葉だった。民雄は頬を引き締めたうえでもうひとつ訊いた。

「どの大学を目指せばよいか、教えていただけますか」

「大学次第では、辞退するのかな？」

「はい」

答が率直すぎるとでも感じたのだろうか。笠井はまた皮肉っぽく笑って言った。

「北大だ。無理だと思うなら、いまここで辞退してくれ。半年の時間と費用を無駄にしたくない」

北海道大学。国立大学一期校だ。かなりの難関校だった。

同時に、まだ行ったことのない札幌の様子を想像した。それから北海道大学の構内の情景。広くて、緑の多いキャンパスだと聞いていた。付属農場のポプラ並木は、札幌の観光名所だとか。クラーク博士の銅像の写真も、何かの雑誌で見たことがあったような気がする。

そんな場所で、四年間大学教育を受ける自分。ロシア語を学びたいとは思ったこともなかったが、肌に合わぬという専攻でもなかった。警視庁警察官として、給料をもらいながら勉学する日々。こんな誘いを、断ることができるはずはないだろう。

民雄は答えた。

「やらせていただきたいと思います」

うなずいた笠井の目の奥に、小さく鋭い光がともったようだった。

「決まった」深堀が言った。「明日から宿舎を出てもらう。我々が用意する下宿に住むんだ。きみが北大に合格したところで、きみは警察学校を卒業したことになる。卒業コンパにも参加するな。警察学校の同期の誰とも、今後は接触禁止だ。指示が解除されるまで」

「接触禁止?」

笠井が言った。

「きみが警察学校にいたことを、同期の連中の記憶から消したいんだ。きみの印象を薄れさせたい。少なくとも、きみが大学を卒業して、あらたに配属が決まるまでは。いいな?」

ぼんやりと推測した。この話は、ただロシア語を学んで、公安部のソ連部門要員になれ、という意味だけではないようだ。

それでも民雄は、はい、と答えた。

昭和四十二年（一九六七年）九月末である。

3

封鎖された大学の本部事務棟の建物の前で、安城民雄は足を止めた。

その暗褐色のタイルを貼《は》ったクラシカルな建物は、この夏、学内の新左翼グループによって封鎖されたのだ。いまエントランスの内側はデスクやロッカーなどでふさがれ、一階の窓の内側もすべて、板が打ちつけられている。中では新左翼グループの活動家が寝泊まりして、大学側や封鎖反対派の学生たちによる封鎖解除を警戒していた。とはいえ、常時中にいるのはせいぜい三十人という話もある。詳しいことは、民雄にもわからない。民雄は封鎖されて以来、その本部建物の中に入ったことはなかった。

エントランスの脇《わき》、札幌農学校創立時の教頭であったクラーク博士の銅像の背後には、ずっと北大全学共闘会議の立て看板が掲げられている。畳五枚か六枚分もあるほどの大きな看板だ。中国の簡体字にも似た書体で、そのときどきのスローガンが記されていた。黒いヘルメットをかぶった学生がふたり、本部前でビラを配っている。北大全共闘に属する学生たちだ。たぶん一回生か二回生だろう。

民雄は看板の文字を素早く読んで頭に入れた。

佐藤訪米実力阻止！
ベトナム人民に連帯し、
アメリカ帝国主義と日帝の
反人民的野合を粉砕せよ！
佐藤訪米実力阻止斗争に決起せよ！
北大全共闘

読み終えぬうちに、ビラをまいていた学生が近づいてきた。

表情を見たが、警戒的でも、敵意があるようでもなかった。その学生が、どうぞ、と
ビラを一枚差し出してきたので、民雄は受け取ってすぐその場を離れた。

本部事務棟の並びには図書館がある。図書館も封鎖中だ。ここを封鎖しているのは、全共闘とは主張と方針を異にする新左翼の一党派だ。立て看板の中身は昨日と同じで、ビラまきもおこなわれていなかった。

本部事務棟前の道を進めば、中央ローンと呼ばれる広い芝生がある。夏はここは学生

や教官たちのよい憩《いこ》いの場であるが、この季節はさすがに芝生の上には誰もいない。ケンタッキー・ブルーグラスはまだ緑色だが、その芝生の上に楡《にれ》の落葉が一面散らばっていた。

昭和四十四年の、十月三十一日だった。民雄がこの大学に入学して二年目である。歩きながら、民雄は受け取ったビラをていねいにふたつ折りして、ショルダーバッグのルーズリーフノートのあいだにはさんだ。

腕時計を見ると、午前十時ちょうどになっていた。教養部はストライキ中で、全共闘系の学生たちの手で校舎が封鎖されている。ただし一部の教官は、単位とはしないという条件で講義を続けていた。ほかの学部の空き教室を転々としての、いわばゲリラ戦のような講義だった。二回生の民雄も、きょうは十時半から、基礎ロシア語の非公式講義を受ける予定だった。

民雄は、中央ローンの脇を抜けて、学生会館へと向かった。ここはクラーク会館と名付けられた建物で、生協の売店や食堂のほか、講堂もある。このクラーク会館の前も、新左翼のグループが競って立て看板を設置する場所だった。

看板の前で、民雄はまたひとつひとつの文面を読んで頭に入れ、その看板を出している主体の名を確認した。北大の自治会は全体では無期限のストライキには反対、ましてや建物の封鎖には絶対反対の立場を取っている。だから農学部をはじめ、理学部、医学部などでは、今年度当初から正常に講義が続けられてきたし、法文系の学部も前日、ストライキ反対派の学生たちの手で封鎖が解除された。現在は教養部だけがストライキ中であり、建物が封鎖中なのは、教養部と本部事務棟、それに図書館である。

広島大学でも京都大学でも、つい先頃、機動隊による封鎖解除がおこなわれた。北大に機動隊が入るのも、もう時間の問題と言われていた。新左翼のグループは、このところ、運動に展望を見いだせず、士気が落ちているとの噂《うわさ》だ。とくに、先日、自治会系の学生だけの手で、法文系の校舎の建物が封鎖解除されてからは。新左翼がこのキャンパスの中では支持を失い、孤立を深めているのは明瞭《めいりょう》だった。しかしそれゆえに、何か突出行動に出るのではないかとも心配されていた。

立て看板を眺めているとき、ふと視線を感じた。目をやると、学生らしい男が民雄を見つめていた。知らない顔だった。長髪にハーフジャケット、大きなショルダーバッグ。雰囲気は、全共闘の活動家と見えないこともない。

男はすぐに視線をそらしたが、それまで何らかの好奇心をもって民雄を注視していたのは確実だった。たまたま、いま視線が合ったというだけではなかった。おれが警察官だと知っている北大生？　東京のどこかで会っていたか？

その男のそばに、若い女が駆け寄ってきた。やはり学生と見える身なりの女だった。髪が短くて、コーデュロイのスラックス姿。活発そうな印象の女だ。民雄を見つめていた男とは親しいらしい。ふたりは笑みを向け合うと、肩を並べて正門方向へと歩いていった。

民雄は、いま見た男の顔を、脳裏に強く焼きつけた。とくに根拠があるわけではなかったが、覚えておくべき顔だという気がした。

クラーク会館前の立て看板をすべて眺め渡してから、階段を上って中に入った。コーヒーを飲みながら、することがあるのだった。

食堂に入ってコーヒーの食券を買い、中を見渡した。どのテーブルにも、ビラが幾種類か置かれている。各派の活動家たちがまいていったものだ。

民雄は、空いている席の中でも、置かれたビラの数がいちばん多く見えるテーブルを選んで、その椅子《いす》に腰をおろした。

ビラの文面を確かめた。本部前で全共闘の学生がまいていたビラもあった。民雄はそれをよけて、ほかのビラを読んだ。自治会と、反スターリン主義グループと、新左翼各派の出したビラだった。民雄はだぶらぬようにビラを一種類ずつ取ってまとめ、その上にノートを載せた。

コーヒーを飲もうとしたとき、目の前が陰った。

三人の学生が立っていた。三人とも知っている顔だ。新左翼の共産主義者同盟に所属する活動家たちだった。共産主義者同盟は、ブント、とも呼ばれ、かつてこの大学が唐牛健太郎《かろうじけんたろう》という全学連委員長を出したとき以来、活発に活動しているグループだった。現在の組織は、正確に言うならばたぶん、第二次ブントと呼ばれるものだろう。

三人の中のひとりが、向かい側の椅子に手をかけて言った。

「ここ、いいかい、安城」

民雄がうなずくと、その学生は椅子に腰を下ろした。彼はブントのリーダー格のひとりで、経済学部の学生だ。二年留年しているとかで、年齢はたぶん二十四か五だろう。前髪を長く伸ばしている。顎《あご》が細くて、鼻梁《びりよう》のすっきりした顔だちの、秀才ふうの青年だった。吉本信也《しんや》という名前だった。

ほかのふたりの学生たちは、隣のテーブルに着いて、民雄たちから距離をとった。

吉本は言った。

「な、前から言ってるけど、時間作ってくれ。一回おれとじっくり話をさせてくれないか。無駄な時間にはならないと思うんだけどな」

民雄は言った。

「苦手なんですよ。勘弁してください。おれ、そんなに意識ある学生じゃないんですから」

「そんなことないと思ってるぞ。意識がなくて、あんなにデモに出てこないだろ。あんなに律儀《りちぎ》に集会に出てくる学生、ほかにいないぞ」

「学生として、やるべきことをやってるだけですよ」

「露文専攻なら、世界は近いと思うんだけどな」

「おれのやりたいのは、文学ですよ。何かの実践活動じゃない」

「実践活動がいやかい。ドストエフスキーは、読んだだけで終わっていいのか。文学を支えるものは、歴史観と人間観だろう？　そういう話を、じっくりさせてくれないか」

「苦手なんですって」

「そうか」吉本は苦笑した。「あんたにはいつまでも、ノンポリのままでいて欲しくないんだけどな」

非政治的な生きかたを侮蔑《ぶべつ》する調子があった。もっとも、それがこの時代の大学を覆《おお》う風潮であるのは事実だった。北大でも、一年ぐらい前、ちょうど新宿の反戦デモが大荒れとなり、騒乱罪が適用されたあたりから、その傾向は目立ってきていた。民雄の周囲でも、多くの学生たちが政治的な意見、見解を明瞭に口にするようになった。政治的な集会やデモに参加することも、まじめな学生たちの生活の一部となった。この一年、学生たちは講義に出る合間に政治的デモに参加し、コンパの前にもデモに出るのがあたりまえだった。

しかし、自分は。

民雄は言った。

「おれってノンポリなんですよ」

「隠したって、わかってるよ」

民雄はかすかに背にひんやりしたものを感じた。何がわかっていると？

民雄は吉本の目を見据えて訊《き》いた。

「わかってるって？」

吉本は答えた。

「あんたには、一本芯《しん》が通ってるって」

「そういうことですか」

吉本が話題を変えた。

「貸した本、どうだった？　面白いとは思わなかったか？」

民雄は自分のバッグを引き寄せて、一冊の思想書を取り出した。吉本たちのグループでもっとも人気のあるという、名古屋大学の哲学教授の著作だ。

「何が書かれているのか、わかりませんでした。お返しします」

「わかる範囲で解説してもいい」

「無理に引き入れないでください」

「あんたの様子見てたら、興味を持っているのがありありなんだけどな。論じ合ってみたいって、全身で言ってるぞ」

「そんなつもりはないですよ」

「じゃ、話をするのはいいとして、東京に行かないか。佐藤訪米阻止」

来月なかば、佐藤栄作総理大臣がアメリカを訪問して、ニクソン大統領と会談することになっている。主題は、既定方針である日米安保条約の自動延長の確認と、アメリカの対ベトナム政策への支持表明になるのだという。新左翼ばかりではなく、社会党や共産党、総評などの革新勢力はこぞってこの訪米に反対を表明していた。出発する日には、東京を中心にして抗議行動があるらしい。新左翼の各グループは、佐藤訪米実力阻止、という方針を打ち出していた。かなり過激な行動が取られるらしい。

民雄は訊いた。

「東京で何があるんです？」

「実力阻止だ。佐藤を羽田から出発させない。十・八《ジュッパチ》の再現、いや、それ以上のことをやる。賛成するだろ？」

十・八というのは、二年前、昭和四十二年の十月八日に、三派系全学連の学生と警視庁機動隊とが激しく衝突した事件を指す。学生たちは佐藤栄作総理大臣の南ベトナム訪問を阻止しようと、羽田空港への突入を試みたのだ。衝突の中で、山崎博昭という京都大学の学生が死んだ。第一次羽田闘争とも呼ばれる。この翌月、佐藤総理の訪米阻止が叫ばれた衝突は、第二次羽田闘争と呼ばれている。

「行ってほしくはないですけどね」

「宮野も行くんだ」

「宮野、俊樹《としき》ですか?」

「そう。あいつも」

宮野俊樹は、民雄と同じ教養課程の二回生だ。現役合格なので、歳《とし》は民雄よりひとつ若い。陽気で社交好きの青年だった。いっとき、所属しているサークルの数が十を超えていたという。ギターを弾くし、テニスもやる。スキーは一級、写真が好きで、学外の劇団にも所属している。どういうわけか、自分を慕っているようにも見える。

彼が、東京の佐藤訪米実力阻止闘争に参加する?

民雄は確認した。

「あいつ、いつからブントだったんです?」

「べつに同盟員ってわけじゃない。おれたちの方針に賛同して、一緒に行くことになったんだ」

そのとき、食堂の入り口のほうから声がかかった。学生が吉本を呼んでいる。

吉本はいったん振り返ってから立ち上がった。

「あんたが、ただのノンポリじゃないことは知っているよ」と吉本は言った。

民雄は、あいまいな微笑を返した。否定もせず、かといって肯定とも取れぬような微笑。吉本は手を振ってその場から去っていった。隣のテーブルにいた学生ふたりも、吉本を追って食堂を出ていった。

入れ違いに、民雄の席に近づいてきた者があった。同学年の守谷《もりや》久美子《くみと》だ。コンパや山登りで一緒になることが多く、女子学生の中では親しいひとりだ。

「安城さん、いいですか？」と久美子が言った。「誰かきます？」

「いや」民雄はあわててノートとビラを一緒に持ち上げ、ショルダーバッグの中に収めた。「あと少しで行かなきゃならないけど」

「少しだけ」と久美子は腰掛けながら言った。

久美子はデニム地のジャケットにコットンパンツ姿だった。地味な顔だちのせいか、ふだんはあまり目立たない女子学生だけれど、いい性格の子だと、彼女を知る者は誰もが言った。

久美子は民雄を見つめて、妙に思い詰めたような表情で言った。

「安城さん、きょうか明日、少し時間ありますか？」

「何か？」民雄は久美子を見つめた。

「相談したいことがあって。安城さんなら、力になってくれそうに思うので」

民雄は苦笑した。なぜか同級生には、民雄は大人と見られることが多かった。年齢はほとんど似たようなものなのに、いくらか成熟していると評価されているのだ。たぶん民雄が寡黙《かもく》で、あまり感情をあらわにしないせいだろう。

ある意味ではと、民雄もときどきは思う。自分はすでに就職し、業務命令に従って学生生活を送っているのだ。つまり自分は社会人であり、現実社会のシステムの中で生きている男だった。同じように学生生活を送っていても、身体《からだ》から発散される空気が大人びてくるのはいたしかたのないところだった。もちろん周囲の学生たちは、民雄がすでに勤め人であること、公務員であることを知らないのだが。

「時間は取れるよ」と民雄は言った。言いながら考えた。ふたりきりで話したいと言うことだろうか。だとしたら、相談内容とはどんなものだろう。

「よかった」久美子は微笑した。

清潔そうな、媚《こ》びのない笑み。初めて見たときから、民雄は彼女のこの笑みが好きだった。聡明《そうめい》さと素直さの表れた微笑だった。

久美子は続けた。

「きょう、夕方、どこかで会えます？」

声にも、その微笑同様に、少しの媚びもなかった。

三時半に、ひとに会う予定があった。自分の任務に関わることなので、これをキャンセルするわけにはゆかない。会うならそのあとだ。

「五時以降なら」

「あ、いいですね。じゃあ五時」久美子は、大学正門そばの喫茶店、ドルフィンの名を口にした。「そこで」

久美子が立ち上がろうとするので、民雄は訊いた。

「いま、どういう相談なのか、聞いておいていいかな」

久美子は、一瞬顔に緊張を見せてから言った。

「ええ。宮野さんのことなんです」

また宮野俊樹の名前が出てきた。民雄は、覚え立てのシンクロニシティという言葉を思い浮かべた。

「宮野がどうかした？」

「あの、わたしが」久美子はかすかに恥じらいを見せた。「宮野さんとおつきあいしてるの、もしかして知ってるかと思うんですけど」

知らない話だった。

つきあっているというのは、とうぜん性関係があるという意味だろうが、それはいつからのことなのだ？　仲間うちのみんながもう知っていたことか？

「ああ」と民雄は、すでに得意技になったポーカーフェイスで言った。「気づいていた」

「そのときお話しします。あの、宮野さんと一緒にゆきます」

久美子は長い髪を揺らし、小さく一礼して食堂を出ていった。

民雄はしばらくのあいだ、衝撃に耐えた。

久美子が宮野とつきあっていた？　いつからなのだろう。この学生生活のあいだ、学部が一緒の連中とは何度もコンパを開いたし、合宿もあった。積丹《しゃこたん》の海岸でキャンプしたこともあるし、空沼岳《そらぬまだけ》の大学の山荘に泊まりに行ったこともある。しかし、そうした場でも、宮野と久美子が特別に親しげという様子はなかった。少なくとも自分は気づかなかった。宮野も久美子も、特定の異性の友人はいないものだと思っていたのだけれど。

民雄は自分の人間観察眼を疑った。もしかするとこれは、自分の職業には致命的な欠陥と言うべきかもしれなかった。

民雄は、カップに残っていたコーヒーをひと息で飲み干して立ち上がった。膝《ひざ》がテーブルの支柱にぶつかり、コーヒーカップは床に落ちて派手な音を立てた。食堂の中にいる学生たちが一斉に民雄に目を向けた。

民雄は腕時計を見てから、西五丁目陸橋脇《わき》の路地に入った。ここは大学正門から歩いて七、八分という場所で、国鉄函館《はこだて》本線をまたぐ跨線橋《こせんきょう》のすぐ脇だった。通りを行き来するひとの目から隠れた場所だ。

午後の三時半だった。民雄はいま一度うしろを振り返った。背後には、何人か通行人の姿が見えただけだ。

白い乗用車の脇を通りすぎ、五メートルほど進んでから、もう一度振り返った。やはり気になるような者の姿はなかった。

民雄は五メートルの距離を戻り、その乗用車の助手席側にまわってドアを開けた。

「ご苦労さん」と運転席の相手は言った。五十近い年齢の、北海道警察本部の警察官だった。警備部の配属だが、警視庁公安部の要請で、札幌の公安担当となっている。この春に引き継ぎがあって、民雄との接触はまだ半年である。井岡重治《しげはる》という警部補だった。

民雄は助手席に身体を入れると、目の前のグラブボックスからサングラスを取り出してかけた。

「何かありましたか」と、民雄は井岡に視線を向けて訊いた。「緊急の接触なんて」

「警視からだ」と井岡は言った。「笠井班長から、緊急の連絡だ」

警視の笠井というのは、民雄が警視庁警察学校在校中に、自分を引き抜いた公安部の幹部だった。いまでも、重要な用件は彼から直接指示がくる。彼が札幌まで民雄に会いにきたこともあれば、民雄が急ぎ東京に出向いたこともあった。

「その前に」と、民雄はきょう集めた新左翼や自治会のビラをまとめて井岡に渡した。井岡は後部席から鞄《かばん》を引っ張りだし、ろくに読むことなくその鞄にビラを収めた。

井岡は、正面を向いたまま言った。

「お前さんからの報告じゃ、北大のブントは分裂していないとのことだったな。赤軍派は結成されていないと」

それはひと月以上前、笠井からの調査指示を受けて、民雄が井岡に報告した一件だった。

今年の九月、京都大学の塩見孝也《たかや》を中心とするグループは、共産同主流派の路線を軟弱として、ブントを割って出たのだ。大阪市立大、同志社、立命館を中心にしたグループもこれに従い、共産同赤軍派を名乗った。赤軍派は、早急に軍隊を組織し、銃や爆弾で武装蜂起《ほうき》することを組織の大目標とした。武装蜂起をはっきりと方針として打ち出した組織は、新左翼の中では彼らが最初だった。

彼らが公的な場に姿を見せたのは、九月五日に東京の日比谷公園で開催された全国全共闘連合結成大会の場である。四百人の赤いヘルメットをかぶった部隊として登場し、入場を拒んだブント主流派の活動家たちを一蹴《いっしゅう》した。

赤軍派は、九月二十一日、二十二日には大阪で武器奪取をはかって交番三カ所を火炎瓶で襲った。九月三十日には、神田と本郷一帯で同時多発ゲリラ攻撃を行っている。彼らが「大阪戦争」「東京戦争」と名付けた実力行動である。被害はさほどのものではなかったが、警視庁公安部は彼らのスローガンがただのお題目ではなかったことに衝撃を受けた。これまで新左翼のどのグループも超えることのなかった一線を、彼らは超えてしまったのだ。警視庁公安部は新たに専従の対策班を設けて、情報収集と徹底的なマークに入った。笠井は、新左翼一般の担当から、赤軍派対策班のチーフとなった。

十月初旬、民雄は笠井に緊急に呼ばれて、北大のブントと新左翼各派の動向を報告した。

民雄が収集したビラの中には、赤軍派を名乗るグループのものはなかった。じっさい、大学でも、ブントから赤軍派が割って出た、あるいはブントがそっくり赤軍派となったという情報はなかった。赤軍派は北海道には活動家なり拠点なりを持っていない、というのが、その時点までの民雄の観察であり、警視庁公安部の判断であった。

しかし警視庁公安部が懸念《けねん》したとおり、赤軍派は十日ほど前の一〇・二一国際反戦デー闘争では、ついに殺傷能力のある鉄パイプ爆弾やピース缶爆弾を使用したのだった。このため専従班には当初の三倍の捜査員が配属された。徹底監視は中堅幹部クラスたちにまで及ぶこととなったのだった。

「北大には赤軍派はいない」と言いながら、井岡は鞄の中から二枚の写真を引っ張りだした。モノクロの、八つ切りサイズの写真が二葉だった。

井岡は言った。

「これを確認してほしいそうだ。知ってる顔じゃないか？」

そのうちの一枚は、どこかの都会の路上で撮られたもので、三人の男が写っている。ひとりはうしろ向きだが、ふたりは顔をレンズにさらしていた。ふたりのうちのひとり、前髪の長い青年は、先ほど会った吉本信也だった。

民雄は言った。

「ひとりは、北大の吉本信也です。ブントの幹部です。もうひとりはわかりません」

「もう一枚は？」と井岡が訊《き》いた。

それは、喫茶店かレストランの中で隠し撮りされた写真のように見えた。テーブルを六人の男が囲んでいる。粒子は粗いが、知っている顔ならばなんとか判別ができるという写真だった。やはり吉本信也が写っていた。

それを言うと、井岡はうなずいて写真を鞄に仕舞った。

民雄は訊いた。

「それが、赤軍派となにか関係があるんですか？」

井岡が答えた。

「もうひとり写っていたのは、京大の塩見孝也って男だそうだ。赤軍派のトップだ。つい一週間ぐらい前のことらしい」

民雄は驚いて言った。

「じゃあ、吉本も？」

「会っていたんなら、すでに赤軍派にオルグされてると考えたほうがいいんじゃないか。連中の最近のビラは？」

「さっきまとめたものをお渡ししましたが。ブントのものも入っていたはずです。佐藤訪米実力阻止をうたっていましたが、赤軍派を名乗ってはいなかった」

「笠井班長からは、赤軍派と確認できる者がいたらマークしろって指示なんだ。微罪でも別件でもいいから身柄を押さえて、関係をすべて洗えと」

「吉本は、赤軍派と確認できたわけじゃありませんね」

「お前さん、ぴったりつけないか？」

民雄は首を振って言った。

「北大に入るとき、どこのセクトとも距離を置けと、笠井班長から指示されています。どこかのシンパサイザーと見なされたら、そこ以外の情報は手に入らなくなる。潜入をやる場合は、それが最後の一回だっていうときだけだとも言われましたよ」

「最後の一回になるかもしれんぞ」

民雄は、午前中の吉本の言葉を思い出した。

「そういえば、吉本は佐藤訪米に合わせて上京するようです。向こうで実力行動か集会に参加するんじゃないのかな」

井岡は、民雄に顔を向けてきた。

「いつ行くんだ？」

「はっきりは聞いていません。誘われましたよ」

「お前さんに、一緒に行かないかと？」

「ええ」

「シンパだと思われているのか？」

「勘違いしてるようですが、引き込めると思われてるんでしょう」

「いい話だ。やつらが本気で武装闘争に打って出るとしたら、佐藤訪米の日だからな」

「ただのフランス・デモに参加するつもりなのかもしれない」

「赤軍派でなくたって、ブントならもう少し暴れる」

「ノンポリのおれを誘うぐらいなんですから、暴れる予定はないって考えられませんか」

「テストなのかもしれないな。一回大衆デモに参加させて様子を見る。つぎに、兵隊にならないかと声をかける。お前さん、吉本にぴったりついてゆけばいいじゃないか」

「それは、指示ですか？」

「思いつきだ」

「笠井班長の指示なら、従うしかありませんが」

井岡は鼻で笑った。

「わかった。相談してみる。きょう、もう一回会おう」

民雄はサングラスをグラブボックスの中に戻すと、車の前後を見てから車を降りた。

ドアを閉めようとするとき、井岡が呼び止めた。

「安城、きょうか明日、薄野《すすきの》連れてってやろうか」

薄野というのは、札幌の飲食街だ。文脈次第では、性産業を意味することもある。

「どうしてです？」と民雄は訊いた。

「お前さんの顔、何か必死で我慢してる顔だ。すっきりさせてやるのも、おれの仕事だからな」

「我慢してるのはたしかです。酔って馬鹿《ばか》になることもできないんですから」

「きょう行くか？」

「いえ」

民雄は首を振って、ドアを閉めた。

目の前には、宮野俊樹と守谷久美子が並んで腰掛けている。

ふたりの前には、それぞれコーヒーカップ。テーブルの中央には灰皿があって、民雄が喫《す》っていた「しんせい」の吸いさしがねじ込まれていた。喫茶店ドルフィンの奥の席である。

宮野は、ばつが悪そうに上目づかいに民雄を見つめてくる。久美子のほうは、すがるような目を民雄に向けていた。

民雄はひとつ大きく息を吸ってから、宮野に訊いた。

「いつから吉本にアプローチされてたんだ？」

宮野は、謝るかのようにぺこりと小さく頭を下げて言った。

「最近です。九月半ばくらいかな。東京で全国全共闘連合の集会があったあと。吉本さんから、ちょっと話ししようやって呼ばれて」

「それで、入ってしまったのか」

「ええ。前から、新左翼の中ではブントの情勢分析が自分にはしっくりくると思っていたものですから」

「吉本が、自分は赤軍派だって明かしたのはいつなんだ？」

「そうは言ってません。自分は共感してるって言ってただけです。パンフも見せてくれました。ただ、北大で名乗りを上げるまでにはいたってないってことでしたけどね」

「常套《じようとう》手段だ。共感してるってことは、そうだってことだよ」

「そうですか？」

「最初からそう名乗って近づくはずないだろ。それに情勢分析がしっくりくる、から、赤軍派になるまで、短絡しすぎてないか」

「ぼくはまだ、赤軍派じゃないです」

「まだ、なんだろ？　途上にあるってことを認めたってことだ」

「そこはともかく、分析が正しいなら、そこから出てくる方針も正しいでしょ」

「武装蜂起の？」

「ええ」

「どこが正しいのか、わからん」

「でも、佐藤訪米実力阻止って方針には、安城さんだって賛成するでしょ」

「まあな」

久美子が横から口を出した。

「だからって、いま宮野さんが実力闘争に参加することないと思うの。歴史観が一緒だからって、現実にきょうあすどう生きるかってことはべつでしょう」

宮野は言った。

「論理を正しいと認めたんなら、行動は決まってくるさ。ふたつを分けることはできない」

民雄は首を振った。

ベトナム戦争をめぐるこの手の議論は、自分のまわりでもう何百回も聞いた。ベトナムの戦場の村のような極限状況のもとでは、その発想も取りうるかもしれない。しかし、ここは戦場から遠く離れた北海道の札幌だ。どんなに厳しく考えてみても、ここは極限状況にはない。歴史認識がどうであれ、ひとの生きかたは、明日武器を取るか否《いな》かという二者択一にまで限定されていなかった。

民雄は、警察学校で共産主義勢力の理念と論理について教えられてきた。たしかに、文化大革命さなかの中国や、北朝鮮の社会に理想を見る旧左翼の感受性を、民雄は理解できなかった。あのような社会に日本を近づける、という運動は、窃盗犯や強盗以上の社会の敵である、という指導にも納得できた。

ただ、情報収集を命じられている新左翼の活動家に対しては、必ずしも民雄は拒否感を持ってはいなかった。北大の場合、彼らの多くは真面目《まじめ》であり、敬服できるだけの倫理観を持っていた。

まったくのノンポリ学生の中には、社会をシニカルに見つめる者が少なくなかった。札幌駅周辺にいる路上生活者たちをあからさまに侮蔑《ぶべつ》し、嘲笑《ちようしよう》する者もいた。警察学校に入った高校の同級生を「頭の悪い連中」と切って捨てた同級生もいた。

その連中に較《くら》べるならば、新左翼の活動家たちは、社会に向き合う態度が誠実だった。貧しい者や弱い者に注ぐ視線が優しかったし、温かだった。

だから警察学校の指導はそれとして、貧困や不平等に対して鋭敏であり、戦争を拒むという心情を、あっさり左翼的と決めつけて排除することはできなかった。

総じて言えば、新左翼は自分の監視の対象ではあるが、けっして抹殺したいと思うような敵ではなかった。

民雄は宮野に訊いた。

「お前、一緒にやるって、吉本に約束してしまったのか？」

宮野は答えた。

「約束も何も、あのひとが言うことに共感して、一緒にやることにしたんです」

「どうしておれに相談しなかった？　それが絶対に正しいことだって言うんなら、まずおれに声をかけなかったのはどうしてなんだ？　おれとお前のあいだで、水臭くないか」

「それは、ひとはそれぞれ、自分で真理に到達すべきですから」

「真理に到達していないおれや守谷さんには、話しても無駄と思ったか。お前が正しいと信じることなら、おれとか守谷さんをまず説得して、一緒に立ち上がろうと言うべきだろう」

「いま、その」宮野は苦しげな顔になった。「そうしている時間はなくて。佐藤訪米は来月なんです」

「じゃあ、こういうことか。正しいお前は、遅れているおれや守谷さんを抜きにして、自分は歴史を作るために行くということか。お前にはその資格がある、選ばれた前衛だってわけだな」

「いや、そういうわけじゃないんですが」

久美子が言った。

「自分が歴史を早めたり遅くしたりできると信じるのは、自我肥大よ。坂本竜馬《りょうま》が百人いたって、明治維新はあのタイミングでしか起こらなかった。あなたの歴史観では、歴史ってそういうものじゃなかった？」

とうとう宮野は頭を抱えた。もうこれ以上話しても無駄だと思ったようだ。

民雄は久美子を見た。久美子は、いまにも泣き出すかという様子だった。民雄の視線に気づくと、久美子は鼻をすすって、上目づかいに見つめ返してきた。

民雄はひとつ深呼吸した。どうやら、自分も覚悟を決めるべきときのようだ。

「宮野、おれも一緒に東京に行く。どっちみち、集会があるんだろう？　その場で決めないか。吉本たちの言ってることは、あんがい東京の事情に合ったことなのかもしれない。あとちょっとの実力行動で、佐藤はアメリカ行きをあきらめるかもしれない。札幌にいてはわからないだけで、世の中の雰囲気はあんがいそこまで行ってるのかもしれない。それがわかるんなら、多少は荒っぽいデモになってもしかたないさ」

宮野が民雄をまっすぐに見つめた。一緒に行く、という提案が意外だったようだ。

「逆の場合もあるんですか？」

「行ってみて、東京の市民も労働者も、武装蜂起《ほうき》する情勢じゃないっていう空気かもしれない。一緒に行って、東京の空気を読む。どこまでやるかは、それを見て決めてもいいんじゃないか？」

「もう決まってることですよ」

「情勢の正しい把握なしに、革命もくそもないだろう」

宮野の目の奥で、かすかに光ったものがあった。民雄の提案に乗るなら、いまこの場を切り抜けられると思ったのだろう。

宮野はうなずいて言った。

「いいですよ。一緒に行って、東京で決めましょう」

久美子が民雄に言った。

「安城さんの冷静な判断を信じる。宮野くんって、おっちょこちょいなんだから。空気が全然読めないんだから」

民雄は腕時計を見た。きょうはしゃべりすぎた。切り上げどきだ。

「吉本にも伝えておいてくれ。一緒に行く。出発はいつなんだ？」

宮野は答えた。

「明後日《あさって》の夜。それまでに、部屋の中なんか片づけておけって言われてる」

「明後日」

ずいぶん急な話だった。

宮野は続けた。

「動きやすい服で、キャラバン・シューズとか履いてこいって言われてるよ。着替えと金は多めにってことだった」

「山に登る装備でってことか？」

「実力闘争のための訓練があるんだ。それで佐藤訪米の十日前までには、東京に入ってなきゃならない」

訓練。その実力闘争というのが、棍棒《こんぼう》を振るう程度のことであれば、訓練などいらない。どうせ象徴としての暴力なのだ。そこに棒術や用兵術が求められるわけではなかった。しかし、実力闘争の日の十日以上も前から訓練が必要ということは。

民雄は立ち上がって、もう一度久美子を見つめた。久美子は、請《こ》うような目で民雄を見上げてくる。どんな場合でも宮野を無事に連れ帰ってくれと懇願しているようだ。

久美子の手が伸びて、民雄の左手を包みこんだ。その手に力がこめられた。切迫した懇請だった。民雄は右手を久美子の手に重ねた。

手を離してから、民雄はふたりに言った。

「明日の夜、また会おう。お前たちもそれまでに」

宮野が首をかしげた。

それまでに。

おれは何を言おうとしたのか。

民雄は言葉を中途で終えたまま、その場を離れた。十月末の午後の六時だ。喫茶店の窓ガラスごしに見る空は真っ暗だった。

井岡が受話器を民雄に渡してきた。

民雄が受け取って名乗ると、すでに聞き慣れた声が返った。

「笠井だ。吉本は赤軍派だって？」

民雄は言った。

「ええ。まだ組織を割って出たことは表には出していませんが、まちがいありません。佐藤訪米阻止に向けて、盛んにオルグをやっています。東京で何か大きな事件を起こそうとしているのは確実です」

そこは、薄野のはずれにある古い雑居ビルの一室だった。道警本部と札幌中央署が合同で維持しているアジトで、表向きは興信所を装《よそお》っている。身分を隠さねばならない捜査員のための、架空の職場であり、捜査の最前線監視哨《しょう》だった。雑居ビルの中にあるから、捜査員たちは、酒場や風俗関係の店に出入りする客にまぎれて、この部屋を使うことができた。もちろん電話も引かれている。

いま民雄は、井岡の車でこの部屋に到着したのだった。笠井と直接電話で話すためである。新左翼も監視には鋭敏になっていると予想できる現在、下宿の電話は使えなかったし、公衆電話にも他人の目や耳がある。かといって、電話連絡のために道警本部や中央署に出向くわけにはゆかなかった。とくに中央署では、先日の国際反戦デーの逮捕者がいまだに留置され、取り調べを受けているのだ。覆面捜査官が顔を出せる場所ではない。

民雄は、きょうの吉本との接触の中身、そして宮野とのやりとりを簡潔に伝えた。吉本を含めた札幌の赤軍派の出発は明後日の夜、札幌駅から国鉄の特急列車を使って東京に向かうということ。山登りに近い身支度を要求されていること。下宿の荷物の整理が命じられていることも伝えた。

笠井は訊《き》いた。

「札幌からは、都合何人だ？」

「はっきりわかりません。明後日の出発も全員かどうかはわかりません。いくつかに分かれて向かうこともあると思います」

「お前は、やれるんだな？」

「はい」と民雄は答えた。

もう逡巡《しゅんじゅん》も不安も追い払った。たぶんこれが、北大生を装って新左翼の動向を監視してきた自分にとっての、最後の、そして決定的な任務となる。彼らがやることを事前に阻止することができたなら、自分のこの二年間は無駄にならなかったのだ。笠井が指揮したこのスパンの長い潜入捜査も、成功したということになる。

　笠井は訊いた。

「何かあったか。あまり乗り気ではなかったように、井岡が言ってたが」

「連中が赤軍派かどうか、わかりませんでした。やろうとしていることも。いまはもうはっきりしましたから。ただ」

「ただ、何か？」

「はい」民雄はきょう午前中の、吉本とのやりとりを思い出した。隠したって、わかってるよ、という言葉。あれはどういう意味だったのだろう。まさかあんたが警視庁警官だと知っている、という意味ではなかったはずだが。「もしかして、この誘いは、ぼくを警官だと知っての罠《わな》かもしれないという気もするんです。捜査をミスリードするために、あえてセクトにも入っていないぼくを誘ったんではないかと」

　笠井は電話の向こうで軽く笑った。

「その心配はない。連中、いまひと集めに躍起なんだ。大阪でも東京でも、高校生にまで投網《とあみ》をかけてる。あいつらはいま、思想より何より、元気な肉体が必要だってことだ。お前も、そのガタイが買われたんだ」

「高校生にまで？」

「そうだ。だからお前も、ばれるんじゃないかって恐怖でドジを踏むなよ。堂々としていればいいんだ」

「できませんよ。班長」民雄は自分の声からふいに力が抜けたのを意識した。「堂々となんて」

「どうした。どうしてだ？」

「二年間、仮面かぶって生きてきたんです。どっちがほんとうの自分なのか、どっちが仮面なのか、わからなくなってきている。これって、けっこうきついんです」

「もう少しだ。あと少しで、報われる。気をつけてな」

「報われますか」

「保証してやる。だから、出発予定、列車名、東京での集合場所、連絡場所、目的地、幹部の名前、全体の人数。逐次報告してくれ」

「電話する余裕があるかどうか」

「きょうからお前さんを尾行する。東京までの汽車の中にも、誰か配置する。直接報告できない場合は便所を使え。どこでもいい。場所の指定ができなくても、手近な便所を使うんだ。お前を見失っても、便所はすべて洗う。クレヨンとか、サインペンとか、書きやすい筆記用具を用意しておけ」

「クレヨンかサインペン、ですね」

「そうだ。井岡にもう一度代わってくれ」

民雄は、横で聞いていた井岡に受話器を渡した。井岡は受け取って、ふたつみっつ短く返事をしてから、受話器を電話機のホルダーの上に置いた。

井岡は、民雄を見つめて言った。

「班長はお前さんに期待してる。成功させてくれ」

民雄は、井岡の言葉に直接反応せずに言った。

「宮野って学生、セクトの活動家じゃないんです。なんとかこいつを逮捕前に逃がしてやりたいんですが」

「やる気でいるんだろう? だったら活動家だろうが何だろうが」

「思想なんて何もない。ただの流行好きの軽い男です。放っておいたって、そのうちあたりまえの堅気の市民になる。いま逮捕しなくてもいい男と思うんですが」

「同情的だな」

「同級なんですよ。逮捕すれば、逆にゴリゴリの活動家になってしまう」

「微罪で別件逮捕して隔離するか」すぐに井岡は首を振った。「駄目だ。ほかの連中が警戒する。せっかくの摘発計画がおじゃんになる」

「なんとか」

「無理だってば。ひとはみな、自分が馬鹿《ばか》であったり、軽かったりすることの責任を引き受けなきゃならないんだ。そいつも、逮捕されて初めて、反省すると思うぞ」

「駄目ですか？」

「あきらめろ。対象に深入りしすぎだぞ」

民雄は沈黙した。となると、つぎにおれが宮野にしてやれることは、実力行動の現場であいつが突出しないよう身体《からだ》を押さえ込むぐらいのことか。宮野はそれを喜ぶまいが。

いったん唇を噛《か》んでから、民雄は井岡に言った。

「警部補、きょうどこかに連れていってくれませんか」

井岡の皺《しわ》の多い顔に、一瞬かすかな戸惑いが走った。しかしすぐ、民雄の言葉の真意を悟ったようだ。

井岡は顔に明らかに憐憫《れんびん》の色を浮かべて言った。

「案内してやる。おれが面倒みてやるさ」

ふっと民雄は息を吐いた。自分がずいぶん緊張してきているのがわかった。

4

札幌駅の待合室に集まったのは、四人の学生だった。民雄と宮野、吉本、それにやはり二回生の小野寺という学生だ。小野寺も、北大のブントの活動家である。

宮野と小野寺、それに吉本は、これから軽登山にでも行くという格好だった。ヤッケ姿で、スポーツバッグのほかに、ナップサックを背負っている。民雄は厚手のジャンパーを着て、着替えを詰めたダッフルバッグひとつを持ってきた。

宮野は、真新しいキャラバン・シューズを履いている。民雄の視線に気づくと、いくらか誇らしげに言った。

「買っちゃったんですよ。持ってなかったから、この機会にと思って」

吉本が言った。

「きてくれると思ってた」

民雄は言った。

「全面的な共感じゃないですよ。宮野が行くって言うし、吉本さんの言ってることもわからないわけじゃないので。吉本さんがどこの党派のひとであれ、そっちのほうは関係ありません」

「北大ブントだ」

「なんであれ、こんどのこと一回限りのつもりですから」

「十分だよ。高倉健を味方にできた気分だ。一緒にやる連中も喜んでくれる」

四人が揃《そろ》ったところで、吉本は待合室の中を見渡してから言った。

「カネを集める。四人まとめて、切符買ってくる」

小野寺が切符を買いに行った。戻ってきて渡された切符は、東京都区内までのものだ。

特急券は上野までである。

吉本は、周囲を気にしながら小声で言った。

「これから目的地に着くまでは、運動のことも、政治的な問題も、一切口にするな。やっていいのは、馬鹿話だけだ。ひとの目は多いんだ。学生運動をやってる素振りなんて、これっぽっちも出すな。尾行に気がついたら知らせろ」

宮野が訊いた。

「目的地はどこなんです？　東京って意味じゃないんですか？」

吉本が答えた。

「東京のどこかだ」

「東京では、当日までに時間なんてありますかね。紅《あか》テントっていうお芝居観《み》たいと思ってるんだけど」

吉本は目を吊《つ》り上げて言った。

「遊びに行くんじゃないぞ。わかってるのか？」

宮野は首をすくめた。

午後七時前、旭川《あさひかわ》始発の特急列車の改札を告げるアナウンスがあった。民雄たちは待合室を出て、改札口に向かった。

民雄は尾行があるかどうかを確かめようとした。しかし、それらしき男たちは見当たらなかった。札幌駅での待ち合わせの時刻は井岡に伝えてあるので、どの列車に乗ることになるかは見当がついているはずである。監視要員を直接列車に乗り込ませるつもりなのかもしれなかった。

ホームで十分ほど待っていると、宮野があっと小さく声をもらした。ホーム中央の跨線橋《こせんきょう》の階段を、守谷久美子が駆け降りてくるところだった。濃紺のセーターにブルージーンズ。一瞬だけ、民雄は久美子も同行するつもりかと思った。しかし、大きな荷は持っていない。ちょうどホームを吹き抜ける風が、久美子の長い髪を揺らした。

宮野が階段に向かって歩いていった。

民雄が見つめていると、ふたりは真正面に向かい合って、なにごとか話し始めた。ふたりは互いの両手を取り、握り合っていた。久美子の表情は切迫しているように見えた。

吉本が民雄に、何だという顔を向けてくる。

「恋人ですよ」と民雄は答えた。

「ばらしちゃったのか」と、吉本は宮野に目をやって苦々しげに言った。「家族にも適当にごまかしておけと言っておいたのに」

そこに列車が到着した。

久美子が民雄に視線を向けてきた。先日と同様に、請《こ》い願う表情だった。このひとを無事に連れ帰ってね、と言っている。民雄はうなずいて乗車する客の列に並び、函館行き特急列車に乗り込んだ。

十九時十分、四人を乗せた列車が動き出した。久美子がホームから激しく宮野に手を振っていた。宮野は微笑して手を振り返している。

民雄はその久美子の背後、ゼロ番ホームに井岡の姿を見た。彼がいたということは、おそらく監視班はもう列車に乗り込んでいるはずである。

四人ともろくに口をきかないままに四時間半がすぎて、深夜の函館駅に到着した。乗客はここで荷物を持ってホームに降り、跨線橋を渡って青函《せいかん》連絡船に乗るのである。連絡船は、出航してから四時間弱で青森港に到着する。

連絡船に乗ると、ようやく四人の緊張も解けた。大きな船であるから、歩き回るだけの空間もある。四人は椅子《いす》席の客室のひと隅に固まったが、交互に甲板に出て新鮮な空気を吸うことになった。

甲板に出て、民雄は夜の津軽海峡を眺め渡した。函館市街地の灯がゆっくりと遠ざかってゆくところだった。

てすりにもたれていると、隣にきた男がささやきかけてきた。

「井岡の友達だ。安城だな？」

民雄は男を見た。彼は右手一メートルほどのところにいて、函館の方向に目を向けている。三十代で、ジャケットを着て野球帽をかぶっていた。

「そうです」民雄も男と目を合わさずに答えた。「目的地はまだ知らされていません。何をやるかも。ただ、尾行や監視を警戒しています」

男は言った。

「荷物はどうだ？　危ないものを持っていそうか？」

「いえ。ビラひとつ持っていないようです」

「おれは上野駅まで、あんたらのあとをつけている。何かわかったら、便所に立て」

「ひとりなんですか」

「まさか」

「その格好、いかにも私服刑事ですよ」

「そうなのか」男は動揺したようだ。「どうしたらいい？」

「帽子を取って、もう少しヘラヘラした顔をしたほうがいい」

「見破られているかな」

「まだと思いますけど」

デッキにひとり乗客が出てきた。板張りの通路をこちらに向かって歩いてくる。私服刑事は帽子を取って、民雄のそばから離れていった。

まだ真っ暗な時刻に、船は青森に着いた。民雄たちは船を降りて長いホームを歩き、すでに停車していた特急列車に乗った。椅子の向きをかえて四人がけにした。

吉本は腕を組み、足を前方に伸ばして言った。

「おれは眠るぞ。荷物、注意してな」

列車の中の照明も落とされている。日が昇るまでは眠っていろということなのだろう。じっさいどの席でも、喋《しゃべ》っている客はほとんどいない。

民雄も、明るくなるまであと数時間、眠っているつもりだった。たかぶりと緊張のせいか、連絡船の中でもろくに眠ってはいなかったのだ。

福島をすぎたころ、民雄はその日三度目のトイレに立った。小用を足してデッキを抜けようとしたとき、あの捜査員が民雄に近寄ってきた。

「どうだ？」

民雄もほとんど口を動かさずに答えた。

「何も」

列車が赤羽駅を通過し、乗客たちが降りる支度を始めたところである。ようやく吉本が、つぎの行動予定を明かした。

「上野に着いたら、新宿駅に向かうぞ。ひとが多いからはぐれるなよ」

四人の中で、東京育ちは民雄だけだった。あとの三人はみな、地方出身者である。人込みと電車には慣れていない。

やがて列車は昼下がりの上野駅十七番ホームに入って停まった。民雄たちは吉本の合図に従って、無言で列車を降りた。

吉本が、ホームで言った。

「みんな安城のあとについてゆけ。もしはぐれた場合は」

吉本は東京都内の電話番号を口にして、それを覚えるよう命じた。メモには残すなと。

民雄たちがぶつぶつとその番号を口にしてなんとか覚えると、吉本は言った。

「そこに電話しろ。最初にこう名乗るんだ。山本さんから紹介を受けました、と」

ほかの三人が小声で唱和した。

「山本さんから紹介を受けました」

宮野が訊《き》いた。

「新宿から、つぎはどこです？」

吉本は首を振った。

「その都度《つど》教える」吉本は上野駅の構内を見渡して言った。「ちょっと電話する」

民雄たちは並んだ赤電話の前まで歩き、吉本が電話をかけ終えるのを待った。

民雄は荷物を足元に置いて、慎重に構内を見渡した。連絡船と特急列車に乗っていた私服刑事の姿は見当たらなかった。おそらくここで尾行は交代することになっているはずだ。札幌を出た時点で、警視庁の笠井はその手配をすませているはずである。

しかし、新宿駅に向かうことは、尾行の捜査員は知らない。このひとの多いターミナル駅だ。監視班が自分たちを見失う可能性はおおありだった。知らせるべきだろうか。

民雄は宮野に言った。

「ちょっとトイレに行ってくる。荷物見ていてくれ」

隅にトイレの表示があった。民雄は大股《おおまた》で、ゆっくりそのトイレに向かった。大便用個室に入ろうとしたが、みなふさがっていた。民雄は考え直し、まず小用の便器の前に立った。

すぐに隣に、男が立った。

「安城くんか」

民雄は小用を足しながら答えた。

「そうです。安城巡査」

「つぎは？」

「新宿。そこから先はわかりません。電話番号聞きましたので、あっちの中に書きます」

民雄は小用便器を離れ、ちょうど空いた個室に入って、壁にクレヨンで電話番号を記した。これでアジトの場所は突き止められるはずだ。仲間の誰かがつぎにこの個室に入ることも想定できたから、数字はアルファベットに置き換えている。

個室を出ると、外に小野寺が立っていた。ベルトをもうゆるめている。

「交代」と小野寺が言った。

民雄は、用心してよかったと安堵《あんど》した。

全員が揃ったところで、吉本が民雄に言った。

「安城、あんたが先導してくれ。新宿まで、乗り換え乗り換えで行くんだ」

民雄は言った。

「神田で乗り換えれば、一本ですよ」

「用心だよ。尾行があるかもしれない」

「わかった」

まず山手線に乗り、秋葉原駅で総武線に乗り換えた。ひと駅目の御茶ノ水駅でこんどは中央線の快速電車に乗り換えである。三人とも無言で民雄に従ってくる。快速電車に乗ってから、宮野が言った。

「ここで安城さんにはぐれたら、迷子になるよ。うちには帰れない」

民雄は言った。

「漫然とついてくるなよ。ひとつひとつの駅、電車、全部頭に入れておいてくれ。ひとりになるかもしれないんだから」

「ああ」と、宮野は上の空の調子で言った。窓の外の東京の風景に見入っている。

彼の目には、と民雄は思った。この東京の現状はどう映っているのだろう。やはり革命は不可避の惨状と見えるのか。荒廃と堕落と階級間の闘争が進行する首都と見えるのか。着実に中産階級が育ちつつある、総体としては健全で、公正さへの希求が支持された都会とは見えないのだろうか。

新宿駅の快速線ホームに降り立ったところで、吉本が言った。

「安城、中央本線の急行のホームに行ってくれ」

「急行ですか。どこまで行くんです？」

「甲府まで」

「甲府？」意外に遠いところまで行く。東京をすっかり離れてしまうのか。「こっちです」

階段を降りて、一回立ち止まった。かつて中野の警察学校に入っていたから、新宿駅はまったく不案内というわけでもない。しかし尾行する捜査員たちのために、時間の余裕を作ってやらねばならなかった。

民雄は、周囲を探りながら言った。

「ええと、こっちか」

歩きながら思った。次の目的地が甲府であることを、警視庁公安部にどうやって伝えたらよいか。もし上野から新しい尾行班がついていたとしたら、ここで新たに接触してくるはずであるが。

とりあえずもう一回トイレに行くか？

新宿駅の方々に、機動隊員の姿があった。新宿駅は去年の国際反戦デーで新左翼のグループが占拠して、一日機能マヒとなった。先日の一周年でも、小規模な騒ぎがあったはずである。この時期、警察が厳戒態勢に入っているのは当然だった。吉本と小野寺の表情がこわばっている。緊張がありありと見てとれた。

地下通路の途中で、吉本が民雄を呼び止めた。また全員の切符を買うという。頭上の案内表示によると、つぎの甲府方面行き急行の発車は、五十分後だった。

「ちょっとまたトイレに」民雄は、急行ホームの改札の前で言った。

民雄がトイレに向かうと、宮野と小野寺もついてきた。これでは、個室に入るしかないようだ。

個室はいっぱいだった。しかたなく民雄は小用だけたして、トイレの外に出ようとした。ほかに何か手はあるだろうか。あとでもう一度トイレにくるか。そろそろ、自分のトイレ通いが怪しまれていないか、気になってはいるのだが。

入り口を出たところで、ひとにぶつかった。暗い色のジャケットを着た男だった。

「失礼」と相手は言った。

民雄は思わず声をもらすところだった。

ぶつかった中年男は、早瀬勇三なのだ。父親と警察練習所で同期だったという本庁の警察官。民雄の高校進学を、ほかの同期生と共に援助してくれた男だ。民雄が、おじのように思っている警察官だった。彼がいまここにいるということは。

早瀬の目を見た。おれに言え、とその目は言っていた。

「山梨、甲府」と民雄は言った。

早瀬はうなずくと、もう一度、失礼と言って離れ、トイレに入っていった。いれちがいに、小野寺と宮野が出てきた。

民雄たちは待っている吉本のもとへと戻った。

列車は南小谷《みなみおたり》行きの急行だった。新宿を出るとすぐ吉本は車内販売を呼び止め、弁当とお茶を買った。

民雄は弁当を食べながら、早瀬のことを考えていた。彼はほかのおじたちの話では、早くから有能さを買われて、刑事畑の私服捜査員となっていたという。いまは警視庁の公安部にいるということなのだろう。彼の性格や、大学中退という学歴を考えると、本庁の公安部というのは、ほかのどの部署にもまして合っている職場かもしれなかった。

早瀬の姿は、同じ車両の中にはなかった。しかし早瀬を含めた尾行班は、確実にこの列車に乗っているはずである。一両前方か、一両うしろだ。前後にひとりずつという配置もあるかもしれない。そしてたぶん甲府駅には、警視庁の協力要請を受けて、山梨県警の捜査員たちが張り込んでいるはずである。

急行列車の「アルプス」は、大月《おおつき》で停車したあと、笹子《ささご》トンネルを抜けて、甲府盆地に入った。すでに日暮れ時となっている。腕時計を見ると、四時半を過ぎていた。新宿を出て、一時間半たっていた。

やがて車内アナウンスが、次の停車駅は塩山《えんざん》と告げた。

吉本が言った。

「支度しろ。降りるぞ」

塩山で？

民雄は吉本を見つめた。

宮野が吉本に訊いた。

「甲府じゃないんですか？」

「ここだ」

早瀬は、自分たちの降りる気配に気づくだろうか。民雄は車両の前後を見ながら思った。もう早瀬に、目的地が変わったことを知らせる手だてはない。この突然の降車に対して、適切に対応してくれることを祈るだけだ。

国鉄塩山駅の島型ホームに降り立ったのは、五、六十人の乗客だった。民雄は、ホーム上を跨線橋《こせんきょう》に向かって急ぐ乗客たちのあいだに、早瀬の姿を見た。突然の目的地変更に気づいてくれたのだ。

跨線橋を渡り、北口の広場に出た。ひなびた駅前広場だった。ロータリーを取り巻くように商店が何軒かあって灯が入っている。客待ちのタクシーは四台。派出所はなかった。案内看板を見てみると、南口広場のほうがにぎやかで、派出所はこの南口にあるらしい。

吉本が民雄たちをその場に残し、公衆電話のボックスに向かった。おそらくここから先は、まだ吉本にも知らされていないのだ。

三分後に、吉本は戻ってきた。

「タクシーを使う」

観光案内を見ていた宮野が訊いた。

「塩山温泉なんですか？」

吉本はきちんと答えなかった。

「いや、山の中だ」

吉本は、広場に駐車中のタクシーに近づいた。民雄も彼を追った。吉本は、窓を開けた運転手に言った。

「上日川峠《かみにっかわ》、善兵衛《ぜんべえ》ロッジってところまで」

運転手が訊いた。

「善兵衛さんに泊まりかい？」

「いや、花ちゃん山荘って山小屋に行くんですが」

「善兵衛さんのところで降りてくれ。昼間なら車も行けないことはないけど、夜は無理だ。歩いても山道を二十分くらいだ」

「四人、行ってくれますか？」

「いいよ」

民雄は、荷物をトランクルームに入れながら、広場周辺を見渡した。早瀬の姿は見当たらない。しかし、自分たちを見つめているのは確実だ。山梨交通のタクシーに乗るところを確認しているだろう。

いま行く先を早瀬に伝えられなくても、早瀬はタクシー会社を通じて、民雄たちの向かった先は特定できる。ここまでくれば、もう目的地を大きく偽装することもできなくなるのだ。連絡できなくても、安心していいはずだった。

しかし、山小屋泊まりとは、ずいぶん山中に行くことになるわけだ。つまり実施される訓練というのが、都会の大学キャンパスなどでは不可能なものだということである。大きな音がするか、広い場所が必要な訓練ということだ。

民雄はかすかに悪寒《おかん》を感じた。

もしかして山小屋には、爆弾と銃がすでに用意されているのではないだろうか。実力行動というのは、ほんとうに銃器と爆弾を使っての、軍事行動になるということだろうか。

宮野の顔をうかがった。さすがに彼の顔にも、なにかしらの不安のようなものが表れている。ことは宮野が想像していた以上に進行しているとでも感じているのだろうか。

おれが、と民雄は思った。ここにいることは任務だ。避けるわけにはゆかない。でも宮野はべつだ。彼はろくな説明も受けないままに、軍事訓練に参加させられようとしている。彼にはここで、これ以上の同行を拒む権利があるはずだ。

もし宮野がそれを口にしたなら。

民雄は顔をしかめた。だめだ。秘密がもれることをおそれて、吉本はどこかに宮野を監禁する。少なくとも佐藤訪米阻止の実力行動が終わるまで、宮野は自由を奪われる。

あっさりと札幌に、つまり守谷久美子のもとに、帰ることはできない。

タクシーは民雄たちを乗せて駅前を出発した。民雄は黄昏《たそが》れる駅前広場に注意を向けた。早瀬の姿はやはり見つからなかった。

町から国道411号に出て北東に走り、裂石《さけいし》温泉の案内が出ているところから、県道に入った。曲がりくねった山道だった。勾配《こうばい》がかなり急なのだろう。ヘッドライトを点《つ》けたタクシーはどんどん標高を稼いでゆく。このあたり、民雄にはまったく土地勘はないが、大きな山塊に入ってゆこうとしているのはわかった。

不自然なまでに誰もが無言のまま、タクシーは山道を走った。駅前を出発してから三十分ほどたって、ようやく運転手が言った。

「あれが善兵衛ロッジ。脇《わき》に山道がある」

道の先に外灯がついている。ぽつりとひとつだけだ。

吉本が確認した。

「花ちゃん山荘まで、歩いて二十分なんですね」

「そうだな。二十分。あんたらの足なら、もっと早く着くかもしれない。懐中電灯なんて持ってきてるのかい」

小野寺が横から言った。

「ああ」

タクシーは停まった。

道沿いに外灯がひとつあって、横の木造の民家を照らしている。善兵衛ロッジという山小屋がこれなのだろう。食堂と、土産物屋も兼ねているようだ。郵便物取扱の看板も出ていた。しかし、営業は終わっているようだ。

民雄が時計を見ると、午後の五時半前だ。しかし、すっかり暗くなり、音もないせいか、まるで深夜という雰囲気である。

降り立って、民雄は耳を澄ました。距離を置いて追ってくる車がないか、たしかめたのだ。しかし、エンジン音はまったくしない。尾行は、塩山駅で終わったのだ。

善兵衛ロッジの脇に林道の入り口があった。案内板が出ている。

タクシーが県道を戻ってゆくと、民雄たちはそれぞれの荷を持って、その案内板の下に集まった。

小野寺が、懐中電灯で案内板を照らした。

こう読むことができた。

「大菩薩《だいぼさつ》峠六十分
大菩薩嶺《れい》九十分
花ちゃん山荘二十分」

宮野が小声で言った。

「大菩薩峠なのか」

吉本が、民雄たちその場の三人を見渡してから、微笑して言った。

「おれたちの訓練地だ。おれたちのシエラ・マエストラだ」

最後の言葉が何を意味するのであったか、民雄はわからなかった。聞いたことのある言葉ではあるのだが。

宮野が民雄の想《おも》いを察したのか、小声で教えてくれた。

「キューバ革命のときの、カストロたちの根拠地だよ」

吉本がもう一度言った。

「おれたちの武装蜂起《ほうき》の始まる土地だ」

民雄は確認した。

「おれたちって？」

吉本は、もう明かすしかないかと言うように微笑した。

「共産同赤軍派だ」

昭和四十四年十一月三日の夜だった。

5

その山小屋は、林道の奥の緩斜面にうずくまるように建っていた。民雄たちは、十五分間夜道を歩いてきたのだった。おかげで暗さにも多少目は慣れていた。空と建物の輪郭とは、はっきり区別がつく。建物は二階建てだ。

窓から漏れる明りはどれも頼りなげだった。林道を上ってくる途中、電柱は見なかったから、たぶん自家発電なのだろう。照明は最小限にとどめられているようだ。

玄関口の引き戸を開けた。玄関も照明は落とされていた。正面に鉄砲階段がある。その左手に大きな部屋があるようで、そこから光が漏れている。広間か食堂だろう。大勢のひとの気配があった。

薄明りで見ると、玄関の靴箱には数十の靴が突っ込まれている。運動靴が半分以上だ。登山靴や作業靴は数えるほどしかなかった。

民雄たち四人が荷を下ろすと、奥の部屋からふたりの青年が出てきた。前髪を伸ばした、学生ふうの青年たちだった。ふたりともニットのセーターを着ている。

吉本が言った。

「北大、四人到着です」

出てきたふたりのうち、黒い丸首セーターを着た青年が言った。

「吉本さんか？」

「ええ」と吉本が答えた。

なにもしゃべらないでと言うように、その青年は口に指を当てた。視線が、玄関脇のドアを向いた。山小屋の管理人たちがそこにいるという意味のようだ。

「奥の部屋に行ってくれ。晩飯は食ったか？」

「いや、まだ」

「用意してある」

民雄は、靴を脱いで靴箱の隙間《すきま》に入れ、ダッフルバッグを肩にかけて奥の部屋に進んだ。引き戸を開けると、中に四、五十人の青年がいた。いっせいに民雄たちに目を向けてきた。その様子に、民雄は青年たちの緊張を感じ取った。

そこは食堂なのだろう。四、五十人の青年たちは、十ばかりのテーブルについているのだった。ちょうど食事が終わったばかりというところのようだ。まだ食器が片づけられていないテーブルもあった。

黒いセーターの青年の指示で、民雄たちは入り口からいちばん離れたテーブルに向かった。青年たちが、民雄たちの移動を目で追ってきた。しかし、誰もひとことも発しない。民雄は青年たちの目の色を探った。警戒しているのだろうか、それとも歓迎か？

前にもこんな情景を見たことがある、と思って、気がついた。中野の警察学校に入った日の雰囲気が、これに近いものであった。みんなまだ互いに打ち解けるには至っておらず、教官たちの視線も気になった。その日から始まる警察官としての生活に対して不安もあり、緊張もしていた。あのときの、教室に集まっていた同期生たちも、みなこのような顔と目の色だった。

テーブルにつくと、黒いセーターの青年が言った。

「執行委員で、増子《ましこ》って言います。大阪市大です」

民雄は、その肩書と名を頭に入れた。執行委員の増子。大阪市大。

吉本がもう一度名乗った。

「吉本です。北大支部委員長。おれたちが最後ですか？」

増子と名乗った学生は言った。

「いや、あと何人かくることになってる。尾行はいなかったよね」

「上野駅まではいた」吉本は答えた。

やはり気がついていたのか。民雄はその想いを顔に出さぬようつとめた。

吉本は続けた。

「札幌を出るとなると、マークされていればどうしても」

「わかってる。中央本線では？」

「大丈夫だと思います。塩山駅でも、それらしい人間は見なかった」

部屋の反対側で、ひとりが大きな声で言った。

「注意は以上です。さっきの部屋割りに従って、それぞれの部屋に入ってください。起床は六時。山小屋は貸し切りになってますが、くれぐれもこの合宿の意義を忘れず、浮いた振る舞いのないように」

部屋に集まっていた青年たちは、椅子《いす》を引いて立ち上がった。

中には、ずいぶん若い顔がある。せいぜいが十六、七歳と見える少年たちだ。彼らも、この党派の理念と活動方針に共感して、この実力行動の訓練に参加したというのだろうか。

増子がちらりと振り返ってから言った。

「全国大学ワンゲル同好会の合同合宿ってことになってるんだ」

いま指示を出していた青年が近づいてきた。短髪で、何かスポーツでもやっているのだろうと見える体格のいい青年だ。歳《とし》は二十四、五かも知れない。吉本や増子よりも成熟した印象があった。

その青年は、民雄たちのテーブルの空き椅子に腰をおろすと、吉本に顔を向けて言った。

「はるばる、ご苦労さん。四人？」

吉本とはすでに顔見知りのようだ。民雄は、札幌で見た写真を思い出した。本州のどこかの都市でひそかに撮影された、赤軍派幹部の会合の写真。あれが撮影されたときに、きっとこの青年もその場にいたのだろう。

その体格のよい青年は、民雄たちをひとりひとり真正面から見つめて、名乗った。

「軍事部の山倉です。同志社支部」

言いながら、民雄に手を出してくる。

民雄はその手を軽く握って言った。

「北大、安城です」

山倉は、小野寺に手を出した。

小野寺も山倉と握手して言った。

「北大、小野寺です」

宮野俊樹も同様にした。

「北大、宮野です」

「心強いです」と山倉は言った。「四人もきてくれるなんて」

吉本が言った。

「全員じゃないんです。第二陣は、当日に合わせて上京します」

「北大は、意識高いな」

「ここに集まっているのは、これで何人くらい？」

「五十人」

「全国全共闘の結成大会には、四百か五百いましたよね。あの数がいれば、もっとすごいことになってるのに」

山倉は笑った。

「全員を軍事組織でもらうわけにはゆかない。それに、キューバ革命だって、キューバに逆上陸して生き残った十六人から始まった」

「メキシコで船に乗ったゲリラの数は、もっと多かったんじゃなかったっけ」

「八十人ぐらいだったろう？ ここにいる人数と大差ない」

民雄は、自分の背中に少しだけ寒気を感じた。山倉たちは、この山小屋に集まった五十人が十六人に減るほどの実力行動を計画しているということか。

横目で宮野を見た。

宮野の顔は、きょうの午後以来ずっと強張《こわば》ったままだ。かなり神経質になっている。ここにきたことを後悔し始めたとまでは思わないが、自分の語ってきたことの意味の重さを、ようやく意識しだしたか。

民雄の視線に気づいたのか、宮野は顔を歪《ゆが》めて、そっぽを向いた。

その宮野の横顔に、守谷久美子の顔が重なって思い出された。

地味ではあるが、清潔な顔だちの秀才の女子学生。しかし彼女がときおり見せる屈託のない表情は、いかにも中産階級の出身と思えるものだった。上野高校にも、彼女のようなタイプの同級生は少なくなかった。民雄が新聞配達のために部活動を早めに切り上げて校舎を出るときも、彼女たちは楽器の練習や、石膏《せっこう》デッサンや、お茶の稽古《けいこ》を続けているのだった。

同じ高校に通いながら、と民雄はいつも思っていたものだ。彼女たちは自分とは無縁だ。自分の人生が彼女たちのそれと交錯することは、金輪際ありえないだろう。彼女たちは、自分の同級生の中から警察学校に通う者が出ることは、想像できないはずなのだ。自分もまた、彼女たちがごくあたりまえと信じているにちがいない中産階級の暮しの細部を、想像できないように。

守谷久美子は、そんな同級生たちの数年後の具体的な姿だった。彼女には、盛岡の歯科医の息子だという宮野のような恋人が似つかわしかった。家族環境、生い立ち、親族たち、そして受け継いできた文化的な資産、どれを取っても、宮野のような青年こそ釣り合っている。六畳二間のアパートで育った、母子家庭出身の警察官が代われるものではなかった。

そんな宮野のような青年が、このまま訓練に参加し、その次の実力行動に出ていって、その結果彼自身はどうなるのだろう。宮野はこれから彼を翻弄《ほんろう》する試練に、耐えられるか。それだけの肝っ玉と、本物の正義感と、血となり肉となった知性を持っているか？ 彼は今後見違えるように成長するだけの、豊かな種子か？

山倉が言った。

「それじゃあ、晩飯を食って、きょうは休んでくれ。長旅、疲れたろう。風呂《ふろ》もある」

吉本が訊《き》いた。

「訓練は、何日間なんです？ いつまで？」

「進み具合次第だ。一応ここは、三泊で借り切ってる。早めに切り上げるかもしれないし、延ばすかもしれない」

民雄は訊いた。

「高校生みたいのがいましたね」

「ああ。元気な連中だ」

「何をやるのか、承知できてるんですか。心配になりますが」

「十八にもなれば、十分に戦士だ。おれは二年のときに高校に支部を作ったよ」

「進んでる子がいるんだな」

民雄は、食事をするために立ち上がった。考えてみれば、昨夜札幌を出たとき以来、まともな食事はしていなかったのだ。腹が空《す》いていた。

宮野が一緒に立ち上がってきたので、民雄は訊いた。

「お前、具合でも悪いんじゃないのか？　顔色悪いぞ」

宮野は、情けない顔で首を振った。

「いや、なんでもないんです。おれも、いよいよだなって思っただけです」


食事をすませると、二階に上がった。二階には畳敷きの部屋が十ばかりあって、ひと部屋に五人から七、八人ずつ寝るのだという。割りあてられた部屋に入ると、すでに煎《せん》餅《べい》布《ぶ》団《とん》が敷かれ、四人の青年が横になっていた。

民雄たちは自己紹介して、寝場所を決めた。

その四人の中のリーダー格と見える青年が言った。

「消灯は九時だそうだ。自家発電なんで、遅くまで使うわけにはゆかない」

吉本が言った。

「おしゃべりも駄目って言われました」

「そうなんだ。左翼的な話はいっさいするなってことだ」

「いまこんな時代に、ほかにどんな話題があるんですかね」

その青年は言った。

「スポーツ、芸能、マンガ。高倉健の映画」

吉本は顔をしかめた。

「低俗ですよ」

民雄は自分の荷物を布団の枕元《まくらもと》に置くと、宮野に声をかけた。

「さっと風呂に入ろう」

宮野が言った。

「消灯まで、十分しかありませんよ」

「それでも入るしかないだろ」

吉本と小野寺も一緒に、風呂場に向かった。檜《ひのき》の浴槽だった。ざっと汗を流して、脱衣場で服を着ていると、照明が落とされた。明りはもう、廊下の豆電球だけとなった。そろそろと部屋に戻り、冷たい掛け布団と敷布団とのあいだに身体《からだ》を入れて目をつぶった。

警察学校での研修のことが思い出された。警察学校で、教室での授業と同じくらいに重視されていたのは、実技の訓練だった。格闘術、棒術、逮捕術、それに基礎体力作りのプログラムが入念に組まれていた。ふつうの青年を警察官に育て上げるためには、あれだけの体系的な訓練と時間が必要だった。また警察学校を卒業しても、それは警察官としての最低の基準をクリアしたということでしかない。機動隊員となれば、またさらに高度な訓練を消化しなければならないのだった。こんな山小屋で、しかも管理人の目と耳を気にしつつの訓練で、どの程度のことが可能だろう。

吉本はいましがたキューバの革命を話題にしていたが、あのカストロが率いたゲリラたちだって、二、三日の訓練でキューバに逆上陸したはずはない。いやそもそも、数日間で終えられる訓練は、軍事訓練の名に値するものなのか。増子という青年が言っていた言葉そのまま、それはワンダーフォーゲル部の合宿に限りなく近いものではないだろうか。幹部たちは、ほんとうにこの山小屋の訓練で、カストロのゲリラのような戦士たちが生まれると信じているのだろうか。

寝不足のせいもあって、たちまち眠りに落ちそうだった。民雄はその日、完全に寝入る前に、ひとつのことに気づいた。ゲリラ戦の戦士たちと言うよりは、捨て身の爆弾攻撃の要員を育てるだけなら、ワンゲル部の合宿程度のものでも、なんとかなるのかもしれない。でも、彼らはそのつもりなのか？　まるで非現実的なことを夢想しているだけということはあるまいか。

答を見いだせぬうちに、民雄は眠りについた。

翌朝、民雄は山小屋内部のかすかなざわつきで目を覚ました。腕時計を見ると、午前六時十五分前だった。目を覚ました連中がいるようだ。

ほかの連中が起き出す前に。

民雄は素早く布団から抜け出し、洗面用具を持って洗面所へ向かった。こういう集団生活では、朝起きてまずすべきことは排便だった。これを気持ちよく済ませないと、その一日はけっこうストレスのかかるものとなるのだ。

排便をすませると、民雄は歯ブラシを持って山小屋の外に出た。早朝の冷気がたちまち民雄を包みこんだ。民雄は思わず身を縮めてぶるりと震えた。

空はもうかなり明るくなっているが、いま六時前だから、たぶん日はまだ昇っていない。どっちみちまわりを山が囲んでいる。太陽が見えてくるのは、日の出から少したってからになるだろう。

昨夜は夜のために周囲の様子はわからなかったが、山小屋は広い緩斜面に建っていた。腰屋根の二階屋だった。窓にはすべて雨戸がつけられている。山小屋の右手の切り妻側に、ブリキの煙突が立っていた。白い煙が煙突からたなびいている。食堂の薪《まき》ストーブの排煙のようだ。

このあたり、標高はさほどでもないのだろう。森林限界以下だ。落葉しかけた広葉樹が、一帯を取り囲んでいる。見通しはよくなかった。

山小屋の脇《わき》から一本の小道が延びている。昨夜、善兵衛ロッジ脇で見た案内を思い出せば、この登山道が途中で分かれて、一方は大菩薩峠に、もう一方は大菩薩嶺につながっているはずである。

この周辺に、軍事訓練の可能な空き地なり平地があるのだろうか。組織のほうでも、いちおう土地勘のある場所を選ぶか、下見はおこなったうえで、訓練地をここと決めたはずだ。どこかにあるにちがいない。

しかし、と民雄は周囲を注意深く見渡しながら思った。この深山だ。じっさいに銃なり爆弾なりを使っては、音が響く。銃声や爆発音は、山々にこだましつつ、かなり遠くまで伝わるのではないだろうか。

視線を山小屋に戻した。

電話線は引かれていない。あの林道入り口の善兵衛ロッジからここまでは、電信柱が立っていないのだ。たぶん善兵衛ロッジが、郵便物を預かったり、緊急の電話を取り次いだりしているのだろう。外部との連絡は、人力だけということになる。つまりこの山小屋から外に連絡することも、外からここに連絡するのも難しいということだ。なにか連絡しようと思えば、ひとを行き来させる以外にない。

ただし善兵衛ロッジからこの山小屋までは、林道である。営林署が作業用車両を入れるために切り開いた道だ。四輪駆動車ならば、登ることは容易なのではないか。じっさい、この山小屋には五十人以上の人間が宿泊可能なのだ。その宿泊客のための食事材料をすべて強力《ごうりき》に頼っているはずはない。尾瀬の山小屋にはいまでも強力が運んでいるというが、ここはさいわい、自動車の走行可能な道が通じているのだ。

山小屋の横手、風呂場のあったほうをのぞいてみると、そこに小型の四輪駆動車が停めてあった。小屋の管理人たちは、やはり車で行き来しているのだ。

そもそもこの山小屋にいま管理人と家族、従業員は何人いるのだろう。もちろん警視庁は、花ちゃん山荘に赤軍派が集結したという情報を得た時点で、それを確認しているはずだが。

民雄は、山小屋とその周囲の地形を見ながら、警視庁公安部の対応を想像した。

民雄は、新宿駅で早瀬勇三と接触し、早瀬が塩山駅で下車したのも確認している。ということは、塩山までまちがいなく尾行はついていただろう。尾行班は、民雄たちが塩山駅でタクシーに乗ったことも目視していたはずだ。あるいは、国道４１１号線からの分岐までは、車でつけていたかもしれない。

どちらにせよ、タクシーが塩山駅に戻ってきたところで、民雄たちが善兵衛ロッジで降りたことはわかったはずだ。運転手から聞けば、民雄たちの目的地が花ちゃん山荘であると特定することは難くないだろう。

山小屋にはすでに五十人近い赤軍派の活動家たちが集まっていた。関西の赤軍派の幹部クラスは九月来徹底マークされているはずだから、北海道警察とはまったくべつのルートでも尾行がついていたのではないか。マークされているすべての幹部が、尾行をまけたとは思えない。少なくともあとひとつかふたつのグループは、民雄たちと同様に公安部の捜査員たちをこの山小屋に誘ってしまったはずだ。

警視庁公安部は、情報を総合して、山梨県内で相当規模の「何か」があることを察知したろう。

つまり昨日のうちに、警視庁公安部は、いや、個人の名を出して言うなら、笠井班長は、赤軍派の実力行動部隊がひそかに山梨県大菩薩山塊に集まっていることを把握し、対策に乗り出しているはずだ。

問題は、いまこの山小屋にいるグループが、どれだけの武器をここに運んできているかだ。占拠中の大学のキャンパスを使うのではなく、わざわざ人里離れた山中で訓練するのである。ここにあるものは、ただの角材や鉄パイプではない。猟銃か、あるいは外国から密輸入された突撃銃がいくつかあるのではないか。赤軍派にそれだけの資金力も、また実際的な調達能力がないとしても、手製爆弾がある。彼らはじっさい、九月の「大阪戦争」と「東京戦争」でそれを使っているのだ。

ここに、銃か爆弾がある……。

民雄は、口の中の歯磨き粉の溶けた唾《つば》を地面に吐いてから、もう一度小屋の周囲を丹念に見渡した。すでに運び込まれているのだろうか。銃は重くてかさばる。ケースにいれて運ぶにしても目立つ。分解して運ぶ場合は、赤軍派の中に本物の軍事訓練を受けたものがいるということが前提になるだろう。退職自衛官とか、キューバに渡航した活動家とか。存在するだろうか。共産同赤軍派の結成は九月だ。それから要員をキューバに派遣したというのは非現実的だ。ありうるとしたら、退職自衛官の線か。それらしい男はいたか。

爆弾なら、かさばらない。ひとりひとりのリュックに収めて、二、三十個運びこむことは可能だろう。いまここにあるのは、爆弾だけか。逆の言い方をするなら、彼らが用意した武器は、扱いにもさほどの習熟を必要としない爆弾だけということか。それならば、山の中で数日、特訓するだけでも、使えるレベルに達する。

民雄は、山小屋の裏手にまわった。地形全体を把握したかった。しかし裏手の斜面に上っても、さほど視界は広がらなかった。

ここに爆弾がある、と警視庁公安部が判断した場合、公安部が活動家たちをもう一度都会に解き放つことはないだろう。とくに東京に向かわせることはないはずだ。都会で彼らに爆弾を持たせてしまえば、検挙はきわめて困難になる。市民にも、検挙にあたる警察官にも、多大の被害が出るだろう。

となると。

民雄はごくりと唾を飲み込んだ。

警視庁公安部は、ここに集まった活動家たちを、この山中で検挙する。あるいは、山を降りるところで一斉検挙する。適用される法律は、凶器準備集合罪か。

警視庁公安部と山梨県警は、一斉検挙の準備にどれぐらいの時間をかけるだろうか。

この訓練の日程は、訓練の出来次第で変わると、軍事部の山倉が言っていた。ということは、明日には山を降りるのかもしれず、三日後なのかもしれない。三泊で借り切っているというから、明後日で訓練終了という線は濃厚であるが。

時間をかければ、ここにいる面々の武器取り扱いの練度も上がる。団結心も醸成されて、一致結束してことにあたる強い武装組織に変貌《へんぼう》する可能性もあった。

警視庁公安部が、時間をかけることはあるまい。明日あたりには、機動隊数個中隊を動員して、一気に検挙にかかるのではないか。

問題となるのは山倉たちが山小屋の管理人家族を人質とする場合だ。そうなると、ひとの頭数と力だけでは、一斉検挙は難しくなる。

民雄は、斜面を降りて、もう一度山小屋の正面にまわった。

警視庁公安部は、遅くともきょうの昼くらいには、善兵衛ロッジに監視要員を置くはずである。通信設備も運び込まれることとだろう。歩いて十五分の道のり。もし三十分間、他人の目から隠れることができるなら、自分が善兵衛ロッジまで情報を伝えに行くことはできる。

その場合、伝えねばならない情報は、どういうものか。

まず集まっている活動家の数だ。それに幹部の姓名。集まった目的。武器の種類と数。今後の予定。小屋周辺の地形、地勢。それに監視、警戒のあるなし。あるとすれば、その位置と人員の数。

大事なのは、武器の種類と数だ。それ次第で、検挙の作戦がまるで変わってしまうのだ。

民雄はもう一度、山小屋とその周辺の地形を観察した。

そこに声がかかった。

「安城さん」

宮野だった。彼も手に歯ブラシを持っていた。

「早いんですね」と言いながら近づいてくる。

宮野の足元で地面が鳴った。キャラバン・シューズの固いゴム底が、砂利まじりの地面を踏みしだいているのだ。ということは、機動隊がここに近づけば、かなりの音となる。ましてやそれが払暁《ふつぎょう》などの時刻であれば。

「目が覚めてしまった」

「ここは、寒いんですね。北海道よりずっと冷える」

そこにまた声。

「安城、何やってる？」

山小屋の二階の窓の雨戸がひとつ開いていた。吉本が顔を出している。

民雄は答えた。

「歯磨き」

「布団《ふとん》を上げたら、飯だぞ」

「いま戻る」

民雄は、無駄話を装《よそお》って宮野に言った。

「この山小屋、何人でやってるのかな。五十人もの人間に飯を出すんだから、夫婦ふたりってことはないよな」

宮野は山小屋のほうを振り返って言った。

「調理場には、中年の男女と、いくらか若いって感じの女のひとがいたね。若いひとはアルバイトかな」

「三人か」

「もっといるのかもしれないけど。見たのはそれだけ。家族営業でしょう」

宮野の顔は、昨日と較《くら》べるとかなり余裕が出ていた。ひと晩眠ったことで落ち着いたのか。それとも、先行きの覚悟が決まったのか。

とはいえ、と民雄は宮野の横顔を見やりながら思った。この程度の活動家が、爆弾を手にしての実力行動に参加するなど無茶な話だ。彼にとっては、革命も武装蜂起《ほうき》もすべて文学や詩のモチーフ、夢の対象であるからこそ魅力的なのだ。彼は、現実の破壊や流血や殺戮《さつりく》を受け入れるだけの思想的根拠など持っていない。いざ自分が爆弾を持ち、目の前に機動隊の壁を見たときに、はたして確信犯としての爆弾投擲《とうてき》犯になれるかどうか。千切れた肉体や飛び出したはらわたを目《ま》の当たりにしても、なお自分は正義のためにそれをなしたと言い切れるかどうか。彼はそれほどに鍛えられた革命家か？

ちがう。

札幌には、彼の身を案じる恋人もいるのだ。彼女だって、宮野がまさか爆弾を持って機動隊の壁に立ち向かってゆくとは想像していないはずだ。せいぜいが角材を手にしてジュラルミンの楯《たて》を叩《たた》く宮野の姿を思い描いているだけだ。

この男を、一斉検挙の前に、つまりここで爆弾が破裂しないうちに、この場から遠ざけることはできないだろうか。離脱することが自然に感じられる何かうまい理由を見いだすことはできないだろうか。

思いつかなかった。民雄は洗面所で口をゆすいでから、部屋にもどった。もう布団は畳まれて、隅に重ねられていた。

七時二十分前に、全員が山小屋の前に出るよう命じられた。体操をするのだと言う。五十人ばかりの青年たちはみな肩をすぼめ、背を丸めて、寒い寒いと騒ぎながら外に出た。

全員の前に立って、NHKのラジオ第一体操の指導をしたのは、昨日の山倉だった。彼だけは薄着だ。彼は大声で調子を取りつつ、模範となってその体操を終えた。

食堂に入ったところで、黒いセーター姿の増子が言った。

「食事の支度は、みんなで手分けしてやってくれ。あんまり管理人さんたちに世話にならないようにな。まず今朝は、一号室から。食事も部屋の順に、二号室から取りにいってくれ」

食事当番となった一号室の八人が立ち上がった。民雄たちの部屋は四号室だから、明日の夕に当番がまわってくることになるのだろう。

全員に食事が行き渡ったところで、また増子が立ち上がって言った。

「食事をしながら聞いてくれ。朝飯が終わったら、大菩薩嶺を目指す。寒いので、防寒対策は十分に。昼御飯は、この山小屋でにぎり飯を作ってくれるので、山頂で食べることになるだろう。個人装備としては、水。それに軍手。忘れないようにな。交代で、共同装備も担《かつ》いでもらう」

共同装備。

それが武器なのだな、と民雄は思った。交代で担がなければならないとしたら、数が多いか、重量があるか、どちらかだろう。爆弾であれば、数が多くて重いということになるだろうが。

食事のあと、もう一回用便や着替えのための時間があった。午前八時出発だという。民雄は、手早く支度をすませると、食堂のカウンターごしに調理場をうかがった。管理人の家族が、このワンゲル同好会合宿を装う青年団体に何らかの疑念を抱いていないか、それを確かめたかった。主人らしき男性は見あたらなかった。

中年の婦人と、若い女性が、流し台の前で働いている。ふたりの様子を見るかぎり、この団体客に不審を抱いているようではなかった。冗談を言い合いながら、食器を洗っている。その声は、はずんでいるようでもある。この季節に五十人という客は、悪くない売り上げになるはずだった。不審を感じるどころか、無条件に歓迎しているのかもしれない。

外に出てみると、山小屋の脇《わき》の四輪駆動車のエンジンがかかっている。誰か下山するのか？　町に行くのか？

腕時計を見た。午前七時二十分だ。この時刻では、まだ警視庁公安部は、善兵衛ロッジに捜査員を派遣してはいまい。塩山警察署にも、到着していないだろう。

小屋の横手で、コーン、コーンと澄んだ音が響いてきた。まわってみると、小屋の主人らしき中年男が薪《まき》を割っているところだった。一尺ほどの長さに切られたナラ材を、薪ストーブで燃やしやすいように、縦に三つ四つと斧《おの》で割っているのだ。

離れた位置から観察したが、この主人もとくに泊まり客を疑っているようではない。不審もないようであるし、嫌悪《けんお》なり恐怖なりの想《おも》いを無理に押さえ込んでいるようでもなかった。

こういう団体客は、さほど珍しいものではないのだろうか。何年か前、東京の私立大学のワンダーフォーゲル部が、奥秩父《ちちぶ》の山中で新人たちを暴力的にいじめ抜いた事件があった。あの事件では死者がひとり出たのではなかったろうか。あのようなクラブの合宿であれば、たしかにいまのこの団体以上に雰囲気は殺伐として、全体に暗く重苦しい空気に覆《おお》われるであろう。それに較べれば、この団体の持つ雰囲気など、むしろ牧歌的と言えるのかもしれなかった。

薪を割っていた主人が、民雄の視線に気づいたのか手を止めて顔を上げた。目が合うと、主人は微笑し、おはようございます、とでも言うように、小さく頭を下げた。民雄も黙礼を返した。

主人に近づいて、それとなく訊《き》いてみようかと考えた。きょう、山を降りる予定はあるのか。やってくるお客はあるのか。食料品の配達などはないのかといったことをだ。メモを渡して、善兵衛ロッジから電話をかけてもらうというのはどうだろう。自分たちが訓練に出かけたあと、家族の誰かが連絡のために山を降りても気づかれることはない。できることならば、家族全員、いますぐ山を降りてもらってもよいくらいだ。もっとも、その場合、山倉や増子たちがおかしいと察して、ただちにこの山小屋を引き払うことになるかもしれないが。

そのとき山小屋の裏手の入り口が開いて、小さな女の子がふたり飛び出してきた。

民雄は驚いた。子供がいるのか。

ひとりは八、九歳と見えた。ランドセルを背負っている。もうひとりは四、五歳だろうか。年上のランドセルを背負った女の子のほうが、四輪駆動車の助手席に乗った。

山小屋の主人は薪割りをやめて、運転席に乗った。小さな女の子は、年上の子に手を振った。四輪駆動車は、すぐに山小屋前の林道に出ていった。

行く先は善兵衛ロッジだろうか。そこから先、スクールバスが走っているかどうかわからなかった。それとも、登山口下の集落の学校まで送るのだろうか。

いずれにせよ、と民雄は思った。とにかく警視庁には正確な情報を伝えて、対応の選択肢を増やしてやらねばならなかった。最終的にどのような手を打つかは、公安部が決定すればよいのだ。山を降りたところで待ち伏せして検挙か。交通機関そのものを止めて包囲してしまうか。ここに子供がいるとなれば、この山小屋を包囲して一斉検挙、という手は取らないような気がした。危険すぎる。

玄関に入ったところで、トイレから出てきた宮野と顔を合わせた。

宮野が言った。

「昨夜はカラスの行水だったし、朝、シャワーを浴びられないっていうのは、つらいですね。きょうも汗かくんでしょうし」

「遊びにきたんじゃないからな」

「訓練が終わったら、温泉に行きたいですよ。行けますかね」

「おれが知るか。山倉さんに訊けよ」

宮野は驚いた顔となった。

「怒ってますか？　おれ、何か気に障《さわ》ることを言いました？」

「怒ってない」

民雄は階段を上った。

山小屋から一時間三十分で、大菩薩嶺に到着した。樹林のあいだの尾根道を登ってきたのだが、途中で岩場に出た。その部分だけは、きつい登りとなった。紅葉が見事だった。

森林限界を抜けるとほどなく大菩薩嶺の稜線《りようせん》で、ここからは道が楽になった。振り返ると南に上日川ダムの湖面が見え、その向こうに富士山があった。

標高二千五十七メートルの大菩薩嶺の山頂で、腰をおろして休憩した。急峻《きゆうしゆん》ではなく、馬の尻《しり》のように丸い山頂だった。まだ午前九時三十分である。

全員がこの山頂まで登ってきたわけではなかった。四人が、何かあったときの連絡要員として、山小屋に残ったのだ。警察に急襲される、自分たちの素性がばれる、などという事態を想定しているのだろう。

幹部たちのそばにいる面々のうちふたりが、小ぶりのキスリングザックを背負っていた。ほかの面々はみな小さなナップサックだから、そのふたりの荷物は目立った。爆弾が入っているとしたらあれだろう、と民雄は見当をつけた。しかし、見たところやはり、銃を収めていると見える荷物はなかった。

休憩しているあいだに、軍事部の山倉が部隊編成を発表した。山小屋の部屋単位の分け方は、いまここだけのものだ。実力行動については、今後すべてあらたに編成された部隊単位でおこなわれるという。

編成の最小の単位は、学校だった。大学、高校ごとにグループが分けられた。それまで支部と呼ばれていた単位が、軍事的には分隊と呼ばれることになったのだ。旧左翼で言うならば、細胞にあたるものがこれだろう。多数のメンバーを擁する学校は、分隊がふたつ三つと作られた。

分隊はいくつかまとめられて小隊とされた。これはおおむね地域単位だった。四つの小隊が作られた。北海道の分隊は、東北地方の分隊と一緒に、第四小隊を作ることになった。

小隊の上に、軍事部の委員会があった。これが、事実上の司令部なのだろう。その一部は、赤軍派の幹部会と一体になっているはずである。

山倉の発表する組織と編成を聞いていて、民雄は微苦笑をこらえるのに苦労した。この程度の運動に対して、つけられている名前が大仰すぎる。分隊にせよ、小隊にせよ、委員会にせよ、警察組織を知っている身で見るなら、それは軍隊ごっこに過ぎなかった。外部に対して、とくに警察に対して、じっさいの運動体よりも大きく見せたいということなのかもしれない。しかしそれは、当事者にも滑稽《こっけい》にしか感じられないはずだ。もし山倉や増子がこれを滑稽に感じないとしたなら、その感覚は浮世離れしている。戦うべき相手の力さえ冷静には判断できていないことになる。

民雄は、編成分けされたメンバーの数を数えた。自分を含め総計五十三人だった。そのうち四人が山小屋に残っているから、山頂までやってきたのは四十九人ということになる。

編成発表のあとに、分隊長が指名された。すぐに集まれとのことだ。北大からは吉本が立ち上がって、分隊長会議に参加した。

民雄の隣りの岩に腰を下ろしていた宮野が言った。

「分隊とか小隊って、散文的すぎると思いませんか」

民雄は意味がわからずに宮野を見つめ返した。

宮野は言った。

「おれの思い描く革命の組織って、四季協会なんです。ブランキの組織。知ってます？」

ブランキ、というフランスの革命家の名前だけは知っていた。大学入学前の、左翼思想についての特訓の際に、教官から教えられたことがある。もう時代遅れの社会主義思想家ではなかったか。

宮野は言った。

「おれたちの運動は、敵さんの組織論と同じであっちゃならないと思うんですよ。それだと物量の勝負でしかない。警察と自衛隊には絶対に勝てない」

「冷静なんだな」

「ええ。だから、帝国主義の軍事組織に対しては、革命の軍事組織が置かれるべきだと思うんですよね」

「たとえば？」

「最小の単位は、七人編成で、一週間と呼ぶ。日曜日が分隊長。四週間が集まって、ひと月を作る。これが小隊でしょうかね。月が三つ集まって季節となる。これが中隊。季節四つで一年。これが大隊」

「同じことじゃないか。名前がちがうだけだ」

「名付けたものは実体化します。軍隊ではなく革命のための共同性。それが四季協会だと思うんです。おれは、分隊の兵士って呼ばれるよりは、五月の第一土曜日って呼ばれるほうがいいな」

「じゃあ、その四季協会では、第四機《よんき》動隊とぶつかるのは、六八年の春、とかってことになるのか」

「すごく美しいでしょ」

民雄はため息をこらえた。

吉本が、打ち合わせを終えて戻ってきた。

「もう少し歩く。訓練に向いた場所を探す」

宮野が訊いた。

「まっ平らなところですか？」

「いや。盆地みたいな場所。ひとの目から隠れて、音が周囲にもれないところ」

「ひとの目なんかないじゃないですか」

「そんなことはない。見ろ」

吉本が、南の大菩薩峠方向に伸びる尾根道の先を指さした。一キロほど離れたあたりに、ふたつの影があった。こちらに向かっているようだ。

警官だろうか？

考え直した。こちらが武装した数十人と考えられるときに、警官がふたりきりでやってくるわけがない。多勢に無勢、ひとりの逮捕もできないばかりか、自分たちの身も危険だ。あれは登山者だろう。花ちゃん山荘の前を通り、大菩薩峠に向かう山道からこの稜線に出たのではないか。

つまり、この山には一般の登山者もまだこれからやってくる可能性がある。そんな登山者に、警察への通報を頼んでもいい。情報を託してもよかった。ただ、はたしてそのような登山者と接触できるかどうか。山倉は、このグループの誰かが登山者と話をすることを許すだろうか。

出発の合図があった。登山道をさらに北に向かうという。あまり使われない登山ルートとのことだった。そちらのほうであれば、人目のない訓練適地があるのかもしれない。一時間ばかり稜線上の道を歩いたが、手頃な広さのある平坦地《へいたんち》はなかった。途中何度か小休止があって、そのたびに山倉は周囲を探りにゆかせたが、やはりよい場所は見つからないようだった。

とうとう午前十一時になって、昼食ということになった。山道を歩いて多少疲れも出てきたせいで、幹部たちの不手際《ふてぎわ》について不平を言う者が出てきた。

武装蜂起《ほうき》の訓練を、こんな山中でするのが適当なのかどうか。下見はしたのか。武器は用意されているのか。そのような疑問が率直に山倉たちに向けられるようになった。

その雰囲気を察した増子や山倉たちが、弁解した。

この訓練の目的は、武器の扱いに習熟することではなく、団結心の醸成と精神力の鍛練である、と。この初冬の山中を行軍することは、革命の戦士の胆力を高め、おのれの精神力に対する自信を養う。武器を取り扱わなくても、訓練の目的は達せられると。

高校生と見える青年が、無邪気に山倉に訊いた。

「精神力には自信がありますけど、おれら、何か武器は持てるんですか。相変わらず鉄パイプですか」

背の高い、ひょろんとした顔だちの少年だ。

山倉が訊いた。

「きみは、どこの分隊だった?」

少年は、京都の私立大学の付属高校の高校生だった。鎌田《かまた》、と名乗った。

「鎌田くん、前に出てくれ」

鎌田と名乗った少年が山倉の前に立つと、山倉は振り返って、キスリングザックを運んでいた青年たちに合図した。青年のひとりが、キスリングザックからふたつの筒状のものを取り出した。ひとつは煙草《たばこ》のピースの缶ほどの大きさだ。銀色に光っている。もうひとつは、鉛色の鉄パイプのようなものだった。太さ三センチ、長さは十五センチほどだろうか。缶のほうも鉄パイプのほうも、片端には黒い工業用粘着テープが厚く貼《は》りつけられていた。

山倉はひとつを受け取って、鎌田に示した。

「爆弾だ。このとおり、炸薬《さくやく》はピース缶と鉄パイプに詰めてある。自動車一台を破壊できる」

その場の青年たちは黙りこんだ。

民雄はそのピース缶爆弾を凝視した。本物だろうか。炸薬のほかに、何が詰まっているる？ パチンコ玉か？ 何かべつの鉄片か？

「持て」と山倉がピース缶を差し出すと、鎌田は一瞬たじろぎを見せてから、慎重に両手で受け取った。

「重い」鎌田はもらした。

山倉はそのピース缶を引き取ると、鉄パイプを鎌田に差し出した。

受け取って鎌田はまたもらした。

「これも重い」

山倉は言った。

「どっちも、自動車一台を破壊できる。武器の準備は進んでる。心配するな」

「これ、どうやって使うんです？」

「ぼちぼち教える」

そこに、山道からそれて斜面の下を見にいっていたひとりが帰って来た。

「ここの沢なら、できそうです」

一行は、斜面下の涸《か》れ沢に降りることになった。その涸れ沢まで、標高差は七、八十メートルだろうと見えた。

涸れ沢の途中に、小さなテラスのできているところがあった。

山倉は、沢に降りてきたメンバーを見渡して言った。

「一個だけ、威力を見せる」

銀縁の眼鏡をかけた青年が、自分のリュックサックの中から工具箱を取り出した。この青年が爆弾製作担当だろう、と民雄は見当をつけた。眼鏡の青年はテラスの岩のあいだに鉄パイプを置き、工具を使ってこれに何か仕掛けを施した。民雄はその位置から十メートルほど離れていたので、どのような仕掛けなのかはわからなかった。起爆装置でも装着したのかもしれない。

さらに眼鏡の青年は、ほかのメンバーに手伝わせて、鉄パイプの周囲に石を置き、その上に枯れ枝をたっぷりとかぶせた。

山倉が、全員に退避するよう命じた。沢の上、少なくとも五十メートルは離れろと。山倉とその青年とのあいだでふたこと三言やりとりがあり、やがてその青年も沢から上がって陰に隠れた。

「あと二分」と山倉が言った。

青年は時限起爆装置を取り付けたようだ。

「もうすぐだ。頭を隠せ」

民雄は頭を引っ込めた。すぐに腹に響くどんという鈍い音がして、地響きがあった。ついで、ぱらぱらと周囲の地面に固いものが降り注ぐ音。

「いいぞ」と山倉が言った。

民雄は頭を出して、爆弾の仕掛けられた位置を見た。枯れ枝はきれいに吹き飛んでいた。火薬の匂《にお》いが鼻を突いた。

もう一度沢に降りて、爆発のあった場所を眺めた。テラスの川床に小さな穴ができている。周囲に置いたはずの石は吹き飛んでいた。枯れ枝などは半径十数メートルの範囲に飛び散っていた。想像以上に大きな威力だ。

民雄は宮野の顔を探した。彼は民雄の少しうしろに立っていた。威力に驚いたという顔だった。

山倉は言った。

「一回見たんだ。音にも威力にも、うろたえるなよ」

民雄はあらためて決意した。この連中にこの爆弾を持たせたまま、下山させてはならない。検挙はこの山中であるべきだった。

尾根道まで戻ったところで、山倉が言った。

「小屋まで戻るぞ。きょうは、足腰の鍛練。それで十分」

腕時計を見ると、午後一時になっていた。山小屋花ちゃん山荘に帰り着くのは、午後四時前くらいになるだろう。

同じ稜線上の道をもどって、往路にも使った唐松尾根《からまつ》への道の分岐にきた。南の大菩薩峠方向に目をやると、またひとり登山者の姿が見えた。彼もおそらく、花ちゃん山荘の前を通って善兵衛ロッジへと出るコースを通るだろう。彼よりも先に自分たちが花ちゃん山荘に着けば、彼にメッセージを託すことができるかもしれない。

小休止のとき、民雄は便意を催したと言って一行から離れ、岩陰に入って、手早く自分の財布を取り出した。カネは抜き出してポケットに収め、北大の学生証の裏に、鉛筆でこう書きつけた。

「至急一一〇　一一／四

赤五十三、Ｂｓあり」

この学生証を財布の中に戻して、岩陰から立ち上がった。

予測よりも早く、民雄たちは午後の三時半に山小屋に帰り着けた。

庭先で薪《まき》割りをしていた管理人が、屈託のない表情で、お帰りなさいとあいさつしてくる。連絡要員として残っていた者たちも、微笑して庭先まで迎えに出てきた。ということは、昼のあいだに捜査員たちがこの山小屋に様子を見に来てもないようだ。

警視庁公安部は、赤軍派がこの花ちゃん山荘に集結していることを把握していないのか？　善兵衛ロッジまでもまだ部員を送ってはいないのだろうか。

身体《からだ》を動かし、汗を流してきたせいで、青年たちの表情が今朝よりもずっとほぐれていた。差し障《さわ》りのない範囲で、冗談が飛び交うようになっている。山倉や増子たち幹部連中の表情も、軽やかなものになっていた。

これからの時間なら、目を盗むことは可能かもしれない。

増子が指示を出した。

「晩飯は五時。食事当番は、第二班。きょう決めたチーフ連中は、第二班の部屋に集まってくれ。あとの者は一班から順番に風呂《ふろ》。二十分交代」

民雄は部屋には入らず、庭に立って、登山道に注意を向けた。さっき見た登山者が通るならば、彼にメッセージを託すつもりだった。

庭にはまだ数人の青年たちがいて、煙草を喫《す》いながら談笑している。彼らの注意をひいてはまずい。民雄は、さも周囲の自然や山小屋の生活に関心があるかのように、庭を歩きまわって、周囲のあれやこれやに注意を向けた。さきほど見た登山者が暗くなるまでに善兵衛ロッジにもどろうとするなら、そろそろこの花ちゃん山荘の前を通ってもふしぎはないはずだった。

時計を見た。午後の四時十分前になっていた。

すでに通過ずみか。

あきらめかけたところに、人影が目に入った。登山道の合流点の方向から歩いてくる。民雄は庭に出ている青年たちを見た。幹部連中ではない。しかし、民雄がここであの登山者に近づいてゆけば目立つ。大きな声でメッセージを伝えることはできない。

民雄はゆっくりと道の方向に歩いて、左右の木々の梢《こずえ》を眺めた。そこに珍しい鳥でも探しているかのように。

やがてその登山者が、顔がわかる距離まで近づいてきた。四十前後の、いかにも登山慣れした風体の男だった。赤いチロルハットをかぶっている。

どう声をかけるか。その言葉とタイミングに迷っていると、向こうからこんにちはとあいさつしてきた。民雄もあいさつを返した。

男は屈託のない声で言った。

「さっき稜線で見たひとたちかな」

ありがたい。彼のほうから話しかけてくれるとは。民雄は煙草を喫っている青年たちの視線を意識しながら、彼のほうに近寄った。

「そうなんですよ。おひとりですか?」

「そう。この季節だと、仲間もいなくて」

「善兵衛ロッジにゆくんですか」

「あそこに車を停めてあるんだ」男は足を止めた。「あと十五分ぐらいでつけたね」

「そんなものでしたね」

民雄は、庭の青年たちから見えぬように財布を取り出し、男に示して言った。

「道で拾ったんですけど。これ、善兵衛ロッジのひとに渡してくれませんか？」

「財布？　カネを預かるのはいやだな。ここの山小屋に預けるんでいいんじゃないの？」

「中身はカラですよ。身分証明書が入ってるだけ。きっと持ち主、困ってるでしょうから」

警察に駆け込んでくれ、と言おうか、とも思った。事情を手早く話して。しかし、話が長引いた場合、あの青年たちに疑われる。幹部連中が出てくる。

「お願いしますよ」と、民雄はカラの財布を相手の手に載せた。「頼みます。何かいわくがありそうです」

男は怪訝《けげん》そうだ。まばたきし、山小屋の庭と民雄とを交互に眺めてきた。民雄の表情に、何か奇妙なものを感じたのかもしれない。

「どこのパーティなの？　ずいぶん大勢だったね」

民雄は咄嗟《とっさ》に言った。

「ベトナム戦争反対の」

「え？」

「ホーチミンのパーティです」

後ろから声がかかった。

「安城、どうかしたか」

吉本の声だ。民雄は振り返った。玄関口に吉本が出てきていた。不審気な目を向けている。

民雄は、短く、お願いしますと言って、その男のそばを離れた。

「どうしたんだ？」と、もう一度吉本が訊《き》いた。

「べつに。話しかけられたから」

「知り合いじゃないよな」

「山じゃ、誰にでもあいさつするみたいですよ」

「余計なことを言ってないだろうな」

「余計なことって？」

「ここにいる目的とか、自分たちはなにものだとか」

「言うわけないじゃないですか」

民雄は首をめぐらして登山道に目をやった。あの登山者は、また歩き出していた。横目で民雄たちを見ている。しかし、もう親しげな表情は見せていなかった。

食事を終え、風呂もすませたところに、指示があった。二階の奥の部屋に集まれというのだ。

民雄たちが出向くと、襖《ふすま》を開けてふた部屋がひとつの広間となっていた。畳二十枚ほどの広さだ。この部屋であれば、多少の危険な話題を口にしても、管理人たちに聞かれる心配はないだろう。すぐにこの広間に全員が集まった。

増子が部屋の中央に立って言った。

「同志諸君。この訓練に参加してくれて、ぼくらはほんとうに心強く思っている。ぼくらの目指す社会主義革命のために、命を投げ出すという同志がこれだけいることを、ぼくらは誇りに思う。きょう編成された軍事行動部隊は、ぼくらブント赤軍派の軍事組織の中核となる組織であり、前衛だ。来《きた》るべき革命戦争の最強・最精鋭の推進力だ」

集まった青年たちが、歓声を上げかけた。拍手をし始めた者もいる。増子はあわててそれを制止した。

「待ってくれ。ときの声を上げるのはまだ早いんだ。いまはまだ、声をひそめてその日を待とう。そんなに先のことじゃあない。山を降りて、すぐにその日がくる」

高校生の鎌田が言った。

「組織だけ先にできても、銃がないとな」

笑い声がもれた。賛同の意味の笑いが大半と聞こえた。

増子はうなずいて言った。

「わかっている。本格的武装蜂起《ほうき》のために、武器調達も計画している。諸外国の革命勢力との連帯と、実際的な援助も追求している。具体的な時期、方法は言えないが、そんなに遠くない将来、ぼくらはもっと本格的な軍事訓練を受ける機会を手に入れられる。それは、この部隊がほんものの革命軍に成長するということだ」

「異議なし」とひとりが言った。

多くの者が、控えめな声でこれに唱和した。

民雄は思った。革命に武装蜂起に革命軍。これらは、多くの連中はとうにすませてきた話題なのだろうか。いま突然明らかにされたことではなくて、口には出さないけれどもみな了解していた目標であり、方針であり、展望なのだろうか。自分は北大ブントの集まりには参加していなかったから、何もわからないが。

ちらりと横の宮野の顔を見た。上気しているように見える。よしんばいま初めて告げられたことだったとしても、受け入れるつもりになっているのだろう。同じ釜《かま》の飯を食い、同じように汗を流した体験は、山倉も言っていたとおり、一体感、連帯感の醸成には効果的なのだ。ひとを高揚させ、感激させ、情動的にさせる。その場の誰かの指示や命令に、反射するように従うようになる。警察官の訓練でも、同じ手法が使われる。

この赤軍派の場合、隔離された環境にひとを集めたこと、することが危険な非合法活動だということで、参加者たちはいともあっさりと、幹部たちが期待したとおりの気分を共有してしまった。これがあと数日続き、途中で何か深刻なトラブルを共同で解決したというような体験でも付加できるなら、一体感、連帯感は完璧《かんぺき》なものになる。もしこの空気に違和感を感じている者があるとすれば、自分のように免疫《めんえき》のできた、すれた青年だけだ。

室内が静まると、増子は書類ホルダーを示して続けた。

「ついては、全員に、この決意表明書にサインしてもらいたいんだ。佐藤訪米阻止のため、生命を賭《と》して武装蜂起に立ち上がると。政府中枢攻撃・占拠闘争に決起すると。自分のサインと、自分自身でつけ加える決意もひとことと」

少しのあいだ部屋が沈黙した。

わりあい年かさと見える青年が、関西なまりで言った。

「それって、遺書やろか」

増子は答えた。

「いいや。だけど、もし死んだ場合は、そのように読まれるかもしれない」

「遺書書くとなると、なんかリアルになってきたなあ」

部屋の多くの青年たちが笑った。

民雄は、横にいる宮野に小声で聞いた。

「お前、遺書を書く覚悟なんてできてるのか」

宮野は答えた。

「決意表明を書くっていうだけですよ」

「おれは」視線を宮野の横の吉本に移して民雄は言った。「武装蜂起なんて聞いていない。佐藤訪米阻止のための実力行動だってことで、やってきたんだぞ」

吉本が、それがどうしたとでも言うように言った。

「承知してると思っていたよ。意味ある実力行動ってのは、武装蜂起と同義だ。それともブントのことを、合唱サークルか何かだと思ってたのか」

小野寺が割って入った。

「安城も、署名のあとに、自分が信じていることをつけ足せばいいじゃないか。テストとちがう。正解なんてないんだから」

書類ホルダーとボールペンが渡された。

しかたなく民雄は、真意を疑われることのないよう、署名のあとに書いた。

「戦士が何者か、戦士の胸のうちにあるものは何か、誰ぞそれを知らん」

宮野がのぞきこんで言った。

「ずいぶん詩的だな」

「これでも露文専攻だ」

民雄は宮野の決意表明文をのぞいた。暴虐《ぼうぎゃく》のもとの世界のすべての人民と連帯して戦う、と書かれていた。この場の誰もが書きそうなフレーズだった。民雄は感想を漏らさなかった。

自分の通信が警視庁公安部に届いたならば、ほどなく公安部はこの山小屋の下、善兵衛ロッジのあたりに機動隊を配置する。ここの面々が都会に散る前に一斉検挙にかかる。ここにはどうやら銃はないようであるし、爆弾もすぐに使える状態のものではない。あまり流血を見ることなく、一斉検挙は終了するはずだ。ならば逆に、宮野の身は安全だ。公安事件で逮捕歴がある、という記録は残るが、この先の社会的生命が完全に絶たれるわけでもなかった。もう、事前にこいつを逃がしてやろうなどとは、考えないようにしよう。

守谷久美子の顔が一瞬浮かんだ。ここでの検挙であれば、おれは彼女の期待に応《こた》えたということになるだろうか。

全員が決意表明文を書き終えると、増子がこれを集めて言った。

「ようし。ではきょうはここで解散。明日も一日、山で基礎訓練をおこなう。明日は、きょうよりもずっと実際的で具体的な訓練になる。朝六時起床。七時朝食。八時出発。

例のとおり、この山小屋の中では、左翼的な会話は禁止」

関西訛《なま》りの青年が言った。

「部屋で歌をうたうのはどうや」

「どんな歌だ?」と増子。

「岡林とか、フォークルとか」

関西の、フォークソング歌手とグループの名が出た。

「そういうのはいいだろう。インターとワルシャワ労働歌は駄目だ」

その場の青年たちの多くが笑った。


その夜はみな、消灯時刻になっても、お互いに部屋を行き来しては話を続けた。民雄も吉本にぴたりとついて、部屋を移動した。どこでも電池式の置き型懐中電灯が、室内灯代わりだった。

左翼的な話題は避けようということだったけれど、けっきょくのところ、ここで共通の話題と言えばそれ以外にはないのだ。直接的に現今の党派や運動自体は話題にならなかったが、現代史やベトナム戦争、キューバ革命の話が中心となった。

民雄自身は話題には加わらなかった。ただ、語った者の顔、名前、立場と発言の内容を覚えようと努力した。

さすがに午後の十一時になると、眠りにつく者も出てきた。この日の往復七時間あまりの登山は、けっこうな体力消費だったのだ。民雄は吉本が寝ようと立ち上がるまで待ち、一緒に自分たちの部屋にもどった。

6

目を覚ましたときは、外はまだ暗いようだった。雨戸のわずかな隙間《すきま》から、外の薄明かりがわかる。日の出三、四十分前ぐらいだろうか。腕時計を見ると、午前五時二十分だった。

なぜ目覚めたのか、すぐに理由に思い当たった。何か金属同士の触れるような音を聞いた気がするのだ。ざっざっという靴音もだ。

もしや。

民雄は少しだけ上体を起こし、耳をすませた。部屋ではいびきをかいている者もいる。目覚めている者はいないようだ。山小屋全体は静まり返っている。管理人たちも起きてはいない。

そう思ったとき、階下で物音がした。戸が開くような音。足音。くぐもった低い声も聞こえる。子供の声が短くこれに混じった。

管理人たちが、山小屋を出ようとしているのか？　意識をさらに物音に向けた。庭で足音がする。何人かが駆けてゆくような音。

隣りの部屋で、誰かが叫んだ。

「警察だ！」

山小屋の中が騒然となった。

「警察？」

「どこだ？」

「明りは？」

民雄の部屋の者たちは、みな布団《ふとん》をはね上げた。

誰かが、ライターをつけた。吉本が腹這《はらば》いになって窓に近寄り、雨戸を少し開けて外をのぞいた。この部屋の窓は、小屋の前庭に向いている。

吉本が言った。

「機動隊だ。楯《たて》が見える」

宮野が、民雄を見つめてくる。ほんとうだろうか、と訊いている顔だ。

廊下を何人かが走ってゆく。

山倉の声が聞こえた。

「下にこい。バリケードを作るぞ」

そこに、外から大音量で声があった。

「赤軍派の諸君。包囲されている。両手を頭の上に置いて、ひとりずつ出てこい」

スピーカーで増幅された声だった。

正面で、投光器がついた。いくつかのライトが、山小屋の玄関口や二階の窓に当てられている。民雄の部屋の雨戸の隙間からも、強力な光が差し込んできた。吉本は顔をひっこめると、腰をかがめて部屋を出ていった。

民雄はよつん這いで窓に近寄り、外をのぞいた。空はまた少し明るくなってきていた。青い光の中に、黒い影の連なりが見えた。ジュラルミンの楯が、鈍く空の明りを映していた。正面、見える範囲で数えると、二百人以上いるようだ。

廊下の反対側の部屋で、吉本が言っている。

「裏手に逃げられる」

何人かは、窓から一階の屋根に出ていったようだ。トタン屋根を踏む音が聞こえてきた。

ところが、山小屋の裏手からも声があった。

「裏手も囲んでいる。無駄だ。正面の玄関から、ひとりずつ出ろ」

民雄は、廊下ごしに裏手の部屋の窓を見た。たしかに裏手からもライトが当てられている。

民雄は、警視庁公安部と山梨県警がどのような作戦を取ったのか想像した。彼らはまずまちがいなく、民雄の通信を受け取ったことだろう。花ちゃん山荘に赤軍派が集結したことは把握していたとしても、正確な人数と複数の爆弾を用意していることは、民雄の通信でようやく確認できたはずだ。

出発がいつかは、把握できていない。それで公安部と山梨県警は、時間を置かずに一斉検挙を決めた。場所も、善兵衛ロッジ前ではなく、花ちゃん山荘とした。待ち伏せの場合は、後尾が山中に逃げ込むおそれがあるという判断なのだろう。爆弾を持った活動家が逃走した場合、その後に起こる事態は深刻なものになる。しかし花ちゃん山荘を未明に包囲するなら、全員検挙が可能だった。

出動したのは、山梨県警の機動隊だろう。彼らは善兵衛ロッジ脇《わき》の林道を徒歩で登り、山小屋を包囲した後、管理人家族をまず外に出した。民雄が訊《き》いた物音とひとの声は、そのときのものだ。

問題は、爆弾が使われるかどうかだ。触発性信管をつけた爆弾があれば、機動隊をいきなり突入させることはリスクが大きすぎる。距離を取り、説得で投降させるのがいい。そういう作戦なのではないか。

階下で、山倉や増子のものらしき声が飛び交っている。

「裏手はどうなんだ？」

「機動隊の人数は？」

「バリは無意味だ」

「正面突破だ」

裏手が騒がしくなった。

「捕まった」という叫び声。「裏手もぎっしりだ」

裏の斜面に逃げ込もうとして、捕まった者が出たようだ。

宮野が、布団の上によつん這いの姿で訊いてきた。

「どうしよう。どうしたらいい？」

民雄は、宮野の肩を叩《たた》いて言った。

「逃げられない。あきらめよう。怪我《けが》をしないように」

「まだ何もやってないのに」

よかったじゃないか、と言いかけて、その言葉は呑《の》み込んだ。ここではまだ自分は、赤軍派軍事組織の一員だ。それらしい台詞《せりふ》が必要だった。

「またやれる」と民雄は言った。

横にいた小野寺が訊いてきた。

「降伏するのかい？」

民雄は答えた。

「増子さんたちが判断するさ」

「徹底抗戦しかないだろ」

またスピーカーを通した声が聞こえてきた。

「三分猶予《ゆうよ》を与える。三分以内に、ひとりずつ出てくるんだ。両手を頭に置いて。すっかり包囲されてる。抵抗は無駄だぞ」

民雄は立ち上がって、小さな常夜灯の明りを頼りに廊下を歩いた。どの部屋でも、何人かは呆然《ぼうぜん》自失の体だ。掛け布団にくるまって、ぶるぶる震えている者がいた。無意味に窓を開けたり閉じたりしている者がいる。ズボンをはかずにヤッケを着込んでいる者もいた。

多少落ち着きを取り戻した連中は、すでに階下に降りているようだ。食堂のほうで何かを壊す音がしているが、武器でも作ろうとしているのか。

廊下の突き当たりまで歩いて、奥の部屋をのぞいた。ここには布団は敷かれていない。幹部たちが会議に使っていた部屋だ。大事な荷物の置き場ともなっているようだった。部屋の隅に、昨日の爆弾係だった銀縁眼鏡の青年を見た。キスリングザックを胸に抱えて、雨戸の隙間から外をうかがっている。

民雄はその青年に近づいて言った。

「下に来てくれって」

眼鏡の青年は民雄に顔を向けてきた。

「ぼくに?」

「ああ。その荷物、例の?」

「そうなんだ」

「おれが持とう」

手を出すと、青年は素直にそのキスリングザックを渡してきた。けっこうな重さがあった。十キロ以上あるだろうか。緩衝材でくるんだものが、何個か収まっているのだろう。

「触発性かい?」

「いや。大丈夫」

「ほかには?」

「そこのリュック」

部屋の隅に、もうひとつキスリングザックが置いてあった。民雄はそれも持ち上げて、青年に言った。

「これも持っていくから。あんたは早く下に」

青年は立ち上がって、廊下に出た。

外からまたスピーカーの声。

「あと二分」

階段まできて、民雄は振り返って呼んだ。

「宮野、どこだ？」

「ここだよ」と返事があった。まだ自分たちの部屋にいる。

銀縁眼鏡の青年は、ちらりと振り返って民雄を見上げたが、そのまま階段を降りていった。

民雄は荷物を持ったまま、廊下を引き返した。さっき青年がいた部屋の向かい側も、もう空だった。裏手側の部屋だ。民雄はその部屋に入ると、押し入れを開けて、その奥にキスリングザックを押し込んだ。さらにその上に布団を数枚。

「安城さん」と、宮野の声がする。

「どうした？」

民雄が廊下に出ると、宮野が駆け寄ってきた。

「置いていかないでくれよ。心細いんだ」

「威勢のいいことを書いたくせに」

「あれは、決意だよ。理念だよ」

またスピーカーの声。

「あと一分。早く出てきなさい。投降しなさい。もう何もできない」

宮野が訊いた。

「どうなるんだろう？」

「時間が来たら、催涙ガス弾だろう」

放水もあるかな、と思ったが、すぐにその発想を否定した。あの林道を、放水車が上ってくるのは難しい。

「催涙ガスって、失明するのか？」

「無茶苦茶に目が痛くなるだけだ」

民雄は宮野を自分たちの部屋に押し戻して言った。

「包囲されているんだ。何をやっても無駄だ。抵抗しないで、逮捕されたあとのことを考えよう。公判闘争も無意味だ。一日でも早く出ることを追求しよう」

「党の方針がちがっても？」

「そのぐらいの自主性は許されるさ」

スピーカーの声は、刻限がきたことを告げた。

「時間だ」

階段を何人かの青年たちが駆け上がってきた。

部屋に入ってきたのは、山倉と、あの銀縁眼鏡の青年だった。もう部屋の中は顔の判別がつく程度の明るさになっている。

「このひとだ」と、眼鏡の青年が民雄を指さした。

山倉が訊いた。

「荷物、どうした？　必要なんだ」

民雄は、首をひねって言った。

「誰かがおれから取り上げていったぞ」

「誰だ？」

「名前は知らない」

「どこのやつだ？」

「関西弁だった」

そのとき、外で軽い破裂音が連続した。ポン、ポンという音だ。民雄は宮野の背中をついて、畳の上に突っ伏し、息を止めた。窓の外の雨戸に何かがぶつかった。衝撃で雨戸がはずれた。空はまた少し明るくなっていた。

山小屋の雨戸に向けて、催涙ガス弾が撃たれているのだ。最初の射撃は、雨戸を破壊するためなのだろう。また破裂音が続いた。こんどはガラスが割れる音。民雄たちのいる部屋のガラス窓も割れた。白い煙を吐くガス弾が、部屋の中に転がった。

目に猛烈な刺激があった。目を開けていられない。もう山小屋の中で何が起こっているのか、確かめることもできなかった。民雄は歯を食いしばって、目の痛みに耐えた。

涙が吹き出しているが、涙ぐらいでは目に付着した催涙剤を流せるものではなかった。もう立てない。歩けない。動けない。もうこの痛みがひくまで、じっとこらえているしかなかった。一階の玄関口付近にいた者は、苦し紛れに外に転がり出たようだ。

警官たちが叫んでいる。

「押さえ込め」

「引っ張ってこい」

十秒か二十秒ほどたったとき、外でどっと靴音が起こった。たぶんガスマスクをつけた機動隊員が、山小屋に向かって突進してきたのだ。ほどなく民雄は、現行犯逮捕を告げられることになるだろう。凶器準備集合罪で。


手錠をはずされて、民雄はその取り調べ室に入った。

甲府市内の山梨県警・甲府署の二階だった。この日民雄は、ほかの五十二人の青年、学生と一緒に花ちゃん山荘で逮捕されたのだった。裸足《はだし》で庭に引き出され、水で目を洗われた後、山小屋のスリッパを履くよう指示された。そこから機動隊員四人にかこまれて林道を歩かされたのだ。林道入り口の善兵衛ロッジの前には、機動隊の輸送車や護送車、指揮車、パトロールカーや覆面パトカーが、あわせて二十台あまりも並んでいた。驚いたことに、地元放送局の四輪駆動車もあった。

民雄は、十人の青年たちと一緒に、護送車に乗せられた。宮野とはべつの車となった。護送車は山を下って国道411号線に入り、塩山を越えて甲府に入った。甲府警察署でおろされ、こうして取り調べ室に連れてこられたのだった。逮捕者は、山梨県警のいくつもの所轄《しよかつ》署《しよ》に分散留置となるようだった。

小さなデスクの向こう側に、年配の私服捜査員が腰掛けた。民雄の右手に、壁にもたれかかるように若い捜査員が立った。ふたりの捜査員の顔に現れているものは、敵意や憎悪《ぞうお》というよりは、好奇心だった。何か得体のしれないものでも見るような目で、民雄を見つめてきた。

年配の捜査員が、民雄を見つめて言った。

「名前を」

民雄は、捜査員を見つめ返して訊いた。

「山梨県警の捜査員ですか？」

相手は、眉《まゆ》のあいだに皺《しわ》を寄せた。

「どうしてだ？」

「話したいことがあるんです」

民雄は、右手の若い捜査員にも目を向けた。その捜査員も、小首をかしげて民雄を見つめ返してくる。

「山梨県警の警備課、新井だ」と年配の捜査員は言った。「何を話したいって？」

「警視庁公安部がきていますね？　連絡を取ってもらえますか」

「公安部に？　どうして？」

「わたしは、警視庁月島署巡査、安城民雄です」それが正規の所属だった。「警視庁公安部の命で潜入しておりました。公安部の笠井班長に連絡してください」

ふたりの捜査員は顔を見合わせた。

年配の捜査員は、もういちど民雄に目を向けると、いくらか遠慮がちに言った。

「何か証明するものは？」

「笠井班長が証明してくれます」

若い捜査員が言った。

「呼んできます」


五分後に、スーツ姿の笠井が入ってきた。山梨県警の捜査員たちは、会釈《えしやく》して取り調べ室を出ていった。

「ご苦労だったな」と笠井が言った。珍しく満足げな笑みを浮かべている。「善兵衛ロッジの前で気がついてたんだけど、声をかけるわけにはゆかなかった」

「わたしの連絡は、届きましたか？」

「ああ、受け取った。人数と武器の把握ができていなかった。あの情報は助かった」

「爆弾は、連中から取り上げて、二階の奥の部屋に隠しておきました。見つかったと思いますが」

「あった。調べてみないと断定はできないけど、ピース缶爆弾と鉄パイプ爆弾だ。合わせて八個あった」

ふいに疲労感が襲ってきた。札幌を出発して以来の長い緊張が、やっと解けたのだ。民雄は長く吐息をついてから言った。

「解放ですね。任務は終わりましたね」

笠井は、微笑して言った。

「素晴らしい手柄だ。きょう、特別待遇で、こっそり外に出してうまいものを食わせてやる」

「どういう意味です？」

「もう少しお芝居を続けてもらう。お前さんがあの場で、ほかの連中の眼前で逮捕されたんで、いよいよお前さんの価値が高まったんだ。お前さんの身元について、絶対の保証書がついたことになる」

意味はわかった。しかし、了解したくはなかった。民雄は訊《き》いた。

「ということは？」

「検挙者の中に、幹部の主要どころは、ふたりしかいなかった。増子と山倉だ。連中、もっと何か企《たくら》んでる。うちの役所には、まだまだお前さんの働きが必要なんだ」

民雄は抗議した。

「わたしは、もう耐えられません。神経の限界にきています。仮面をかぶって、周囲をだまして、嘘《うそ》を言い続けて。もうおしまいにしてください」

「あと少しだ。警視総監賞ものだぞ。いや、長官表彰だってありうる。おれが推薦する。お前さんは、公安警察官として最高のバッジを手に入れるんだぞ」

「わたしは公安警察官になりたいわけじゃないんです。親父《おやじ》のような駐在警官になるのが夢なんです」

「人事で希望を通したいなら、手柄が必要だ。それに、こんな任務、警視庁でお前さん以外に誰ができる？」

「いますよ。大勢」

笠井は、この話題は打ち切りだと言うように、きっぱりと言った。

「いない。お前だけだ」

民雄はあきらめて確認した。

「わたしには、逮捕歴がつくんですね」

「勲章がつくんだ」

「わたしは、いずれ駐在警官になれるんですね？」

「そのときがきたら、おれが強く推薦する」

笠井は民雄の目をのぞきこんできた。この魅力ある申し出を拒むのかと問うている顔だった。

「わかりました」力のない声になった。「任務、続けます」

昭和四十四年十一月五日の朝だった。

7

食堂の窓の一部は開け放されていて、そこから高原の六月の風が吹き込んでいる。そろそろ梅雨が始まる時期だが、きょうの高原の空は晴れていた。風はほどほどの湿りけと涼しさとで、安城民雄の頰をなぜている。

窓の外には、樹形の整った庭木が緑の葉を広げている。芝生の庭の先はカラマツの林だった。風はそのカラマツの林の向うから吹き抜けてくるのだった。

民雄はいつのまにか箸《はし》を止めて、その庭の様子に見入っていた。自分は昨日まで、この庭の様子が目に入っていたろうか。このように目に心地よく感じていたろうか。

どうやら、と民雄はひとりごちた。おれの神経のささくれも収まったようだ。

軽井沢にある警視庁の保養所である。民雄はちょうど二週間前、この保養所に着いて、そのままひとりで滞在を続けていた。ひとつ大きな任務を終えたばかりだった。この半年あまり接触を続けていたグループが一斉検挙となったのが、二十日前の五月十九日だ。そのあと三日間、上司である公安部の笠井参事官たちに、この任務中に見聞きしたことをすべて報告した。その際、民雄の精神状態を案じた笠井から、飯田橋の警察病院で診察を受けるよう指示されたのだった。心療内科の専門医に診察を受けた結果、民雄は不安神経症と診断された。しばらく任務を離れて、ゆっくり療養することが求められた。

民雄は笠井から、あらためて指示された。警視庁が軽井沢に持つ保養所で、つぎの診察日まで休養するようにと。

民雄自身にも、自分の神経がぼろぼろになりかけているという自覚はあった。ありがたくその指示に従うことにした。

二週間後に保養所をチェックアウトして東京に戻り、もう一度診察を受ける。不安神経症が完治しているか、任務に耐えられるだけ回復していれば、たぶん新しい任務を言い渡されることになるのだろう。あるいは新しい異動の辞令が出るのかもしれない。いずれにせよ、半年間の特殊任務はいったん終わりを告げるのだ。一斉検挙された面々の公判が始まれば、証人として東京地方裁判所に出向くこともあるかもしれないが、いまはとりあえずこの任務を忘れることができる。いや、できるはずだ。保養地での二週間の療養と、与えられる薬の服用のおかげで。

二週間の保養は成功だったようだ、と民雄は穏やかな気分で思った。自分は明日のチェックアウトを楽しみにしている。東京に行きたくないとは感じていない。自分は回復したのだ。

民雄が庭に見入っていると、横から声をかけられた。

「安城さん、きょうまででしたね」

もう耳になじんだ声だ。堀米順子《ほりごめじゅんこ》だ。この保養所で働く二十二歳。食器の載った盆を両手で持っていた。

民雄は堀米順子に顔を向けた。

「ああ。明日です」

順子は頭に手拭《てぬぐ》いの姐《あね》さんかぶりで、ブルーのエプロンをつけている。小柄だが機敏で、よく働く女の子だった。目が大きくて、赤い頰にはいつも笑みが浮かんでいる。本来世話好きな性格なのだろう。滞在初日から、順子は民雄の食欲や食べ物の好みに気を使ってくれた。洗濯物を出してくださいと言ってきたこともある。民雄はこれを断り、洗濯機の使い方だけを教えてもらって、自分で洗濯してきたが。

順子がさらに訊いた。

「そのあとはどうなるんですか？　すぐ仕事に戻られるんですか？」

「わからない。診察次第」

「じゃあ、またここに戻ってくることもあるんですね」

「どうかな。つぎは国分寺の警察病院に入院なのかもしれない」

「わたし」順子はいったん窓の外に目をやってから言った。「明日、休みなんで、ひさしぶりに東京に行くんです。東京行きの汽車、一緒じゃまずいですか？」

彼女の生家は、軽井沢駅の近所のはずだ。毎日この保養所まで、保養所のマイクロバスで通っていると聞いた。

民雄はとまどいつつも答えた。

「十一時に飯田橋なんだ」飯田橋の警察病院でその時刻に診察を受けることになっていた。「朝早い汽車に乗る」

「わたしも八時の汽車に乗るつもりなんです。駅で待っててていいですか」

「ああ」

順子は安堵《あんど》したように微笑して、民雄のそばを離れていった。

民雄は、調理場に向かう順子の姿を見送った。

この保養所は、警視庁の付属施設だから、利用客は警視庁職員かその家族だけだ。従業員も、最初からそのつもりで客に接している。長いこと自分のほんとうの職業や所属を隠すことが義務づけられていた民雄にとって、自分をあたりまえのように警察官として遇してくれるこの施設はありがたいものだった。正体を偽らずにすむということがどれほど解放感のあることか、心安らぐことか、それをしみじみと味わうことができた。自分がなんとか不安神経症から立ち直ることができたと思えるのも、そのおかげだ。笠井の指示は、ありがたくも的確だったわけだ。

とりわけ、と民雄は視線を窓の外の庭に戻して思った。あの順子のような女性と、自分が何者であるか隠すことなく会話できることはうれしかった。北大入学以来きょうまで、自分は自分が何者であるか、ほとんどの人間に対して正直に語ったことはないのだ。とくに女性には。

母親に対してでさえ、自分の任務と立場について、嘘を言ってきた。北大に通うのはソ連対策要員としての専門教育を受けるためであって、それ以外の理由はないと伝えてきた。もし自分は警視庁月島署配属のまま、過激派への潜入捜査官となったのだと明かしていたなら、母親は心労で眠れなくなったことだろう。

ところが順子は、最初から民雄を警察官として受け入れている。それだけではなく、何か厳しく、秘密保持が求められる任務についていたのだろうとも察してくれているようだ。その意味では、民雄は順子の前では素の自分であったし、ある意味では裸であった。裸であって何の危険もない、という相手であり、関係だった。

毎日三回、食事のたびに声をかけてくれる順子が、もしかするとこの回復のための、何よりの薬であったのかもしれないとさえ思う。この保養所で働く十人ほどの女性たちの中でも、とくに順子が。

民雄は視線をトレイに移して、食事の続きにかかった。

その月曜日、待合室に現れた順子は、いつもよりも少しめかしこんでいるように見えた。いつも後頭部でまとめてある髪は解《ほど》いている。肩よりも少し長いくらいの髪だった。化粧もしているのだろう。

服装は、Tシャツに木綿のスカートだった。スカートは、警視庁職員であればたぶん職場では許されない程度の丈。とは言っても、過激に短いわけではなかった。せいぜい膝上《ひざうえ》十センチというところか。しかし民雄はこれまで、順子のスラックス姿しか見たことがなかった。その膝小僧の白さがまぶしかった。

順子は、少しはにかむような顔で近づいてきた。

「朝ごはん、もう食べてしまいましたか」

民雄はベンチに腰掛けたまま答えた。

「ああ。早めに」

「汽車、長いから、わたし少しお弁当作ってきたんです。汽車の中で食べません？」

「ああ。いいけど」

「お茶だけ買いましょうか」

「ああ」

「ああ、だけなんですね」

どう答えてよいかわからず、民雄はもう一度言った。

「ああ」

「最初のときは、ああって言うのも苦しそうでしたものね。あのころと較《くら》べたら、ずいぶん口が軽くなったように思うんですけど」

「ああ。おれも思う」

さほど会話ははずまぬうちに、改札の時刻となった。民雄はボストンバッグを提げて立ち上がった。改札口に向かって歩きだすとき、無意識に背後を見ていた。待合室にいるほかの乗客の顔。入り口の外に見える通行人の顔。順子が小走り気味についてきた。

列車は予想以上に混んでいた。民雄たちは、通路をはさんで隣り合って腰掛けた。民雄は、腰掛けてからも何度も振り返り、ほかの乗客の顔を確かめた。

あいだに通路があることで、あまり会話はできなかった。民雄にとっては好都合だった。横川《よこかわ》を過ぎたところで、順子は自分のショルダーバッグから弁当の包みを取り出した。小さな握り飯と、甘く焼いた玉子焼き、鶏の唐揚げ、それに漬け物だった。順子は割り箸も用意していた。民雄は遠慮なく握り飯をもらった。すべて自分で作った、と順子は言った。

　黙って食べ終えてから、民雄は気づいた。自分で作ったと順子が言ったときに、感嘆してみせるべきだった。うまいと絶賛するべきところだったのだろう。しかし気づいたところであわてて言うのも、わざとらしい。黙ったままでいた。横目で見ると、順子の表情にかすかに落胆の色があった。

　やがて車内アナウンスが、間もなく終点上野駅に到着と告げた。

　順子が、通路側に上体を傾けてきた。何か言いたいことがあるようだ。民雄は順子を見つめた。

　順子が訊いてきた。

「安城さん、病院のあと、時間あるんですか？」

「あると思うけど、どうして？」

「もし時間があるんだったら、少しつきあってもらえないかと思って」順子はつけ加えた。「あんまり東京は知らないんです。安城さん、東京のひとでしょう」

「いいけど」と民雄は応《こた》えた。「つきあうって？」

「銀座とか新宿とか、案内してもらえると、うれしいんですけど」

「おれが詳しいのは、上野のあたりだけだよ」

「あ、動物園もいいな」

「病院が、何時に終わるかわからないよ」

「十一時の診察で、午後にかかるってことないですよね」

「たぶん」

「わたし、十二時に病院に行きます。待合室で待ってます。もし終わらないようなら、ずっと待合室にいますから」

「順子さんは、何時の汽車で帰るんです」

「お休み、つなげてもらったんです。きょうは高校時代の友達のところに泊まるんで、夕方まで、時間があるんです。買い物とか、映画とか、案内してもらえたら」

「ほんとにあんまり詳しくないんだ」

「わたし、迷惑なこと言ってます？」

「いや」

「安城さん、無理じゃないんならいいんだけど」

「夕方まで、つきあう」

「動物園もいいですね。まだパンダ見たことがないんです」

「おれもだ」

列車は切り換えポイントを通過した。車両が左右に揺れて、ふたりの身体《からだ》がぐらついた。

順子はまた微笑した。

「じゃ、わたし、買い物なんかすませて、十二時に飯田橋に行きます」

「もっとゆっくりでいいよ。それとも、おれが昼から買い物につきあうか」

「じゃあ、わたし、飯田橋までついてゆく」

民雄は、警察病院まで順子と一緒に出向くことになった。


診察室は、畳四枚半ほどの小さな部屋だった。壁は真っ白というわけではなく、かすかに暖色系の色が入ったクロス張りだ。医師のデスクも、スチール製ではなかった。木製だ。神経系の病人を無用に緊張させないための特別の内装なのかもしれない。少なくとも民雄が何度か入ったことのあるこの病院のほかの外来診察室は、もっと無機質で無愛想だった。

医師は、やや肥満気味の体型の五十男だった。髪は薄いが、顔の色艶《いろつや》はよかった。鼈《べっ》甲《こう》のフレームの眼鏡をかけている。

民雄がスツールに腰をおろすと、医師はにこやかに訊《たず》ねてきた。

「どうです。二週間、休めましたか？」

民雄は答えた。

「おかげさまで、食欲も出てきました。ひとと話をするのも、そんなにつらくなくなっています」

「睡眠はどうです？　よく眠れていますか？」

「ええ。このところ何日かは、夜中に目が覚めることもありませんでした」

「読書はしましたか。読めるようになりました？」

「はい。この一週間は、読めるようになりました」

「何冊も？」

「ええ。ロシアの戯曲とか、サイエンス・フィクションですけど」

「原語で？」

「いえ。翻訳です。四冊読みました」

医師はうなずいた。

「だいぶよくなっていますね。もともと精神力も強かったのでしょう。こうして見ても、二週間前とは表情が全然ちがいます。感情の萎縮《いしゅく》は、だいぶなくなっている。でも、もう少しだけ、様子を見るようにしましょう」

民雄は訊《き》いた。

「仕事には戻れますか？」

「種類によります。当分はあまりストレスのかからない職場にいるのがいいでしょうね」

「たとえば、駄目な職場はどんなものでしょうか？」

「潜入捜査」と医師は答えた。「暴力団相手も無理だな。この病気の場合、激しいストレスにさらされると、怒りの爆発とか混乱が起こる可能性もあるんです。あなたに確実にあると言えるわけではないけど、その可能性は想定しておいたほうがいい」

「潜入捜査と、暴対などは駄目なんですね」

「拳銃《けんじゅう》を持たねばならないようなセクションの場合、怒りとか混乱は、たいへんな危険を招く」

民雄は、ふっと息を吐いて言った。

「わたしの希望は、駐在警官になることです。これなら、大丈夫ですね？」

「微妙なところです」医師は言った。「もうひとつ、あなたの場合、この不安神経症が再発したとき、怒りや混乱とはまったく正反対のものが出ることも心配です」

「と言いますと」

「感情の鈍麻、ものごとに対する関心の減退、幸福感の喪失、というようなことです。これまであなたに現れていた症状は、こちらでした」

その自覚はある。このところ、自分がひからびた枯れ木にでもなったような気がしていたのだ。何ごとにも興味が持てず、何かに心動かされることもない。もちろん当初は、それは自分が潜入捜査の恐怖に耐えるために意識的に感覚を麻痺《まひ》させてきたせいだと考えていた。恐怖の任務さえ終われば、いつでもまた意識的に自分は感覚の鋭敏さを復活させることができると。しかし、ちがうというのがこの医師の診断だった。あなたはすでに不安神経症が慢性化している、と医師は民雄に明瞭《めいりょう》に告げてくれたのだった。

医師は続けた。

「警察官にとっていちばん恐ろしいのは、暴力や危険に対するふつうの恐怖心さえ消えてしまうことです。警察官が恐怖心を失ったら、これは怒りや混乱が出る以上に危険かもしれない。自分の生命《いのち》が惜しくなくなるんですからね」

それはどんな場合だろう。どんな任務のときに、それが懸念《けねん》されるだろうか。機動隊員として、火炎瓶を持ったデモ隊と対峙《たいじ》するときか。山荘にたてこもったライフル銃所持犯たちの逮捕に向かうときか。自分は、そんな現場に出動したいとは、これっぽっちも思っていないのだが。

民雄が医師を見つめていると、彼はあわてたように言った。

「もちろん治ります。じっくりと、焦《あせ》らずに、治療を続けてゆけば。悲観的になることはありません」

民雄のうしろで、ドアがノックされた。医師が、どうぞと返事をした。診察室に入ってきたのは、公安部の笠井参事官だった。民雄は驚き、スツールから立ち上がった。

笠井は、一礼しようとする民雄を制して言った。

「いい。楽にしてくれ。診察は終わったかな」

笠井は、きょうも仕立てのよい濃紺のスーツ姿だった。機嫌がよさそうだ。民雄の努力のせいもあって、昨年八月の三菱重工ビル爆破事件以来、都内各所で爆弾を破裂させてきたグループが一斉検挙となったのだ。この捜査の指揮を執った者としては、機嫌もよくなるだろう。

笠井が民雄の顔を見て言った。

「ずいぶんよくなったようだな。お前さんの顔、表情が戻ってるぞ」

医師が言った。

「きわどいところでしたよ。完全な慢性になっていなくてよかった。あとは、心理療法で十分でしょう」

「心理療法？」

「カウンセリングです。週一回、ここで専門のカウンセラーと話をしてもらう」

「それが終わるまで、仕事は無理でしょうか？」

医師は、空いているもうひとつのスツールを笠井に示して言った。

「いま診断書を書くところでしたが、口頭でもご説明しましょう」

笠井も民雄に並んで、スツールに腰をおろした。

医師は、いま民雄に語った内容をほぼそのまま笠井に繰り返した。すべて聞き終えたところで、笠井が医師に確認した。

「職場復帰はどうです？」

「無理です」と、医師は明快に言い切った。「たとえ一年後でも、もう同じ職場には戻さないほうがいい」

「外事課ならどうです？」

「どうちがうんです？」

「警らなら？」

「カウンセリングを続けるという条件で」

「惜しいな。裁判も続くんだ」

「優秀な警官がひとり、廃人になりますよ」

笠井は、医師をにらむように見てから、民雄に言った。

「ご苦労さんを言う時期かな」

民雄は言った。

「約束したこと、覚えてくださってますか」

「もちろんだ」

医師が、診断書を書くまで内待合室で待つように言った。民雄はスツールから立ち上がって、笠井と共に診察室を出た。

笠井が、後ろ手にドアを閉じた。同時に診察室で大きな金属音がした。はずみで書類立てとか、筆立てのようなものが床に落ちたようだ。

民雄の心臓が激しく収縮した。同時に上体が反応した。振り返るように、身体がひねられたのだ。どんと身体が廊下の反対側の壁にぶつかった。自分でも制御しようのない反応だった。いささか滑稽《こっけい》な動きとなった。

姿勢を直してから、民雄は腋《わき》の下に汗が吹き出してくるのを感じた。不安神経症は、まだ治っていなかった。二週間前の医師の説明によれば、これは驚愕《きょうがく》反応と呼ばれるものではなかったか。その症状が、この程度の予期せぬ音で出てしまったのだ。

民雄は、申し訳ない思いで笠井に顔を向けた。

笠井は哀れむように民雄を見つめて言った。

「やっぱり、もう少し休みが必要なのかな」

内待合室のベンチで待っていると、ほどなく診察室から看護婦が出てきて、笠井に診断書を渡した。

笠井が、その診断書を読んでから民雄に言った。

「おれも、お前さんを、廃人にするつもりはないんだ。ドクターの勧めどおり、まず月島署に帰す」

「ありがとうございます」

やっとだ。やっとその言葉を聞けた。

民雄は安堵《あんど》の吐息をもらした。それが本来自分が進む道だったのだ。

警察学校を卒業すると、警視庁警察官はまず無条件に管内の所轄署《しょかつしょ》の警ら課に配属される。そして、一年間、交番勤務となるのがふつうだ。これを卒業配置と呼ぶ。この卒業配置を終了したところで、こんどは適性と本人の希望を考慮して、新しい部署なり所轄に配属となるのだ。

民雄の場合、変則的に卒業扱いとなり、名目上、月島署に配属されたが、組織的には警視庁公安部への出向という立場になった。じっさいには大学受験のための個人指導を受け、さらに予備校にも通った。北大入学後も、月島署には足を踏み入れたこともない。

北大を卒業する際、民雄は出向を解いてくれるよう笠井に希望を出した。ごくふつうの制服警官としての勤務に戻りたい、と。しかし、北大卒業の昭和四十七年（一九七二年）当時、赤軍派の活動は活発であり、警視庁公安部は赤軍派から身元を疑われていない捜査員を切実に必要としていた。北大の卒業生で、大菩薩峠事件で逮捕された、という民雄の経歴は、替えがたく貴重なものであった。民雄の希望はかなえられず、笠井の指示で東京に戻り、左翼運動を支援する救援対策組織に参加した。この組織のボランティアのひとりとして、赤軍支援グループや公然活動家たちと接触を続けたのだ。表向き就いた仕事は、品川区勝島《かつしま》の倉庫会社の臨時雇いである。第六機動隊宿舎の近くだ。住むことになったアパートは、大田区蒲田《かまた》である。

その後の三年間、民雄は潜伏している赤軍派活動家や支援グループについての情報を集めた。笠井はこのあいだに、公安部の参事官に昇進した。

毎年のように、民雄は、あたりまえの制服警官に戻して欲しいと笠井に異動願いを出した。しかし赤軍派の活動はやまなかった。七二年二月には、赤軍派の一部が別組織と合流して起こした浅間山荘事件があった。同じ年の五月には、パレスチナに渡った赤軍派がテルアビブ空港乱射事件を起こした。七三年の七月になると、同じグループがドバイ日航機ハイジャック事件を起こした。このグループの組織名もいつしか日本赤軍と変わっていた。

このような状況では、笠井もいつ民雄の任務を解くべきか、そのタイミングをはかりかねていたろう。七四年になってようやく、民雄を通じて入ってくる情報の量が減り、質が明らかに低下した。考えられることはふたつだった。民雄の身元が疑われてきたか、日本国内の支援者レベルには情報がまったく流れないまでに、日本赤軍の活動が完全に「国際化」したということであった。

この時期、笠井が民雄に提案した。来年はお前さんを、警察大学校に推薦する。せっかくロシア語も覚えたんだ。外事課はどうだ？

民雄はきっぱりと断っていた。もうスパイは無理です。制服警官に戻してください。

七四年八月、東京丸の内の三菱重工本社ビル玄関前で、しかけられた時限爆弾が爆発した。死者八人、重軽傷者三百数十人という大惨事である。公安部は色めきたった。一カ月後、東アジア反日武装戦線を名乗る組織が、犯行声明を出した。それまで表に登場したことのない組織名だった。笠井は、緊急にこの東アジア反日武装戦線の摘発チームを直接率いることになった。民雄は笠井のチームに組み入れられた。

民雄は、これまでの赤軍派・日本赤軍支援者グループの活動の中で接触のあった者を、すべて再検証してみた。すると、三菱重工など日本の民間企業を攻撃対象であると名指しする活動家と、一度だけ接触していたことがわかった。民雄との接点は、札幌、である。民雄が大菩薩峠事件で逮捕された後、不起訴となって札幌に帰ってきたとき、一斉検挙に対する抗議集会で、向こうから声をかけてきた予備校生がいたのだ。七〇年の一月である。この予備校生は、六九年の秋、北大構内で何度か民雄を見ているとのことだった。民雄にも記憶があった。

喫茶店で話すと、この予備校生は、軍の組織と武装蜂起《ほうき》とを喫緊の課題だとする赤軍派の方針を笑った。武装蜂起など、あるとしても先の話だ。いまは日本帝国主義とその先兵たちへの攻撃に、エネルギーを集中すべきだと。その先兵として、三菱重工をはじめとする民間企業の名を挙げたのだった。民雄は興味深くこれを聞いた後、道警本部の井岡重治にこの予備校生の名と連絡先を伝えた。その後、井岡は彼について一応身元を調べた後、これをファイルに残したはずであった。

笠井は民雄に再接触を命じた。道警の記録からこの青年のその後がたどられ、所在が明らかになった。彼は東京の私立大学を卒業した後、都内の民間企業に勤める目立たぬサラリーマンとなっていた。

民雄は偶然を装《よそお》ってこの青年との再接触に成功した。相手は、大学入学後も、どこの政治党派にも所属していなかった。就職した後も、いわゆる左翼活動には無縁らしい。民雄は一度は、彼はまったく無関係であったかと落胆したのだった。

しかし二度目の彼との会話の中で、再び三井物産、大成建設、鹿島建設、帝人などの名前が出てきた。十月、三井物産が爆破され、翌月には帝人中央研究所、十二月には大成建設と鹿島建設のビルで爆発があった。そのため、この青年は笠井のチームによって二十四時間監視されることになった。また彼の六九年以降の足どりも、一日単位で調べ上げられた。ほどなく、この青年が東アジア反日武装戦線を名乗る過激グループのメンバーのひとりであることが確実となった。

三月、笠井は民雄に言った。約束の時期がきたけど、このグループの摘発まで、おれを手伝ってくれ。あと一、二カ月だ。

そうして三週間前、笠井は証拠を固めて、ついにグループの一斉逮捕にかかったのだった。それまで警視庁公安部が蓄積してきた情報とネットワークは、このグループの全容解明には何の役にも立たなかった。民雄の情報をもとに摘発に持ち込んだ笠井の評価は、これでまた一段と上がったことだろう。

警察学校を卒業してからもう七年たつ。卒業配置も終えていない民雄にとって、警視庁警察官として本来のコースに戻るには、そろそろ刻限だった。あらためて一年間の交番勤務を消化し、正規の勤務体系のもとに復帰しなければならなかった。笠井の提案した、大卒組扱いから、外事課捜査員となる、というコースは、絶対に願い下げだった。

もちろんこの七年のあいだ、正規の警視庁組織とまったく無縁だったわけではない。潜入捜査員は、ともすれば捜査対象組織の世界観や共同性に取り込まれ、忠誠の対象がぐらつくことがある。任務の性格上、そうなることは不可避であり、またその程度にはのめりこまないかぎり、相手の信頼を得ることもできないのだった。

ただしそれを放っておけば、逆に彼自身が二重スパイとなって、警察の情報を相手組織に流すようになってしまう。そのため、民雄の場合はこの間に四度、短期間、第六機動隊の員外隊員となって、機動隊員たちと同じ時間、空間、同じ情動を共有した。同じ宿舎で寝食を共にし、同じ訓練を受け、同じ警備任務に同僚たちと肩を並べて出向いたのだった。忠誠の対象のゆらぎを修復するための手続きだった。

もっとも、それで警察官としての自覚が回復し、潜入捜査への精神的な耐性が再生したのも、前回までだ。もう、二週間ほど員外機動隊員となる程度のことでは、警察官としての自己確認はできないような気がしていた。自己認識を引き裂かれて、医師が言っていたように廃人となってしまうのではないかと苦悩していた。

ともあれ、結論は簡単なことだった。

もう限界だ。任務は終えねばならない。

笠井が、ひとつ深呼吸してから言った。

「明日じゅうに、手続きはすませる」

民雄は確認した。

「月島署で、わたしは交番勤務になるんですね？」

「いまさら、交番で卒業配置でもないだろう。それは終わったことにする。できるはずだ」

「交番経験なしでは、制服警官はやれないでしょう」

「抜かしたって、覚えられるさ」

「どじばかりやることになる」

「そんなことはない」笠井は口調を変えた。「もう一回だけ確認するが、警察大学校っていうのも、悪いコースじゃないぞ。治療は治療で続けたらいいんだ」

「ドクターは、無理だと言っていたじゃないですか」

「病気はいつか治る。資質は、変えられない」

「外事課や公安捜査員は、わたしには向いていません」

「手柄を立ててきた」

「おかげで、もうぼろぼろです」

笠井は、小さく息を吐いてから言った。

「月島署の独身寮には、お前さんの部屋がきちんと確保されているはずだ。いつでも復帰できる」

「制服を着ての任務になるんですよね」

「たぶんな。人事課と署長の判断になるが。いずれにせよ、今週いっぱいでお前さんの出向を解く」

「ありがとうございます」

「このあと、昼飯、一緒にするか」

民雄は答をためらった。

「その、約束をしてしまったんです」

笠井は、さほど失望も見せなかった。本気の誘いだったのではないのだろう。東アジア反日武装戦線の取り調べはまだ続いている。ほんとうは一刻も早く本庁に帰りたいはずだ。

笠井は診断書を胸ポケットに収めると、立ち上がって言った。

「そういえば、インターポールから連絡があった」

民雄は笠井を見上げて、次の言葉を待った。

「三月にスウェーデンで日本赤軍のメンバーふたりが捕まったろう。覚えているか」

「ええ」

「そのとき逃げたひとりの身元がわかった。宮野俊樹だ」

宮野俊樹。北大の同級生。さほど政治意識が強い男ではなかったのに、赤軍派の軍事合宿に参加、民雄とともに大菩薩峠で逮捕された。逮捕された五十三人のうちの、高校生たちと一緒のその他大勢組だった。不起訴。民雄自身がその後の彼を監視した。しかし、民雄にも事前に打ち明けることなく、七二年の一月に札幌から消えた。

やはり彼は、国外に出ていたのだ。パレスチナに渡ったグループと合流していた、ということになる。

宮野の恋人であった守谷久美子のことが思い出された。卒業式も間近い冬の夜、久美子は泣きじゃくって、民雄の下宿を訪ねてきたのだった。宮野が失踪《しっそう》したと。行く先も告げぬままに、自分の前から消えたと。

黙ったままでいると、笠井が言った。

「ほんとうにご苦労だった」

笠井はくるりと民雄に背を向けると、内待合室のドアを開けて、外に出て行った。

時計が気になった。壁の時計に目をやると、すでに正午を十分まわっていた。

堀米順子は、一階の主待合室の隅のベンチに腰掛けていた。

民雄が近づいてゆくと、ショルダーバッグを肩にかけながら立ち上がって、訊《き》いてきた。

「どうでした？」

民雄は、そのまま玄関を示して歩いた。

「だいぶよくなった。週に一回、通うことになった」

「週に一回？　保養所から？」

「いや。月島署に復帰。制服警官になる」

「いつから？」

「来週から」

「今週はまだ休めるんですね」

「きょうは何もない」

「じゃあ、きょうは目一杯つきあってください」

「ああ」

玄関口を抜けて、表通りに出た。民雄はまた無意識に左右をうかがっていた。見知った顔はないか。自分を注視していた視線はないか。

それを確かめながら、順子に訊いた。

「どこに行く？」

「新宿は？　遠い？」

「電車一本だ。新宿で何をする？」

「映画。買い物もつきあってくれます？」

「どんな映画？」

「『アメリカン・グラフィティ』って、どこかでやっているといいな。去年見逃してるの」

「ほかには？」

「『オリエント急行殺人事件』は？　アガサ・クリスティの原作なの」

「それでもいい」

順子はふいに民雄の前に回り込み、民雄の顔をのぞきこんできた。

「ね、安城さん、どうしたの？　誰か気になるひとでもいる？」

民雄は我にかえった。

「いや」民雄は順子の顔を見つめてあわてて首を振った。「そんなことない。癖なんだ」視界の隅を、三人の看護婦が通ってゆくところだった。この看護婦たちに目を留めていたと誤解されたか。

順子は、口惜《くや》しそうな顔だ。

「そんならいいけど」

新宿の映画館街に出て、上映している映画と上映時間を確かめた。『アメリカン・グラフィティ』が二本立ての映画館でかかっていた。順子は、ロードショー館のほうが椅《い》子《す》がいいからと、『オリエント急行殺人事件』を提案してきた。民雄はそれに従うことにした。

つぎの上映時刻まで、まだ間があった。昼御飯にしようということになり、映画館街に近いファースト・フードの店で軽食を食べた。最近急速に店舗を増やしているアメリカ式の軽食店なのだという。民雄はその手の店に入るのは初めてだった。食べ終えたところで、次の回の上映時刻となった。

広場に面した映画館に入って、その推理ドラマを見た。民雄には、その映画の謎《なぞ》の部分がすぐにわかった。わかってからは、探偵役の俳優の取り調べ技術と、犯人たちが犯人となった理由についてのみ関心が向いた。

映画が終わって、映画館の外に出たが、まだ空は明るかった。考えてみると、もうすぐ夏至《げし》だった。一年でいちばん昼の長い時期だ。

民雄は、映画館の外で左右に目をやってから、順子に訊いた。

「友だちのところに行かなくていいのかい」

順子は笑って言った。

「まだ昼間なんだもの。もう少しいいですか」

民雄は順子の希望で、買い物につきあった。順子が割賦《かっぷ》販売のデパートで買い物を終えると、ようやく陽《ひ》も西に傾いていた。

民雄は訊いた。

「暑くないか」

「ちょっと蒸しますかね」と、デパートの紙袋を提げた順子が言った。

「ビール飲みたくないか？」

「ほとんど飲めないけど。安城さん、お酒飲むひとなんですね。保養所では飲んでなかったでしょう」

それは、医師に止められていたからだ。酒は不安神経症の発症の誘因となる。完治するまで酒は控えろと。じっさい、自分が任務を離れて酒を飲むとき、それが荒《すさ》んだものになることは承知していた。自分は、けっしてよい酒飲みではなかった。

でも、それも不安神経症の症状のひとつだったのだとしたら、きょうあたりはよい酒も飲めそうな気がした。あんなすさんだ酒になる理由は、もう薄いのだ。

民雄は言った。

「ガード脇《わき》の横丁が安いんだ。あっちに行こう」

店は、横丁に面したガラス戸をすべて開け放っていた。外から中の様子がすべて見渡せた。いくつかの部屋の壁を無理やりぶちぬいて作ったような、複雑な形をしている。店の中央に何本もの柱が立っており、これを避けるように十二、三脚のテーブルが配置されている。テーブルの仕様は統一されておらず、ひとつひとつ古道具屋で買い揃《そろ》えてきたような雰囲気があった。ひとつのテーブルを囲む椅子のかたちさえばらばらだった。

七時をまわった時刻だったから、店にはサラリーマンふうの客たちも十人ばかりは入っていた。作業員ふうの男たちも同じくらいいる。さらに、ハンチングをかぶった老人たちのテーブルがあり、これから出勤かと見えるホステスっぽい女の二人連れもいた。民雄たちはその店の奥の、ふたり用のテーブルに案内された。民雄は奥の椅子に腰掛け、順子がこれに向かい合った。民雄はビールを一本注文し、さらに壁の品書きから五品を選んだ。保養所の食事には出たことのないような、酒の肴《さかな》が中心になった。

ビールが出ると、順子がグラスに注いでくれた。順子がそのまま自分のグラスに注ごうとしたので、民雄はこれを止めてビール瓶を取り上げた。

「堅気の女が手酌なんてするもんじゃない」

順子はくすりと笑った。

「安城さんて、ずいぶん年寄りみたいなことを言うんですね」

「そうか？」

かもしれない。居酒屋で飲む作法などは、「血のつながらぬおじ」たちに教えられた。大学卒業後、東京に戻ったとき、必要以外では警察官とは接触するなと言われていたけれども、年に何度かはおじたちのうち誰かと会うことになった。自分が高校生であったときとちがい、会えば酒となる。いまの言葉は、たしかにあのおじたちと一緒に飲んだときに、香取茂一が誰かに言った言葉ではなかったろうか。そこにいたのは、香取がたまたま連れてきた、香取の部下という婦警だったような気がする。

映画のことを話題にし、好きな俳優たちについて語り、それから趣味の話に移り、家族の話になった。二本目のビールがそろそろ空になるころだった。

順子は、軽井沢の駅に近い燃料店の娘だった。長女で、弟と妹がひとりずついた。弟は十八歳。高校を卒業したら警察に入りたいと言っているという。

「理由が単純なんです」と順子は、ビールのせいで染まった頰に照れながら言った。「あの浅間山荘事件のとき、警官が素敵に見えたんで、自分もなりたいって。どう思います？」

民雄は訊いた。

「長野県警ってことかい」

そのとき、順子の肩ごしに、新しい客が入ってくるのが見えた。長髪の学生ふうの若い男と、三十歳ほどの学校教師かと見えるような男だった。左翼活動家の匂《にお》いが濃厚だった。

教師ふうの男と一瞬視線が合った。民雄の背に、ちくりと痛みのような感覚が走った。誰だったろう？　見知った顔のはずだ。彼はこっちを知っていた。そういう表情だった。誰だろう？

そのふたり連れの客は、民雄たちの席からもっとも離れたテーブルへと案内されていった。ふたりがテーブルに着くとき、こんどは若い学生ふうの男のほうと視線が合った。いましがたよりも強く、戦慄《せんりつ》を感じた。

自分を知っている男たちだ。自分は覚えていないが、連中のほうは知っている。自分が誰であるか知っている。誰だったろう。

順子がしゃべっている。

「だからわたしは言うんです。そんな浮わついた理由で警察を志望しても、絶対についてゆけないって。仕事を選ぶんなら、格好いいから、なんてことで決めちゃならないって」

ふたりはどうやら自分のことを話題にしているようだ。学生ふうの男は視線をそらさない。いま、教師ふうの男も振り返った。壁の品書きを見るようなふりをしたが、こちらの顔を確かめたのだろう。

「安城さん」と順子が言った。

「え」と、あわてて順子に視線を向けた。

「どうしたんです？　顔色、青くなってますよ」

「そうか」

一瞬ためらってから、民雄は順子に言った。

「出よう。べつの店に行こう」

「もう？」

「ああ。落ち着かない」

返事を待たずに、民雄は通りかかった女の店員に、勘定を、と告げた。

ふたりの客は、まだ交互にこちらを見ている。敵意までは感じられないが、ふたりが何か疑念を持っていることは確実だ。つまり連中は、このおれが世間に対してどう名乗って生きてきたかを知っている。

店員がその場で計算した数字を示してきた。民雄は椅子に腰掛けたままその金額を支払った。店員はいったんレジへと歩いてから、すぐに戻ってきて小銭の釣を渡してくれた。

民雄はふたりの客の視線を避けるように立ち上がり、出口へと向かった。順子があわてて自分の荷物を持ち上げ、追いかけてきた。

横丁を抜けるところで、振り返った。横丁のひとどおりは多い。さほど先まで見通せるものではなかった。あのふたりが店を出てくるのではと心配したが、見当たらなかった。じっさいに出てこなかったのか、それとも見えないだけかは判別しがたかった。とにかくこの場から、ふたりをまくように離れるほうがいい。

目の前の交差点の信号が青となった。

「こっち」と民雄は順子に言って横断歩道へ足を踏み入れた。

交差点を渡りきってから、もう一度確認した。大勢の通行人が、まだ横断歩道を渡る途中だった。あのふたりらしき男たちは目に入らなかった。しかし、用心するに越したことはない。

民雄は自分を不安げに見守る順子に目で合図し、歩道を足早に進んだ。

五十メートルほど道なりに進み、脇の信号が青になったので、そこを渡った。順子は無言でついてくる。

渡り切って、うしろを確かめた。わからなくなった。どの男たちも、さっきのふたりに似ているように見える。

順子が言った。

「安城さん、どうしたんです？」

民雄は首を振って、歩道を左に進んだ。方向で言うと、もう一度あの横丁のほうに戻ることになる。

右手の酒場の看板を素早く吟味した。いましがたの店のように開放的な造りではなくて、表通りからは客の姿が見えない店がいい。

横丁の店よりは多少格の高そうな居酒屋の看板があった。ちょうどワイシャツにネクタイ姿の中年男たちが三人、笑いながら出てきたところだった。民雄はその店の入り口に飛び込んだ。いらっしゃいませ、という若い娘の声が聞こえた。

いましがたの店よりはずっと内装が洗練されていた。たぶん高い店だろう。しかし、我慢するしかない。どっちみちこの二週間、カネはろくに使わなかったのだ。財布には余裕がある。

奥にカウンターがあり、手前は左右にテーブルが五つずつ並ぶ店だった。民雄は客たちの顔を確かめた。およそ半分のテーブルが埋まっている。民雄は入り口にもっとも近いテーブルに近づいて、椅子に腰掛けた。若い女店員がやってきたので、ビールを一本注文した。しかし置いているのは瓶ビールではなく、生だという。民雄は生ビールをふたつ注文しなおした。

順子が向かい側に腰をおろして言った。

「安城さん、大丈夫ですか。ほんとに顔色が」

「心配ない」と民雄は言った。「こういう任務だったんだ」

「気にしていたひとたちは、なんです？」

「わからない。だけど、追ってきたろう？」

「追ってきた？」順子は首を振った。「見えなかったけど」

「まあいい。気持ちを鎮《しず》めなきゃ。何か腹に入れてくれ」

ジョッキがふたつ出てきた。民雄はすぐに持ち上げて、一気に三分の一ほどを喉《のど》に流しこんだ。

ジョッキをテーブルに置いたとき、奥のカウンターにいる客がふっと視線をそらしたのがわかった。四十代の、白いシャツを腕まくりした男だ。髪は短めで、二の腕が太かった。

誰だろう。見知った顔だったろうか。

順子が、無理の感じられるような明るさで言った。

「きっと空《す》きっ腹に飲んだからでしょうね。お腹《なか》にもっと入れましょう」

「どんどん注文してくれ。ごちそうする」

「そんな」

「まさか割り勘のつもりで一緒にきたんじゃないだろ」

「そのつもりでしたよ。わたしだって働いてるんですから」

順子の肩ごしで、またあの男がこちらを見た。口が皮肉っぽく結ばれている。

誰だろう?

民雄はもうひと口ビールを喉に流しこんでから思った。あの男は、自分たちよりも先にこの店にきていた。尾行してきたわけじゃない。偶然の確率というのは意外に大きいことは経験的に知っている。しかしこの場合は、偶然を考える必要はなかった。あいつは、おれを知っている男ではないし、おれに何らかの関わりを持っている男でもない。そうであるはずがない。論理的に考えれば。

順子もジョッキに口をつけて、民雄を見つめてきた。ほかのことは考えずにわたしを見て、とでも言っているような表情だった。

順子の顔全体が淡い紅色に染まっていた。

きれいだ、とおれはもう言ったろうか。

民雄は順子の視線を受けとめて言った。

「きれいなんだな」

順子は吹き出した。

「なんですか、安城さん。とつぜんに」

「そう思ったんだ」

「お酒が入ると、目がおかしくなるんじゃありません？」

「そうだと思う」

「ひどい」

「いや、そんなことはない」

「もう遅い」

またカウンターの席で、男がこちらを見た。確実だ。やつはこのおれを気にしている。やつはやつで、おれが誰であったか、必死に思い出そうとしているのではないか。

女店員がやってきた。こんどは順子がメニューを見ながら、注文した。さっきの店で少し腹に入れていたから、こんどは惣菜《そうざい》ふうの小皿ばかりとなった。しばらくのあいだ、注文した料理が次々と運ばれてきて、民雄はしばしカウンターの男のことを忘れた。

その店で二杯目のジョッキも空になるころ、思い当たった。

やつは、公安の捜査員ではないのか？

あの風体、あの体格、あの視線。どこから見ても、公安の捜査員だ。まちがいない。おれの直感がそう告げている。やつは公安の刑事だと。

自分を呼ぶ声でわれに返ると、順子がテーブルの上に身を乗り出して、案じるように民雄を見つめていた。

「ほんとうに、安城さん、どうしたんです？　ちょっとおかしいですよ」

民雄は、まばたきしてから、小声で順子に言った。

「向こうに、公安がいる。公安の刑事だ」

順子が振り返ろうとしたので、民雄は止めた。

「見るな。知らんぷりしてろ」

順子が首をかしげて言った。

「公安がどうして？　いえ、そうだとして、公安の刑事さんがここにいちゃまずいんですか？」

「だって」

答えようとして、言葉に詰まった。自分が公安の捜査員をおそれるのは、何か理由があるはずだった。でも、それを思い出せない。

あいつが公安の刑事であるってことについては、もう確信がある。これには説明を要しないだろう。やつは公安の刑事だ。だから公安の刑事なのだ。おれが公安の刑事をおそれる理由を、彼女はわからないのか？　単純なことではないか。それはつまり、おれが。

また次に続く言葉が出てこなかった。つまりおれは、何だったろう？

女店員がそばを通った。

民雄は言った。

「カウンターにいる男、公安だよな」

女店員は、目を丸くした。

「はあ？」

「公安の刑事だろう、あいつ」

「さあ」

女店員は、不快そうな顔で離れていった。

順子が言った。

「安城さん、飲み過ぎましたね。そろそろ出ましょう」

「いや、あいつと話をしなきゃ」

「何の？」

「どうしておれをつけるんだって」

「つけてなんていないじゃないですか」

「つけたよ。だからいるんだ」

声が大きくなった。また女店員が近づいてきた。

順子が店員に早口で言った。

「お勘定お願いします」

「まだ話が終わってないぞ」

「安城さん、酔いましたよ。送ってゆきますね。どちらにお帰りでしたっけ」

「酔ってないって」

カウンターの男は、いまはもう身体《からだ》もこちらに向けて、民雄を見つめていた。

おれを捕まえるつもりならば、逃げるしかない。そう簡単には、捕まらない。

民雄は立ち上がった。そのとき手がテーブルの小皿に触れて、床に落としてしまった。

小皿の割れる音で、ほかの客たちも一斉にこちらを向いた。

いま気づいた。この店にいる客はすべて公安の捜査員ではないか。

順子が、民雄の腕を取ってひっぱり、玄関口へと連れ出した。

「安城さん、少し待ってて。いまお勘定して、出ますから」

余計なことをするなと、腕を払おうとした。しかし足がもつれた。民雄は順子に寄り掛かる格好となった。順子が、小さな身体で民雄の脇腹《わきばら》に手をまわして支えてくれた。かろうじて、転ばずにすんだ。

次の瞬間、意識が白く濁った。

目を覚ますと、ベッドの中にいた。うつぶせになって、枕《まくら》に顔を埋めていたようだ。

どこだ？

まばたきして、意識が清明になるのを待った。オレンジ色の薄明かりの中に、女の姿が見える。ベッドの端に腰掛け、自分を見つめていた。順子だ。

ここはどこだ？

民雄はゆっくりと身体をひねり、顔を起こして周囲を見回した。ホテルのツインルームのようだ。自分はアンダーシャツ姿でベッドの中にいる。トップシーツがまくれあがっていた。寝相の悪い眠りかたをしていたのだろう。

順子が小さい声で言った。

「眠っててください。無理して起きないで」

民雄は訊《き》いた。

「ここはどこだろう」

「覚えてないんですか」

「新宿か？」

「半蔵門。警視庁の共済会館。安城さんが自分で電話したんですよ」

ということは、おれが順子をホテルに連れ込んだということか？　順子は、今朝会ったときと同じ格好だ。白いTシャツに、シンプルな木綿のミニスカート。寝間着姿でさえない。

「何時?」と民雄は訊いた。

順子はちらりとサイドテーブルの時計に目をやって答えた。

「一時。三時間ぐらい眠ってましたよ。でも、すごくうなされていた」

「うなされていた?」

「ええ。ものすごく悪い夢を見ているようだった」

たぶん見ていたのだろう。苦しかった。何か悶々《もんもん》としていたようにも思う。けっして心地よく眠りに入っていたわけではなかった。

民雄は部屋の中を見渡してから、また順子に訊いた。

「おれ、どうなってたのかな」

「覚えてます? 貧血で倒れたんです。お店に公安の刑事さんがいるって、そればっかり言ってた」

「いたよね」

「あのひと、そうじゃなかったみたいですよ」

「そうか? 店の客全部そうじゃなかったかい?」

順子は、哀れむように民雄を見つめて言った。

「酔ってたんですね。あんなふうに酔うひとって、初めて見ました。保養所にはいろんな警察官がくるけど、あんな酔いかたを見るのは初めて」

「ここは、共済会館だって？」

「ええ。三階の部屋」

民雄はベッドから跳ね起きた。順子が、民雄の下着姿からすっと目をそらした。かまわずに窓まで歩き、カーテンに隙間《すきま》を作って外をのぞいた。場所がどこかわからない。外に見える街路は暗い。車が行き交っているが、ひとの姿は見えなかった。順子の言うとおり警視庁の共済会館だとすると、ここは半蔵門なのだが。

窓を離れて、ドアへと向かった。ドアには内側からチェーンをかけられるようになっているが、かかっていなかった。これではいつでも、マスターキーでドアを開けられる。民雄はチェーンをかけてから、ドアノブを試した。チェーンのおかげで、ドアは五センチほどしか開かなかった。

シャツがぐっしょりと濡《ぬ》れていることに気づいた。眠っているあいだに、大汗をかいたようだ。

ベッドの脇のテーブルの上に、浴衣《ゆかた》が置いてあった。民雄は手早くシャツを脱ぎ、その浴衣を着た。そのあいだずっと、順子はサイドテーブルを見つめたままだった。

浴衣の帯を締めてからベッドに乗り、シーツのあいだに足を入れた。

順子が民雄を見つめてきた。困惑している顔だった。このまま自分はこの部屋で、何をしたらよいのかと、問うているようでもあった。あなたが指示してくれないかと。

民雄は順子を見つめて言った。

「こっちにきてくれないか。そばにいて欲しいんだ」

順子はいったん目をふせてから、小さくうなずいた。

次に目を覚ましたときは、もう夜が明けていた。カーテンの隙間から、窓の外は晴天だとわかる。時計を見ると、午前四時二十分だ。朝が一年でもっとも早くなる季節。この時刻でこの明るさは当然だった。

民雄の右手を腕枕に、順子が寝息をたてている。順子の足は、ぴったりと民雄の腿《もも》に貼《は》りついていた。裸の肩がトップシーツの下からのぞいている。民雄は左手でそっとそのシーツを引き上げた。

順子が目を開けた。

民雄が見つめているので、順子ははにかんで言った。

「ずっと、見てたんですか？」

民雄は頭を振った。

「おれも、いま目を覚ましたばかりだ」

「酔っていません？」

「酔ってる。そんなに飲んだのかな」

「瓶ビール二本、ジョッキ二杯」

「飲んだんだな。迷惑かけた」

「いいんですけど」

「けど？」

「いえ」順子は身体をさらに民雄に密着させてきた。順子の胸のふくらみが、民雄の胸板を押した。「いいんです」

民雄は両手で順子を抱きしめた。ふいにその想《おも》いが沸き起こった。それは衝動にも似た唐突さだった。

民雄は、順子の顔に唇を近づけ、そのまぶたに交互に触れてから言った。

「なあ、順子さん」

「え？」

「そばにいてくれないか。ずっと、こうして」

すがるような調子の声となった。

順子の目に強い光がともり、頬に赤みがさした。

「いいですよ。いいんですか」

「ああ」

「酔ってるせいなら、取り消してもいいですよ」

「酔ってる。だけど本気だ」

「ほんとに、ずっとそばにいますよ」

「いてくれ」

順子は微笑した。

この微笑の支えがあれば、と民雄は思った。慢性となったあの恐怖から、あの不安や不眠、悪夢から、おれは逃れられるだろう。不安神経症から立ち直り、あたりまえの神経を持った警察官に戻れるだろう。統合された自分自身に戻ることができるだろう。社会復帰できるだろう。この微笑の支えがあるならば。

民雄はもう一度順子の身体を強く抱きしめた。

8

安城民雄は、巣鴨《すがも》警察署警務係のデスクで書類から顔を上げた。

婦人職員が、副署長がお呼びですと告げたのだ。

壁の時計を見ると、午後三時十分前だった。午後から休憩も取らずに、留置場改装に関わる書類を整理していた。いったん手を止めるには頃合いだった。

制服の上着を着て、タイを締め直してから、副署長のデスクへと向かった。副署長のデスクは、同じ一階のフロアの奥、署長室の脇にある。警務係のある一角からは、死角になっている場所だった。

副署長の東野《ひがしの》は、デスクで書類ホルダーを手にしていた。何か通達文書でも届いたのだろう。

民雄がデスクの前に立つと、東野は顔を上げて脇の応接椅子《いす》を示した。

「そこに」

民雄が腰を下ろすと、東野は煙草《たばこ》の箱を手にして、自分の向かい側に座った。表情から、さしてよい話題でもないと見当がついた。

東野は、白髪まじりの髪を短く刈っている。頬骨の目立つ顔立ちで、目は将棋か囲碁の世界の勝負師を思わせた。警視庁の機構の内部でも、切った張ったという場面をいくつもくぐり抜けてきたのだろう。現在の巣鴨署長のような、いかにも坊ちゃん育ちの幹部の下で活躍するタイプだ。

東野は、民雄を真正面から見つめて言った。

「例の件だ」

異動の希望の件ということだろう。二カ月前に民雄は、副署長と面談して、次の異動先について希望を伝えている。

「先に結論から言うと、今年、きみは異動にはならない。城東の所轄《しょかつ》の警ら課に、という希望には応《こた》えられない」

　そういう結論が出たのか。

　この巣鴨署警務係に配属されて丸三年、そろそろ希望も通るかと期待していたのだが、やはり無理だった。

　民雄は訊いた。

「理由をうかがってもかまいませんか」

　東野はうなずいて言った。

「問題は、例の不安神経症だ。去年の診断書でもまだ、精神的に負荷のかかる職場は避けるべきだって診断になっている」

「警ら課が無理だ、という診断書ではないと思いますが」

「警ら課だって、ストレスの多い職場だ。ここで書類仕事してるのとは、わけがちがう」

「そのように、本庁の警務が判断したということですね」

「珍しく、警務から問い合わせがあった。警らの仕事ができそうかどうかってね。さすが総監賞二回の有名警官だ。警務は、異例にあんたのことを気にかけてくれているんだ」

　それはたぶん、現在公安部長である笠井の口添えがあったせいだろう。笠井は古い約束どおり、なんとか警視庁の機構の中で、民雄の希望を叶《かな》えようと尽力してくれているのだ。

民雄は訊いた。

「大丈夫だと回答していただけたのですね」

「いや」きっぱりと東野は言った。「無理だと答えた」

「無理、ですか」

「ああ。見ていると、きみの耐性はかなり低いぞ。興奮しやすい。酒に飲まれる。周囲とつきあうのが下手すぎる。その自覚はあるだろう？　警務係の書類仕事でさえ、ストレスになってる」

「警務係で、書類仕事ばかりやっているからです」

「ひとが羨《うらや》む職場なんだぞ。夜勤もない。外まわりもない。日曜日には、子供と遊ぶことができる」

「わたしは、警ら課の警官になりたいんです」

「希望を言うのはいい。だけど、組織のことだ。組織がきみを、適格かどうか判断する。判断には従え」

この話はおしまいだ、という調子に聞こえた。

東野は煙草を一本抜き出して、ライターで火をつけてから言った。

「人事課の担当とは、雑談で話した。外事課のロシア語翻訳担当とか、警察大学校の資料室配属を希望するなら、あんたの希望はなんなく通るだろうってことだった。一応はそういう教育を受けてきたんだ。それを生かした職場が、いいんじゃないのか?」

けっきょくそこに行き着く話か。

民雄は東野に気づかれぬよう、そっと吐息をついた。自分には金輪際、そっちの職業人生を生きる意志はないのだ。

東野が、煙草の煙を真正面に吐き出した。煙は民雄の顔をまともに包んだ。もう行けという意味なのだろう。

「ありがとうございました」

民雄は頭を下げてから立ち上がった。

組織が結論を出した以上、引き下がるしかない。粘るのは空《むな》しい。副署長の心証を悪くする。となると、つぎの異動時期には、逆に厄介払いをされるかもしれない。それも、自分がもっとも望まぬ部署へ。楯《たて》突いたことへの罰として。

その事態は避けねばならなかった。

デスクに戻る前にトイレに入った。手を洗うとき、顔を上げると、何もかも不服そうな顔の男が、自分を睨《にら》むように見つめていた。三十六歳になった自分だ。

警察学校に入学してから、十八年たったのだ。月島署配属のまま公安部に出向して七年。出向を解かれて、制服警官となってから十年だ。制服警官としてのこの十年のあいだに、自分はまず月島署で、遅すぎる卒業配置ではあるが、六カ月だけ交番勤務に就いた。ついで駒込《こまごめ》警察署に配属されて交通課。運転免許証の取り扱いや車庫証明を発行する仕事だった。これが六年。三年前に、巣鴨署に移った。ここでは警務課である。署員の福利厚生の庶務と事務仕事を受け持った。

交番勤務の時期と、異動直後の警ら課で待機の時期を除いて、あとの配属は自分が望んだこともない職場ばかりだった。自分は父親を目標に警察官になろうとしたが、そのときイメージしたのはあくまでも地域に生きる駐在警官だった。公安の潜入捜査員や、車庫証明係、営繕係ではなかった。公安の捜査員は別として、あとのふたつは組織には欠くことのできぬ職種であることもわかる。誰かがやらねばならぬ仕事だ。それにしても、それは警視庁の警察官が、いわばボランティアとして輪番で就くべき職種だった。その職にあることを、警察官を志願してなった者なら喜ぶべきではなかった。

三十六歳。

民雄は鏡の中の自分を見つめて思った。

父親の清二が天王寺駐在所の駐在警官となったのは、たしかいまの自分よりも一、二歳若かったときのはずだ。父にならって警視庁警察官となった身ならば、父に追いついているべき年齢だった。

鏡の中に、ひとりの制服警官が入ってきた。民雄はあわてて蛇口の栓を締めて、ハンカチを取り出しながら、洗面台から離れた。

その日、都営地下鉄三田線の車内で、ひとりの男と目が合った。一瞬ぎくりとした。以前ほどではないが、誰かと視線が合うとき、心臓が軽く収縮する傾向は変わっていない。

誰だろうと考えた次の瞬間には理解していた。警官だ。匂《にお》いが同じだ。三田線に乗っているのだから、高島平《たかしまだいら》の警視庁職員住宅に住んでいるのかもしれない。だとしたら、同僚であることに加えて、近所同士ということになる。その男は血色のよいいかつい顔だちで、髪が短い。年齢は自分よりもふたつ三つ上だろうか。自分同様、春先らしい薄手のダスターコートを着ていた。

いまはもう警視庁の警察官は、みな私服で通勤することになっている。父親の時代のように制服姿で通勤したり、拳銃《けんじゅう》を家庭に持ち帰ったりはしないのだ。勤務先のロッカールームで着替える。そうではあるが、警官は警官の匂いをかぎ分ける。たとえ私服姿であっても。

高島平駅のプラットホームに降り立ったとき、その男が近づいてきた。

「失礼ですが、安城さんですか？」

民雄は立ち止まって相手の顔を見た。同期生か？

「そうです」民雄は答えた。「ええと」

一緒に電車を降りた乗客たちが、無言のまま同じ歩調で階段に向かってゆく。民雄はその邪魔にならぬよう、一歩だけ位置を変えた。

「工藤と言います」と相手も立ち止まって名乗った。「王子署、交通課です。先月、職員住宅に入居しました」

「巣鴨署警務課。どこかで会っていましたか？」

「ご存じないかもしれません。子供のころ谷中の近くに住んでいたので、あのあたりのことはよく知っています。職員住宅の名簿で安城さんのお名前を見て、これはたぶん天王寺駐在所の安城さんのご家族だろうと思っていました」

「名前とわたしの顔が、よく一致しましたね」

「近所のひとが、お名前を呼んだところも見ました。天王寺駐在所の安城さんとは無関係ですか？」

「父が、天王寺駐在所勤務でした。短い期間でしたけど」

「お亡《な》くなりになったんでしたね。五重の塔が焼けた日に」

「ええ」工藤という警官がそこまで知っているとは驚きだった。「国鉄の線路の上に落ちて、死んだんです」

「殉職とは認められなかったんでしたね」

「よくご存じですね」

「お父さんには、何度かこっぴどく叱《しか》られましたから。ワル連中とつきあって、ぐれかけていたんですが、叱られたおかげで、目が覚めたんです」

「工藤さんと言いました？」

「ええ。お父上の安城さんのことは、その後もずっと気になっていたんです。亡くなった日の前日にも、じつはお父さんに叱られていましたから」

突然あの日のことがよみがえった。駐在所に隣接する天王寺五重の塔から火が出て、その混乱の中で父が消えたときのこと。明け方近くになって、五重の塔も焼け落ちたころに、父の死体が見つかったと教えられたのだった。

その前日、父は駐在所で、たしかに万引きを繰り返した中学生とその父親に、民雄が見たこともない激昂《げっこう》ぶりを見せたのだった。父の清二がその中学生の父親を罵倒《ばとう》すると、あのとき中学生は父に飛びかかっていった。父はあっさりとその中学生を地面に転がした。すると、それまで他人事《ひとごと》のように父と向かい合っていた中学生の父親が、初めて真摯《しんし》な表情となって息子をかばった。これは自分の責任だと、許しを請《こ》うたのだ。

駐在所の中のその激しいやりとりを、民雄は襖《ふすま》を少しだけ開けて見つめていたのだった。父と目が合った。民雄の視線に気づいた父は、かすかに恥じ入った色を見せた。いまであればあのとき父が見せた怒りは、演技であったとわかる。もしかすると父は、その芝居に対して恥じたのかもしれなかった。年端《としは》もゆかぬ息子に見せるべきものではなかった、ということなのかもしれない。

あのときの中学生が、警察官になったのか。

プラットホームから、ひとの波が引いた。民雄は改札口に向かって歩きだした。工藤と名乗った警官が、横に並んだ。

工藤が歩きながら言った。

「警官になりたいと思ったのは、安城さんがいたからです。親父《おやじ》のあとを継いで石工になるのは面白くなかったし、なるなら格好いい仕事に就きたいと思った」

「警官が格好いい？」

「お父さんは、格好よく見えましたよ。安城さんも、お父さんの姿に憧《あこが》れたでしょう？」

「まあ」

「いま、自分は交通課ですけどね。いずれはお父さんのように、駐在所勤務になることを夢見てるんです。それも、郡部や小笠原《おがさわら》じゃなくて、二十三区内の」

「数少なくなってきた」

「第一志望は天王寺駐在所なんです」

高島平駅の改札口を抜けたところで、工藤が屈託のない調子で言った。

「一杯どうです？　引っ越しのごあいさつかたがた」

民雄は定期入れをコートのポケットに収めながら言った。

「いや。ちょっと頼まれたものを買い物しなきゃならなくて」

「そうですか。でも近いうちに、ぜひ」

「ええ」

工藤は手を振って、職員住宅方向に歩いていった。

民雄はその場で首をめぐらし、これから自分が行くべき場所を探した。無性に酒が飲みたくなったのだ。それもひとりで。

高島平駅の周辺では、警察官の民雄が気軽に入れるような店は限られてくる。民雄は目の前の信号が青になるのを待って、その居酒屋の方向に足を踏み出した。

父が死んだ前日、父に万引きを説教されていた少年が、いま警察官となっていた。その工藤と会ったことで、記憶の底に沈んでいたことがいくつも思い出された。

あの日、初めて見る父の激情と、ときには大芝居もやってのける父の世間智《せけんち》とに、八歳だった自分は大いに驚いたのだった。あの夜、なぜか気持ちが高ぶって、自分はなかなか寝つけなかったはずだ。

翌日未明、目が覚めたときは、父はもう制服姿で、駐在所すぐ隣の天王寺五重の塔の消火作業を必死で督励していた。そのうち野次馬がどんどん集まってきた。消防隊も応援の警察官も駆けつけた。父はその中を駆け回り、叫び、指示していた。そしてふと気がつくと、父の姿はあの火災の現場から消えていたのだ。母がいぶかり、駆けつけた父の上司が怒っているうちに、やがて五重の塔は焼け落ち、それとほぼ同時に、父の死体発見が知らされたのだった。

父は自殺したのだ、と遠回しに聞かされた。駐在所の隣から火を出したことに責任を感じ、芋坂の跨線橋《こせんきよう》から身を投げたのだと。職務放棄、現場放棄。父は警察官としてもっとも恥ずべき振る舞いの後に自殺したということになった。だから制服を着ての死であったにもかかわらず、父の死は殉職とは扱われなかった。葬儀も警察葬とはならなかった。わずかに、あの「血のつながらぬおじ」たちだけが警視庁の制服姿で、ささやかな葬儀に列席してくれたのだった。

いくらかなじみになった安居酒屋に入ると、民雄は客の姿を確かめた。職員住宅に住む警官らしい男の姿はなかった。不審を感じさせる客もない。民雄はカウンターの空いている席に勝手に腰をおろし、焼酎《しようちゆう》のお湯割りを注文した。

二杯目が空になるころ、封印していた想《おも》いの縛めも《いまし》ゆるんだ。

これまで誰にも言ったことはないが、自分が警察官を志願した最大の理由は、警察官になれば父の死の真相を自分で探りうると思ったことだった。もちろんあれはもう二十八年も過去のことになる。もし自殺ではなく、事故でもなくて、たとえば他殺ということであったとしても、とうに時効となっている。犯人を探したところで、法的に何か意味あることができるわけではなかった。

しかし、事実だけは知りたかった。父はほんとうに自殺するような男だったのか。駐在警官としての責任をそんなふうにして取るような種類の男だったのか。父は、この自分が八歳のときに死んだのだ。父の性格、父の信念、父の規範について、ほとんど知ることなく自分は父を失った。父がどんな男であり、どんな警察官であったのか、それをもっと具体的に知りたかった。

そして死の真相。自殺ではなく、何かべつの理由で、父は芋坂跨線橋の下に落ちたのではないか。事故なら事故でもよい。いや、それがやはり自殺であったということでもよかった。それが蒸留水のように明白な真実であると提示されるなら、自分はそれを受け入れることができる。

それを探りたくて、自分は警察官を志願したのではなかったか。

思わず民雄は、口にしていた。

「なにを」鼻で笑ってから、続けた。「寄り道してるんだ?」

カウンターの右隣にいた中年男が、不愉快そうに民雄を見つめてきた。グレーの作業服を着た男だ。おれになにか文句でも?　と言っている顔と見える。

民雄は首を振った。

「こっちの話だ」

男は言った。

「因縁つけられたかと思ったぜ」

カウンターの中の女店員の顔が目に入った。不安そうだ。喧嘩《けんか》が始まりやしないかと心配している。

民雄は立ち上がりながら言った。

「お勘定してくれ」

自分の性癖を考えるなら、ここで引き揚げるのが利口だった。

女店員が、民雄から札を受け取りながら言った。

「ふらふら歩くと危ないよ。ひったくりが続いているから」

おれは警官だ、と答えようとしたが、どうにかこらえた。こんな店で、いまの客にも聞こえるように身分を名乗るのは、野暮というものだろう。

かわりに民雄は言った。

「男だし、鞄《かばん》も持ってない」

女店員は、愛想も見せずに言った。

「うしろから、ごつんとやられるよ」

それは楽しみだ。

民雄は釣を受け取って、店を出た。

我にかえったとき、民雄の目に映ったのは息子の和也《かずや》の視線だった。

妻の順子は、茶の間の壁際《かべぎわ》で、民雄を避けるような姿勢でうずくまり、両手で顔を覆《おお》っている。息子の和也がその横に立って、民雄を見つめていた。憎悪《ぞうお》と憐憫《れんびん》が入り交った目だった。

またやっちまった。

民雄は激しく恥じ入りながら思った。ことともあろうに、息子の前で女房に手を上げてしまった……。

酔いが急速に引いてゆくのがわかった。正気が戻ってきた。もう二度とやらぬと誓ってからほぼ一年。こんどの約束も反故《ほご》にしてしまった。

帰宅して、あらためてビールを飲み始めたのだった。飲み過ぎとまでは意識していなかった。あの居酒屋でもトラブルを引き起こすことなく、おとなしく退散することができたのだ。もちろん今夜、気分が内向きになっているのは承知していた。こんなとき、自分はナーバスになる。いや、ナーバスというよりは、医者の診断どおりの言葉を使えば、過度の警戒心や驚愕《きようがく》反応が出る。怒りの爆発が起こる。

そのことは十分に気にかけながら飲んでいたのだが……。

妻の順子は、背を丸めたまま身動きしない。自分の手の甲に軽い疼痛《とうつう》があるが、いまの殴打《おうだ》は軽いものではなかったはずだ。警視庁警察官として、柔道と逮捕術は身につけている。ましてや自分は、警察官の中でも大柄と言ってよい体格だった。順子の頬に加わった衝撃は、生半可《なまはんか》のものではないはずだ。

すまん、と胸のうちで謝りつつ、順子のそばによろうとした。一歩動いた瞬間、和也が飛び出してきて、民雄の腰に抱きついた。

「叩《たた》かないで。お母さんを叩かないで」

必死の口調だった。

民雄は今年八歳になる息子を、引き剝《は》がそうとした。息子はなお腰にしがみつき、民雄のパジャマを握って離さない。

民雄は和也に言った。

「叩かない。もうお母さんを叩いたりしない」

「嘘《うそ》だ」

「叩かない」

「また叩いた」

民雄は言葉を失った。前のときも、和也は目撃していた。その前のときも、たぶん見ていたはずだ。自分は家庭内暴力の常習犯だ。荒れると、いとも簡単に妻を殴る亭主だ。自分の約束は、信用されない。たとえいまこれほど、自分のしたことを恥じているにしても。

右手で物音がした。顔を向けると、子供部屋の襖《ふすま》が十センチばかり開いていた。襖の向こうで、布団《ふとん》の動くような音がした。

娘も見ていたのか？　目撃したことに衝撃を受けて、娘の奈緒子《なおこ》はいま、あわてて布団に潜りこんだのか？　娘は五歳。父親が母親を殴った場面を目撃したら、しばらくは恐怖にうなされることになる。夜尿症か吃音《きつおん》さえ心配しなくてはならなくなる。これまでは、もし目撃したことがあったとしても、その意味までは理解できなかったろうと思えたが。

民雄はもう一度妻に目を向けて、つとめて穏やかな声で言った。

「すまなかった。酔い過ぎたんだ」

順子は応《こた》えなかった。

そばによって、頬を見ようとした。しかしまた和也が力をこめてしがみついてきた。動けなかった。

あきらめて、民雄はもう一度言った。

「顔を見せてくれ。怪我《けが》をしたはずだ」

順子はゆっくりと両手を頬から離し、背を伸ばした。目は真正面を見たままだ。左の鼻から、赤いものが垂れている。

民雄は和也に言った。

「和也、お父さんが悪かった。もうしない。お母さんを叩いたりしない。だから、手を離してくれ。お母さんの傷を見なきゃあ」

やっと順子が口を開いた。

「大丈夫です。なんでもありません」

「鼻血が出ている」

「すぐ止まります」順子は言いながら、そばの手拭《てぬぐ》いに手をのばした。「もう気はすんだんですか」

精一杯の抗議であり、皮肉と聞こえた。

民雄は言った。

「すまなかった。謝る」

「和也」と順子が息子に声をかけた。「冷蔵庫から氷を出して。それと、新しい手拭い」

和也が順子を振り返り、おそるおそるという様子で民雄から離れた。

民雄は自分で冷蔵庫へ歩いて氷を取り出し、流し場の引き出しから新しい手拭いを取り出した。身体《からだ》を順子に向けると、和也がおびえたようにそっと寄ってきて、手を差し出した。民雄は氷を包んだ手拭いを和也に渡した。

順子が和也から手拭いを受け取って頬に当てた。

民雄は言った。

「どのくらいの力だったか、自分でわかる。病院に行こう」

順子が民雄とは視線を合わさないままに答えた。

「また警察病院に？　こんどこそ、記録に残りますよ」

「手当てしなければ。レントゲンの必要があるかもしれない」

「大丈夫です。折れてはいません。病院に行ったたって、どうせ湿布をもらうだけなんですから」

「その氷よりはいいだろう」

順子は顔をしかめた。麻痺《まひ》の段階が終わり、痛みが出てきたのかもしれない。

「そうですね」苦しそうに順子は言った。「痛み止めももらったほうがいいかも」

民雄は、パジャマから私服に着替えようと、寝室の襖に手をかけた。

順子が制するように言った。

「ひとりで行けます。あなたはうちにいてください」

「だけど」

「一緒に行けば、いろいろ事情を聞かれます」

「ほんとうのことを言うさ」

「いいです。あなたは酔ってます。ひとりで行けます」

順子は、手拭いを頰に押し当てたまま立ち上がった。和也が、不安そうに母親を見上げた。

順子は玄関口へと歩きながら言った。

「関口整形なら、この時間でも診てくれます。あそこに行きます」

民雄は茶簞笥《ちゃだんす》の上の時計を見た。午後八時四十五分。たしかにこの時刻であれば、あの個人病院でも対応してくれるはずだ。

それにしても、きょうはずいぶん早い時間につぶれてしまったことになる。

急いで着替えた和也が、すでに靴を履いた母親に追いついて言った。

「ぼくも行くよ」

順子は首を振った。

「あなたは、こなくていい。うちにいなさい。もう寝なさい」

和也は民雄に顔を向けて、きっぱりと言った。

「いやだ」

和也は素早く靴を履くと、順子にすがりつくように玄関口に立った。

順子は言った。

「遅くなるかもしれない」

それは和也に言った言葉なのか、民雄に向けられたものか、よくわからなかった。子供を相手にした口調のように聞こえた。民雄をあやすようなつもりで言ったのかもしれなかった。わたしは遅いけど、あなたはいい子にしてるのよ、と。

ふたりが玄関口を出て、ドアが閉じられた。警視庁高島平職員住宅の外廊下を、ふたつの靴音が遠ざかっていった。

民雄は振り返り、奥の子供部屋の襖をそっと開けた。娘は布団の中で、背をこちらに向けている。息づかいが聞こえなかった。眠っていない。緊張して、聞き耳を立てているのだ。

すまなかった。

民雄は胸の中で娘に謝ると、襖を閉じた。

茶の間の座卓の上で、コップとビール瓶が横倒しになっている。ビールがこぼれて、座卓からカーペットの上に垂れていた。

民雄は流し場から布巾《ふきん》を持ってきて座卓の前に膝《ひざ》をつき、こぼれたビールを拭《ふ》いた。

きょう、自分が妻を殴った理由はなんだったろう。上司から異動の希望はかなわなかったと告げられた。工藤という警官に会った。彼の言葉で、父親が死んだときのことが思い出された。高島平駅のそばの居酒屋で焼酎《しょうちゅう》をひっかけて帰ってきて、順子にビールを出させた。息子の和也と娘の奈緒子は、ちょうど布団に入るところだった。自分もパジャマに着替え、座卓の前に座りこんで、夕食のおかずだけをかっこみながら、ビールを飲んだ。

ビール瓶が空いたので、もう一本出せと言った。いつもは一本だ。二本目のビールを出すとき、順子は言ったのではなかったろうか。

何かあったんですか、だったか、きょうはどうしたんです、だったか。ビールはこれっきりですよ、とつけ加えた。

それが癇《かん》に障《さわ》った。おれの生きかたを、職業人生を、まとめて言えばおれの人格を、小馬鹿《こばか》にされたように感じた。なに、と手が出た。

拳《こぶし》がまともに順子の頬に当たった。順子はうっとうめいて、向こうの壁まであとじさった。いや、吹っ飛んだのかもしれない。すぐに子供部屋の襖が開いて、和也が飛び出してきた。

民雄はそこで呆然《ぼうぜん》と立ち上がった。

いままでも何度か、自分は順子を殴ってきた。それは必ず、悪い酒を飲んだときだ。荒れて帰って、順子と言い合いになり、その言い合いが激しいものになって、最後に手が出たのだ。

べつの言い方をするなら、手が出るときには必ず前段があった。悪い酒、泥酔《でいすい》、言い合い、そして拳骨《げんこつ》だ。

　なのにきょうは、泥酔とも言えぬ状態で、とくに言い合いもしないうちに手が出た。暴力への衝動を抑えようという意志すら働かせぬうちに、拳骨が飛び出してしまったのだ。

　前回、およそ一年前のときは、順子が玄関口から飛び出して、隣家に助けを求めた。隣家は所轄《しょかつ》こそちがえ、同じ年代の巡査部長の住居だった。すぐにその巡査部長が駆けつけ、民雄をなだめにかかった。

　同じ警官に家庭内暴力を見せてしまった。泥酔状態の中で、民雄は事態の深刻さを理解した。家庭内のこととは言え、下手をするなら立派に傷害罪で逮捕である。そうなったら、免職だ。民雄はその隣人の言いなりに大量に水を飲み、布団の上に横になったのだった。

　あれ以来、民雄はなんとか自分の悪い酒癖を出さぬようにつとめてきた。すさんだ気分のときには酒を避けた。酒を飲むときも、量と時間には注意した。順子には、二度と暴力は振るわぬと誓った。誓うとき、もうひとつ言葉をつけ加えた。子供たちの前で、そんな真似《まね》はしないと。

　なのにきょうは、さほど酔ってもおらず、とくべつすさんだ気分でもなかったはずなのに、これまでのような段階抜きで、拳骨が出てしまった。

おれはもしかしてと、民雄はかすかな戦慄《せんりつ》を感じつつ思った。不安神経症から完治しないどころか、逆に人格崩壊の道を転落しているのか？　家庭人として、社会人として、警察官として、失格を宣言される手前まできているのか？

民雄は流し場に行って蛇口をひねり、水を出した。冷たさを確かめてから、その水のそばに顔を近づけて、顔にかけた。顔じゅうに水をかけて洗ってから、手近のコップで水を飲んだ。ビールを一本飲んでいたから、胃袋は満杯だった。コップ二杯飲むのがやっとだった。

民雄はコップを流しに置いて、思った。

診察を受けるべき時期だ。

医師は、ひとあたりのよい顔を民雄に向けて言った。

「ひさしぶりでしたね。この前は、ええと」

民雄は答えた。

「二年ぐらい前です。ちょうど名古屋の連続殺人犯が逮捕されたころ」

飯田橋の警察病院の一室だ。すっかり親しくなった心療内科の医師は、うなずいて言った。

「ああ、勝田事件ね。警視庁の警官が、柏《かしわ》でサラ金強盗やったって事件もあった時期かな」

さすが警察病院の医師だ。警官が起した事件のことをよく覚えている。

「そうでした」

「カウンセリングのほうは、どうです？」

「やっぱり、二年ほど行っていません」

「きょうは、また何か症状が出たのですか？」

民雄は、ためらってから答えた。

「女房に、手を上げてしまいました」

「ひどく？」

「いいえ。怪我をさせてはいませんが」

嘘だった。少なくとも打撲傷を作った。順子は数日のあいだ、顔に湿布薬を貼《は》ったたままでいなければならないのだ。

医師が確認した。

「同じことを繰り返していましたか？」

「いえ」民雄は、ほぼ一年前の、順子の頬を張ったときのことを思い出しながら答えた。

「一年ぶりなんです」

「そのあいだも、お酒も飲んでいましたね？」

「深酒ではありませんが」

「昨日は、深酒でしたか？」医師は問診の用紙に目を落として訊《き》いた。「焼酎が二杯。ビールが一本。とくべつ飲み過ぎたようでもありませんが」

「わたし自身も、飲み過ぎたという意識はありませんでした」

「何か、いつもとちがってストレスを感じるようなことはありましたか？」

「はい。上司と人事の話題になりました。希望は通らないと伝えられましたが、それかもしれません」

医師は微笑した。

「公務員も民間のサラリーマンも、最大のストレスとなっているのは人事です。何かしら発症の引き金になる」

「先生もご存じのように、わたしはずっと警ら課配属を希望しているんですが、先生の診断ではいかがでしょう。わたしはまだ耐えられませんか？」

医師の答は、一瞬だけ遅れた。

「大丈夫と思いますよ。あなたにとっては、いまの仕事そのものが、ストレスなのかもしれない」

「もしまた問い合わせがあったら、そのようにお答えいただけたらと思うのですが」

「診断通りのことを申し上げますよ」

医師は、万年筆にキャップをはめて続けた。

「きょうもお薬を出しますが、続けてください。薄皮を一枚一枚剝《は》ぐようにしか治りません。勝手に服用をやめてしまわないように。それにしたって、激しいストレスがかかれば、ぶり返す。できるだけストレスのない生活を、と言うしかないのですが」

「努力します」

民雄は礼を言ってスツールから立ち上がり、診察室を出た。


階段を降りて、一階の薬局の窓口へと向かうとき、廊下の先に見知った顔を認めた。

窪田勝利だった。父とは警察練習所が同期、「血のつながらぬおじ」のひとりだ。スーツ姿だ。彼はいま、新宿署の防犯課所属だ。警部補として、係長のポストにいる。新宿歌舞伎町《かぶきちよう》の安全維持のために、いわば先頭で身体を張っている警察官だった。

窪田も民雄に気づいて立ち止まった。

「どうしたんだ、民雄？」

民雄は訊き返した。

「窪田さんこそ」

「検査だ。腹が痛むんで」

なるほど窪田の顔は黒ずんでいる。肝臓でも悪いのだろうと思える顔色だった。酒のせいだろうか。

「そこに座ろう」と窪田が待合室の空きベンチを指さした。「お前はもしかして、まだあの神経症ってやつか？」

「はい。なかなかきちんと治りません」

「無理もないさ」と窪田は歩きながら言った。「公安事件があれほど続いていた時期に、潜入捜査やったんだ。民間のサラリーマンが残業続きで鬱病《うつびょう》になるようなものだろう。休め。無理はしないで、じっくりと治せばいいんだ。警視庁には、お前の回復をゆっくり待つだけの余裕はあるさ。いま巣鴨だったか？」

「ええ。警務課です」

窪田がベンチに腰をおろした。

民雄はその隣にかけて言った。

「この病気から回復するには、駐在警官になるのがいちばんだと思ってるんですよ」

「親父《おやじ》さんも、駐在警官志望だった。お前の歳《とし》ぐらいで、天王寺駐在所勤務となったんじゃなかったかな」

「いまのぼくより一歳若いときに」

「いま巡査部長だよな？」

「はい。三年前に」

「本庁はどうしてお前を、大卒ルートに乗せてやらなかったのかな。いまごろ警部補でもおかしくないぞ」

「期待された公安刑事にはなりませんでしたからね」

「それでも資格は資格だ」

「ぼくは、高校卒の資格で警官になったんです。業務命令で大学には通ったけれど、勉強に専念してきたわけじゃありませんし」

「それにしてもなあ」

「ぼくには、そっちのルートで昇進することよりも、駐在警官になれるかどうかってことのほうが、重大です」

「親父さんの跡を継ぐんだな。うらやましいよ」

「継ぐって意識はありません。父のような警官になりたいと、小さいところから思っていただけですから」

「あんな事件が起きなければな。親父さんは、素晴らしい警官人生をまっとうできたのに」

民雄は窪田の言葉を確認した。

「あれは、やっぱり事件なんですか？」

窪田はうなずいた。

「いまはそう思う。自殺なんかじゃない。それに」

「それに？」

窪田の視線が、待合室の左右に動いた。何か秘密でも口にしようかという表情だった。

「親父さんは、自分の身近で起きたふたつの事件のことを気にしていた。もっと言うなら、本気で調べていた」

それは初耳だった。窪田を含め、おじたちの誰からも、そんな話は聞いたことがなかった。

「どんな事件なんです？」

「古い話だぞ」

「そうでしょうけど」

「ひとつは、親父さんが上野署の公園前交番勤務のときに起こった。若いオカマが、不忍池《しのばずのいけ》のそばで殺された。昭和二十三年のことだったかな」

「父は、どうしてそれを気にしていたんです？」

「管轄地域内ってことで、被害者とは顔見知りだったんだ」

「お宮入りなんですか？」

「ああ。捜査本部は置かれたけど、犯人にはたどりつけなかった」

「もうひとつと言うのは？」

「谷中墓地の中で起こった。親父さんが動物園前交番にいたころだ」

「殺人？」

「ああ。若い鉄道員が殺されたんだ。これもお宮入り」

「いつごろです？」

「昭和二十八年だったかな。親父さんが天王寺駐在所勤務になる何年か前だ」

「その被害者とも、父は知り合いだったんですか？」

「そいつはちがうと思う。だけど、被害者の死体が見つかったのは、当時お前さんたちが住んでいた長屋のすぐ裏手だ。親父さんにしてみれば、そいつは自分の事件だった」

民雄は、そのころ自分の家族が住んでいた家を思い起こした。かろうじて記憶には残っている。長屋の路地の奥、突き当たりの塀の向こうが、もう谷中墓地だった。

父が死んだ後も、しばらく谷中から離れなかった。駐在所から、谷中のアパートに移ってそのまま住み続けた。だから自分にとって、谷中は揺り籠《かご》であり、原風景の土地だった。田舎のある人間にとっての、故郷だと言うこともできた。

書類ホルダーを持った看護婦がそばにやってきて、待合室の患者たちに大声で言った。

「窪田さん。窪田さん」

窪田が立ち上がりながら言った。

「そういえば、香取がこんどの異動でどこかの所轄《しょかつ》の課長になるらしい。早瀬から訊いた。内示があったそうだ」

看護婦が、窪田の前に立った。

「窪田さんですね？」

「おれだ」

「検査します。いらしてください」

窪田は、うなずいてから民雄に言った。

「いまの話、体調がよくなったら、あらためて話してやる」

「お願いします」

窪田は廊下の先へと歩いていった。


四カ月後だ。

病棟の長い廊下を歩きながら、窪田夫人である絹子は、小声で言った。

「うちのひとは、肝臓ガンだと気づいていますけど、わたしもお医者さんもそれを言ってはいません。肝機能低下ってことだけです。どうか安城さんも、ガンのことは知らないふりを通してください」

民雄も小声で返した。

「わかりました。話はどのくらいできます？」

「せいぜい五分ぐらいにしていただけると。声を出すのも苦しい様子です」

「はい」

その病室の前まできて、夫人が足を止めた。民雄もドアの前で立ち止まり、呼吸を整えた。

絹子夫人が戸を小さくノックした。

返事を待たずに、夫人はその戸を右手に引いた。夫人は表情を変えていた。少し無理の見える笑みを作っていた。

民雄もあわてて自分の顔から、同情と不安の色を追い払った。

「安城さんがいらした」と、夫人は部屋に入りながら言った。

民雄は花束と和菓子の包みを手にして、夫人のあとに続いた。

窪田がベッドに横たわっている。ベッドの頭の側が持ち上がって、少し勾配《こうばい》を作っていた。そのおかげで、窪田はいくらか上体を起こしているように見えた。

窪田が民雄に目を向けてきた。民雄は、驚きの声をもらすところだった。窪田の顔はすっかりやせ細っている。目は落ちくぼみ、頬はこけていた。顔色は前回見たときよりもさらに黒い。皮膚にはまったく潤《うるお》いがなかった。

窪田の表情が少しだけゆるんだように見えた。

「こんにちは」と民雄は衝撃を隠しながら言った。「心配してしまいましたよ。顔色悪くないじゃないですか」

窪田は、その痩《や》せた顔で苦笑した。

「何を」

民雄は夫人に土産と花束を渡すと、ベッドの脇《わき》のスツールに腰をおろした。夫人は花束を持って、病室を出ていった。

窪田が、民雄を少しのあいだ凝視した。その目は、どことなく何かを懐《なつ》かしんでいるようにも見える。

「ゆっくり養生されてください」と民雄は言った。「完治させるのが最優先ですから」

窪田が言った。

「親父さんそっくりだ」

かすれた弱々しい声だったが、言葉は聞き取れた。

「よく言われます」

「きょう呼んだのは、親父さんが気にしていた事件のことだ」

たぶんその話だろうと想像がついていた。昨日絹子夫人から電話をもらったとき、夫人は言ったのだ。安城さんのお父さまのことで、話したいことがあると言っていますと。

窪田が肝臓ガンであると告げられたのは、そのあとだ。

「ふたつの殺人事件について、父は真相を調べていたということでしたね」

「オカマさん殺し。少年鉄道員殺し」

「父は、犯人を特定していたのですか？」

窪田は首を振った。声を出すのが大儀なので、首を振ってすませたと見えた。

民雄はさらに訊いた。

「でも、何かわかったことがあったんでしょう？」

「ああ」窪田は答えた。「同一犯だということ。鍵《かぎ》は、あの土地だ」

「あの土地と言うと？」

「上野。谷中」

「隣り合ってますね。ふたつの事件は、時間の差はありますけど、狭い範囲で起こっています」

「犯人も、あそこにいたんだ」

民雄は驚いた。父は、そこまで絞りこんでいたのか。

「あのあたりの住人ということですか。当時もずいぶん調べられたでしょうが」

「ちがう。住人じゃない。だけど、あそこの土地にいた男だ。親父さんは、そう言っていた」

「男だということは、はっきりしているのですね？」

「殺しかたは、男のものだったらしい」

「あそこにいた、というのはどういう意味なのでしょう。住人でなくて、いたというのは？」

「そこまでは詳しく言っていなかった。働いていたのかもしれない」

「上野か谷中に職場のあった男、なんですね。当時は、同一犯という見方は出ていたのですか？」

「なかったはずだ。でも、親父さんは、そこまで突き止めた」

「突き止めたのは、いつごろのことなのでしょう？」

「駐在になってからだと思う」

民雄はふいに思い立った。そのことと、父が死んだ理由については、関連が？

暑い日なのに、背中が戦慄《せんりつ》した。氷が背中を落ちていったような気分がした。

民雄は少しだけ自分の顔を窪田の顔に近づけた。

「父が死んだ理由と、つながっているのですね？」

「わからん」と、窪田はまた首を振った。「あとになってから、そうでないかと思うようになった。正直言えば、そう考え出したのは、最近だよ」

「何か思い当たることでも？」

「ああ」呼吸が荒くなった。いくらか興奮してきたのかもしれない。「ああ」

それはもう言葉なのか、吐息なのか、判然としなくなった。

夫人が花を花瓶に入れて病室に戻ってきた。

その表情から、もう会話は打ち切ってほしいと言っているのだとわかった。

民雄はもう一度窪田を見た。窪田は口をつぐんで天井を見ている。知っていることはすべて話した、という表情とも見える。

民雄は立ち上がった。

「ほんとうに窪田さん、ゆっくり休んでください。紅葉《もみじ》狩りに、温泉に行くんでもいいですね。荷物運びやりますから」

窪田は目を細めた。

民雄は頭を下げて病室を出た。それが生前の窪田と話す最後の機会になるとは、予想しなかった。

窪田が肝臓ガンで死んだのは、その見舞いから二カ月後だった。発見から死まで、わずかに半年の生命《いのち》だったのだ。

そもそも発見されたとき、すでに末期だったという。窪田はそのまま入院し、ついに退院することなく、最期《さいご》を迎えたのだ。定年三年前の死だった。

葬儀は、新宿区落合《おちあい》の斎場でおこなわれた。

昭和六十年九月末の、残暑と呼ぶにも暑すぎるという日だった。この日、私服姿で通《つ》夜《や》に駆けつけると、三人のおじのうちの残りふたりに会った。香取茂一と、早瀬勇三である。

このふたりとはもう五年以上も会っていなかった。年賀状のやりとりがあっただけだ。

香取は、その年齢にもかかわらず黒々とした髪を、すべて油でうしろへなでつけていた。恰幅《かっぷく》がよく、顎《あご》は三重にも見えた。あいさつすると、彼はいま下谷《したや》署の警ら課にいるという。

早瀬のほうは、頭がかなり薄くなっており、残った髪も真っ白だ。若いときからそうであったように、顔全体にどこか皮肉っぽい雰囲気があった。定年が近いいまも警視庁の公安部にいるせいかもしれない。あの部署は、いやおうなくひとから率直さと気さくさを奪うのだ。

焼香したあと、民雄は香取と早瀬に誘われ、東西線落合駅のそばの酒場に入った。

「どうしている？」と早瀬が訊《き》いた。「いまどこだった？」

「巣鴨署です」と民雄は答えた。「警務課」

香取がふしぎそうに言った。

「お前が、警務だって？」

「ええ。なかなか外には出してもらえません」

「治ったんだろう？」彼も民雄の神経症のことは知っている。「まだ駄目なのか？」

「激しいストレスさえ感じなければ、いいはずなんです。暴力団相手とか、潜入捜査でなければ。警らに移りたいとずっと希望を言い続けてきたんですが」

早瀬が訊いた。

「いま警部補か？」

民雄は早瀬に顔を向けて答えた。

「いえ、巡査部長ですよ」

「せっかく大学出ていながら。試験、受けてるのか？」

「いえ。警らもやらずに、楽な職場で試験勉強したって思われたくありませんから」

「そんなことを誰が気にする？」

「昇進できなかった同僚は気にすると思いますよ」

「昇進もせずに、うちの役場で何をやりたいんだ？」

「巡査です。それも駐在所勤務」

香取が、ジョッキから口を離し、口のまわりをぬぐって言った。

「親父《おやじ》さんも、駐在警官をずっと夢見ていた。せっかくなったと思ったら、ああいうことになってしまったな」

「父が、ぼくの目標なんです」

早瀬が言った。

「親父さんが死んでから、何年だ？　もう三十年になるか？」

「二十八年」

香取が言った。

「せっかく二代目警官が出たんだ。警視庁も、同じ駐在所に配属すればいいだろうにな。警視庁全部の警官にとって、うれしい話だ」

早瀬が言った。

「それじゃあまるで、駐在勤務は世襲の利権みたいに聞こえるぞ」

香取は首をかしげた。

「そうか？　早瀬さんだって、息子さんが警官になると言ったときうれしかったろう？」

早瀬の息子も、警視庁に入ったと聞いていた。大学卒採用のはずだ。

しかし早瀬は、いくらか苦々しげに言った。

「こんなきつい仕事を選ばなくても、と思ったよ」

香取がふと思いついたように言った。

「民雄。おれはいま、下谷署の警ら課にいるんだ。天王寺駐在所の巡査は、あと一年で定年になる。民雄がそのときうちの警らにいたら、最短距離だぞ」

民雄は香取を見つめた。

下谷署は、かつての坂本署と谷中署を統合した所轄署《しょかつしょ》である。天王寺町も管轄地域にしている。その下谷署管轄の天王寺駐在所の駐在が定年となる……。それは自分があとに収まる願ってもない機会だ。この機会を失えば、最低でもあと五、六年は、自分の希望がかなうことはなくなるだろう。

早瀬が香取に訊いた。

「課長のお前の希望が通るって？」

「ああ」香取は早瀬に答えた。「副署長とは、前に係長主任の関係だった。下谷署にも、副署長に引っ張られて異動したんだ。おれも下谷署が最後のご奉公になるし、無理も言える。警らの人事については、まちがいなく聞いてもらえる」

早瀬が確認した。

「まず民雄を下谷署に引っ張り、いまの駐在が定年になったところで、そこに突っ込むってことだな」

「そうだ。副署長は承知する。副署長の提案には、署長もオーケーするだけだ」

「天王寺駐在所希望って警官は、警視庁には何人もいそうに思うが」

「所轄の意向がいちばん強いさ。だいいち駐在にするには、その前からその区域に精通してるべきなんだ。十中八九、下谷署の警ら課から抜擢《ばってき》になる」

早瀬は民雄を見つめてきた。

「悪くない作戦だな。どうだ？」

民雄はうなずいた。全面的に同意する。

香取が言った。

「親父さんの警官人生は、お前と同じような歳《とし》で、あの駐在所で終わった。お前があとを継げ。親父さんが目指したような駐在警官になれ」

「はい。配属されたら、全力で」

早瀬が首を振った。

「警官の仕事に、気負いは要らない。あたりまえの駐在警官の仕事を、必要十分なだけやればいいんじゃないか」

香取が、それには同意できないとでも言うように唇をすぼめてから言った。

「とにかくうちにきて、神経症のほうを完治させろよ」

どうやらこれは、おれの夢が現実化しそうだということか。警察学校を受験したときからの夢が、ようやく叶《かな》うということだろうか。だとしたら、おれの神経症は劇的によくなるのではないだろうか。少なくとも、妻に手を上げたりすることはなくなりそうだ。もし癇《かん》に障《さわ》るようなことがあったとしても、余裕でやり過ごせるはずだから。

民雄はテーブルに両手をつき、目の前のおじたちに深く頭を下げた。


（下巻につづく）

佐々木 譲著 ベルリン飛行指令

開戦前夜の一九四〇年、三国同盟を楯に取り、新戦闘機の機体移送を求めるドイツ。厳重な包囲網の下、飛べ、零戦。ベルリンを目指せ!

佐々木 譲著 エトロフ発緊急電

日米開戦前夜、日本海軍機動部隊が集結し、激烈な諜報戦を展開していた択捉島に潜入したスパイ、ケニー・サイトウが見たものは。

佐々木 譲著 ストックホルムの密使（上・下）

一九四五年七月、日本を救う極秘情報を携えて、二人の密使がストックホルムから放たれた……。〈第二次大戦秘話三部作〉完結編。

佐々木 譲著 天下城（上・下）

鍛えあげた軍師の眼と日本一の石積み技術を備えた男・戸波市郎太。浅井、松永、織田、群雄たちは、彼を守護神として迎えた――。

佐々木 譲著 制服捜査

十三年前、夏祭の夜に起きてしまった少女失踪事件。新任の駐在警官は封印された禁忌に迫ってゆく――。絶賛を浴びた警察小説集。

佐々木 譲著 暴雪圏

会社員、殺人犯、不倫主婦、ジゴロ、家出少女。猛威を振るう暴風雪が人々の運命を変えた。川久保篤巡査部長、ふたたび登場。

警《けい》官《かん》の血《ち》(上)

新潮文庫　さ－24－12

平成二十二年一月一日発行
平成二十七年二月二十日十三刷

著者　佐《さ》々《さ》木《き》譲《じょう》
発行者　佐藤隆信
発行所　株式会社　新潮社

郵便番号　一六二―八七一一
東京都新宿区矢来町七一
電話　編集部(〇三)三二六六―五四四〇
　　　読者係(〇三)三二六六―五一一一
http://www.shinchosha.co.jp

価格はカバーに表示してあります。

乱丁・落丁本は、ご面倒ですが小社読者係宛ご送付ください。送料小社負担にてお取替えいたします。

印刷・大日本印刷株式会社　製本・憲専堂製本株式会社

ISBN978-4-10-122322-3 C0193